漢唐古體詩選析

——體式與興寄

何文匯 著

漢唐古體詩選析

——體式與興寄

何文匯 著

漢唐古體詩選析

作　　者：何文匯

責任編輯：毛永波　甘麗華

封面設計：涂　慧

出　　版：商務印書館 (香港) 有限公司
　　　　　香港筲箕灣耀興道 3 號東滙廣場 8 樓
　　　　　http://www.commercialpress.com.hk

發行公司：香港聯合書刊物流有限公司
　　　　　香港新界大埔汀麗路 36 號中華商務印刷大廈 3 字樓

印　　刷：美雅印刷製本有限公司
　　　　　九龍觀塘榮業街6號海濱工業大廈4樓A室

版　　次：2020 年 10 月第 1 版第 1 次印刷
　　　　　© 2020 商務印書館 (香港) 有限公司
　　　　　ISBN 978 962 07 4590 4
　　　　　Printed in Hong Kong

敍

　　清乾隆年間，孫洙編《唐詩三百首》行世，其中過半古近體詩因而家喻戶曉。時科舉方行，童子就學，都須辨平仄、明格律，然後讀寫古近體詩，尤重五言排律，故唐詩三百餘首且嫌其少。今則不然，科舉既廢，有司志在科教，國人鮮能辨平仄、明格律，能詩者少，能者亦知詩不合大用，但陶冶性情、抒發鬱結而已。既不識詩，亦不能詩，則三百餘首多矣。

　　然詩是我國文化之要素。唐世進士賦五言長律，於詩中見其人之學養與文才。清世亦然，讀其詩如見其人也。不學詩則吾華文化崩缺矣，焉可不學？

　　學詩必先讀漢〈古詩〉十九首，以會其不平之意，聽其鏗鏘之聲，明其興寄之法；然後選讀唐詩，始有所得。余數年前欲編撰《漢唐詩百首詳析》一書，選詩不務多而注釋則務詳切，或有利於今人學習。及後文稿漸繁，遂分之爲三冊。第一冊爲《漢唐詩雜說》，泛論古近體詩之體式，已於二〇一八年出版；此書《漢唐古體詩選析》爲第二冊；第三冊《唐近體詩選析》則定於

二〇二二年出版。第二、三冊選詩合共一百首。

　　兩選本皆重體式，於唐詩尤重之。體式而外，古體則探其興寄，近體則賞其文采，庶幾得古近體詩之精神也。百首之中，漢〈古詩〉十九首乃逐臣棄友之詩，意高旨遠，是興寄之圭臬，今置諸卷首，以爲世法。余別自《唐詩三百首》中選近體詩七十五首入第三冊，故唐古體詩只選六首。六首之中，五首亦選自《唐詩三百首》，獨杜甫詩則選〈玉華宮〉五古，爲《唐詩三百首》所無者。〈玉華宮〉爲興寄之佳作，冠絕杜工部集，唯五古能如此也。杜公服膺於陳子昂之〈感遇〉三十八首，並直言「終古立忠義，感遇有遺編」，是深得其旨者。〈玉華宮〉乃〈感遇〉之發揮，不可不讀。夫興寄者，或關懷家國，或感嘆身世，或寄託情義，非徒憐風月、狎池苑耳。故陳子昂〈修竹篇序〉云：「僕嘗暇時觀齊梁間詩，彩麗競繁，而興寄都絕，每以永歎。」關懷家國而涉譏刺，則其辭宜隱，不然恐罹楊子幼「田彼南山」之禍矣。其餘李白〈月下獨酌〉及柳宗元〈漁翁〉自憐幽獨，韋應物〈長安遇馮著〉傷友不遇，興寄微隱，感慨甚深。韓愈〈八月十五夜贈張功曹〉及〈謁衡嶽廟遂宿嶽寺題門樓〉七古，氣勢磅礴，聲調昂揚，盡得七古體式之精要，足以震撼人心。此二詩非關國事，獨言身世，是興寄之顯者。讀其詩而觀其體式，賞其詞氣，所得亦多矣。

　　有唐興寄之詩，無過陳子昂之〈感遇〉。其詩譏刺武后而不忘唐室，其辭甚隱。盧藏用畏諸武之餘威，不敢直道其旨，但置諸陳伯玉集以俟來者，於是有杜子美「終古立忠義，感遇有

遺編」之語。〈感遇〉三十八首爲興寄之楷模，以其言隱晦，非一般讀詩者所能解，故本書特置〈感遇〉三十八首詳析於附錄，以見興寄之贖隱，學詩者不可不留意也。

杜甫〈陳拾遺故宅〉五古云：「位下曷足傷，所貴者聖賢。」是以伯玉爲聖賢。又云：「終古立忠義，感遇有遺編。」是以〈感遇〉爲伯玉忠義之實證。蓋〈感遇〉貶斥武后而思復唐室，故隱晦其辭，興寄殊深。經杜公點評，終唐之世，士大夫爲諷刺之詩，鮮有不以〈感遇〉爲楷式者，元、白等其尤也。中唐高仲武《中興間氣集》卷上收叛臣蘇渙〈變律格詩〉三首，小傳云：「三年中，作變律詩九首，上廣州李帥〔廣州刺史兼嶺南節度觀察使李勉〕，其文意長於諷刺，亦育陳拾遺一鱗半甲，故善之。」伯玉詩長於諷刺，百載而下，朝野無不知之。晚唐顧雲序杜荀鶴《唐風集》，謂禮部侍郎裴贄知貢舉時，因荀鶴「詩有陳體，可以潤國風，廣王澤，故擢以塞詔」。而荀鶴傳世之詩，全是近體，故知「陳體」者，是陳子昂心繫唐室、發爲興寄之體也。

中晚唐趙璘《因話錄》卷一云：「文宗對翰林諸學士，因論前代文章。裴舍人素數〔入聲〕道陳拾遺名，柳舍人璟目之，裴不覺。上顧柳曰：『他字伯玉，亦應呼陳伯玉。』」唐文宗名昂，故中書舍人裴素屢道陳子昂之名，即有犯上之嫌。文宗婉轉使裴素稱子昂字，固可解，然亦足見陳子昂之文名也。白居易〈初授拾遺〉五古云：「杜甫陳子昂，才名括天地。」非虛美矣。

子昂摯友盧藏用〈陳氏別傳〉云：「初爲詩，幽人〔幽州

人〕王適見而驚曰:『此子必爲文宗矣。』年二十一,始東入咸京,遊太學,歷抵羣公,都邑靡然屬目矣。」此是實錄。唐亡後,〈感遇〉之深義漸不爲人知。後晉劉昫撰《唐書》(即《舊唐書》),遂竄改盧藏用之文云:「初爲〈感遇〉詩三十首,京兆司功王適見而驚曰:『此子必爲天下文宗矣。』」以子昂中歲之詩爲少年習作,無知一至於此。北宋宋祁撰《新唐書》,仍劉昫之誤,乃云:「初爲〈感遇〉詩三十八章,王適曰:『是必爲海內文宗。』乃請交。」則宋祁、歐陽修等亦不識〈感遇〉之深義也。陳子昂與杜甫於詩中暗斥武后,然唐人因武氏乃中宗及睿宗生母,故陽尊之。宋祁等則目武氏爲「孽后」(《新唐書》侯君集等列傳贊曰:「以太宗之明德,蔽于謠讖,濫〔李〕君羨之誅,徒使孽后引以自神,顧不哀哉!」),因怪子昂有〈大周受命頌〉之作,云:「后既稱皇帝,改號周,子昂上〈周受命頌〉以媚悅后。」武后即大位,羣臣能不歌頌盛德?三省官員獨子昂上受命頌耶?宋祁又云:「子昂説武后興明堂太學,其言甚高,殊可怪笑。后竊威柄,誅大臣宗室,脅逼長君而奪之權,子昂乃以王者之術勉之,卒爲婦人詘侮不用,可謂薦圭璧於房闥,以脂澤污漫之也。瞽者不見泰山,聾者不聞震霆,子昂之于言,其聾瞽歟。」如此則狄仁傑之徒皆聾瞽矣,宋子京之器小哉。

　　大抵宋人於唐人興寄之法不甚了解,觀宋祁之言可知一二。南宋朱熹〈齋居感興〉二十首擬陳子昂〈感遇〉,至有用其詞與句處。其序云:「余讀陳子昂〈感寓〉詩,愛其詞旨幽邃,音節豪宕,非當世詞人所及。如丹砂空青,金膏水碧,雖近乏

世用，而實物外難得自然之奇寶。欲效其體，作十數篇，顧以
思致平凡，筆力萎弱，竟不能就。然亦恨其不精於理，而自託
於僊佛之間以爲高也。齋居無事，偶書所見，得二十篇，雖不
能探索微眇，追迹前言，然皆切於日用之實，故言亦近而易知。
既以自警，且以貽諸同志云。」朱子徒愛〈感遇〉之幽邃豪宕，
而不知其興寄所在，故謂子昂不精於理而託於仙佛，其識見遜
於杜甫遠矣。朱熹但見〈感遇〉之顯義，而昧乎其深義，豈知
音哉？

不察乎興寄，則不見深義，〈感遇〉諸詩遂成蕪音累句矣。
明陸時雍《唐詩鏡》卷三云：「阮籍〈詠懷〉，出自深衷；子昂
〈感遇〉，情已虛設，言復不文，雖云不乏風骨，然此是頑骨不
靈也。其詩三十八首，余謂首首俱可省得。」陸氏不識〈感遇〉
諷刺之旨，但從文理處深貶之，皮相目論，確不知唐詩有興寄
者也。

清人貶抑〈感遇〉尤甚。道光年間，潘德輿刊《養一齋詩
話》，於卷一厚誣阮籍及陳子昂，謂阮籍黨司馬昭，子昂諂武
曌，皆小人也，故其詩爲小人之詩；復謂〈詠懷〉八十二首與〈感
遇〉三十八首「終歸於黃老無爲而已，其言廓而無稽，其意奧而
不明，蓋本非中正之旨，故不能自達也。論其詩之體則高拔於
俗流，論其詩之義則浸淫於隱怪，聽其存亡於天地之間可矣。
贊之誦之，毋乃崇奉憸人而獎飾詖辭乎」。咸豐年間林昌彝所
刊《射鷹樓詩話》卷十三轉載潘氏全文而不置評，即默許其言
也。狀元陳沆之子陳廷經爲〈總辨阮嗣宗陳正字被謗之誣〉一

文，置於《詩比興箋》卷三〈陳子昂詩箋〉之後，痛斥潘氏，至謂「潘氏之不學不仁，豈至此哉」，又謂「豈其於史學、詩學見覽甚狹乎」。又怪林昌彝「於潘氏說不爲鳴鼓之攻，反爲隨聲之和」。末云：「阮、陳二公詩，先君所箋，確警詳備。凡潘氏所誣者，已在前箋之中。但潘說近出箋後，恐來學尚爲所誤，爰更痛闢，附於箋末，讀者詳焉。」雷轟霆擊，快哉！廷經官至內閣侍讀學士，時值治道衰微，皇帝幼弱，太后干政，能無感乎？

然近人所輯晚清李慈銘《越縵堂讀書記》之八云：「子昂人品不足論，其上〈周受命頌〉，罪百倍於揚子雲之〈美新〉，所爲詩雖力變六朝初唐綺靡雕繪之習，然苦乏真意，蓋變而未成者。〈感遇〉二十四首，章法雜糅，詞煩意複，尤多拙率之病。緣其中無所見，理解不足，徒以氣體稍近漢魏，旋得張曲江起而和之，唐音由此而振，遂爲後之論詩家正宗者所不能廢，元遺山至有『黃金鑄子昂』之語，亦可謂幸矣。」李氏固已爲潘德輿所荼毒，恐亦未見陳沆父子之文，遂發此不學不仁之言，小人不樂成人之美，如是哉。然亦可見關乎家國之興寄尚隱晦，非常人所能明者也。

乾隆年間翁方綱所刊《石洲詩話》卷一云：「伯玉〈峴山懷古〉云：『邱陵徒自出，賢聖幾凋枯。』〈感遇〉諸作，亦多慨慕古聖賢語。杜公〈陳拾遺故宅〉詩云：『位下何足傷？所貴者聖賢。』正謂此也。今之解杜者，乃謂以聖賢指伯玉，或又怪聖賢字太過，何歟？」翁氏誤矣。古之文人學士孰不貴聖賢？杜子美正以陳伯玉爲聖賢，蓋知〈感遇〉之深義也。司馬遷〈報任

安書〉云：「《詩》三百篇，大底聖賢發憤之所爲作也。」杜公之「聖賢」指此，故繼云「有才繼騷雅，哲匠不比肩」也。翁氏不解〈感遇〉之深義，無異於謂杜公「聖賢」句爲累句矣，蓋思慕聖賢者，指賢愚都合，則「所貴者聖賢」得非爲累句乎？如翁氏者，恐不可與言詩已矣。

　　書稿將付梓，因發憤援筆，成此長篇。二〇二〇年，歲次庚子，何文匯敍於香港。

目 錄

漢〈古詩〉十九首

漢〈古詩〉十九首

〈古詩〉十九首雜說

〈古詩〉十九首見於梁昭明太子蕭統所撰之《文選》。蕭統選載不知作者之兩漢五言詩十九首，依次爲：

其一、〈行行重行行〉

其二、〈青青河畔草〉

其三、〈青青陵上柏〉

其四、〈今日良宴會〉

其五、〈西北有高樓〉

其六、〈涉江采芙蓉〉

其七、〈明月皎夜光〉

其八、〈冉冉孤生竹〉

其九、〈庭中有奇樹〉

其十、〈迢迢牽牛星〉

其十一、〈迴車駕言邁〉

其十二、〈東城高且長〉

其十三、〈驅車上東門〉

其十四、〈去者日以疎〉

其十五、〈生年不滿百〉

其十六、〈凜凜歲云暮〉

其十七、〈孟冬寒氣至〉

其十八、〈客從遠方來〉

其十九、〈明月何皎皎〉

唐李善「〈古詩〉十九首」題下注云:「並云古詩,蓋不知作者。或云枚乘,疑不能明也。詩云:『驅馬〔案:當是「車」〕上〔去聲〕東門。』又云:『遊戲宛〔平聲〕與洛。』此則辭兼東都,非盡是乘明矣。昭明以失其姓氏,故編在李陵之上〔案:〈古詩〉十九首後即李陵〈與蘇武詩〉三首〕。」可謂得蕭統旨意,非謂十九首俱作於李陵之前。

漢世無名氏五言詩流傳至南朝者當尚有數十首。先是西晉陸機有〈擬古詩〉,選古詩而擬其意。《文選》錄十二首,依次為:

其一、　〈擬行行重行行〉

其二、　〈擬今日良宴會〉

其三、　〈擬迢迢牽牛星〉

其四、　〈擬涉江采芙蓉〉

其五、　〈擬青青河畔草〉

其六、　〈擬明月何皎皎〉

其七、　〈擬蘭若生春陽〉

其八、　〈擬青青陵上柏〉

其九、　〈擬東城一何高〉

其十、　〈擬西北有高樓〉

其十一、〈擬庭中有奇樹〉

其十二、〈擬明月皎夜光〉

其九所擬之〈東城一何高〉即〈東城高且長〉。案《玉臺新詠》載陸機〈擬古〉七首，依次爲〈擬西北有高樓〉、〈擬東城高且長〉、〈擬蘭若生春陽〉、〈擬迢迢牽牛星〉、〈擬庭中有奇樹〉、〈擬青青河畔草〉、〈擬涉江採芙蓉〉，內文與《文選》同，只偶有異文而已。〈擬東城高且長〉即《文選》之〈擬東城一何高〉也。如此，則除〈擬蘭若生春陽〉外，其餘十一首之原詩皆選入《文選》十九首中。然陸機〈擬古詩〉及昭明太子選錄古詩亦不過隨一己之好尚而已。《文選》又錄宋南平穆王劉鑠〈擬古〉二首，依次爲〈擬行行重行行〉及〈擬明月何皎皎〉，亦足見南朝時，古詩已膾炙人口。《文選》於唐代乃學子必讀之總集，故「古詩十九首」之名不脛而走，十九首遂爲學子必讀之古詩。

自西晉六朝以還，「古詩」之名籍甚。然十九首因是個人之選，而昭明早逝，南梁又勢弱祚短，梁陳文士服膺十九首之選者未必多。劉勰《文心雕龍》及鍾嶸《詩品》論古詩，不過論漢世無名氏五言詩，非論《文選》所選之十九首明矣。《文心雕龍》始作於南齊，時且未有十九首之選也。

劉勰《文心雕龍‧明詩》云：「又古詩佳麗，或稱枚叔；其〈孤竹〉一篇，則傅毅之詞。比采而推，兩漢之作乎？觀其結體

散〔去聲〕文，直而不野，婉轉附物，怊悵切情，實五言之冠冕也。」劉勰所指古詩之「佳麗」者，當包西晉陸機所擬之原古詩。若彼等古詩不稱佳麗，陸機安合擬之？劉勰謂時人或以爲該等佳麗之古詩乃西漢枚乘所作。枚乘字叔，善屬文，景帝時爲吳王濞郎中。吳王怨望謀逆，乘諫不納，乃去而仕梁孝王，作〈七發〉以寓諷諫。孝王之客皆善辭賦，而乘尤高。武帝時，乘已老，帝知其賢，乃以安車蒲輪徵之，終死於道上。至於〈冉冉孤生竹〉一篇，劉勰則謂是東漢初傅毅所作。傅毅字武仲，博學能文，與班固、賈逵同時。芸芸佳構，中有枚乘之詩，誠不足爲奇，第不知何詩耳。至於劉彥和謂〈冉冉孤生竹〉乃傅毅之詞，然昭明太子與彥和同時稍後且相友，亦只以〈孤竹〉爲無名氏者所作，則不知彥和何所據矣。

劉勰論古詩，並無言及篇章之數。鍾嶸《詩品》則畧及之。其序云：「古詩眇邈，人世難詳，推其文體，固是炎漢之製，非衰周之倡〔同「唱」〕也。」泛稱古詩，統謂無名氏者之作耳。《詩品‧上》云：「古詩，其體源出于國風，陸機所擬十四首。文溫以麗，意悲而遠，驚心動魄，可謂幾乎一字千金。其外〈去者日已疎〉四十五首，雖多哀怨，頗爲總雜〔即亂雜，蓋謂衆詩取材及運意頗爲亂雜，不若陸士衡所擬原詩十四首之純粹〕，舊疑是建安中曹、王所製。〈客從遠方來〉、〈橘柚垂華實〉〔亦在四十五首之內，前者已爲昭明選錄〕，亦爲驚絕〔即極其驚心動魄〕矣。人代冥滅，而清音獨遠〔即古詩之清音獨能流傳久遠〕，悲夫！」

鍾嶸所指「古詩」，未直言其數，然謂陸機所擬有十四首。《文選》則錄其十二首，然究有兩首不入選抑鍾仲偉誤記，不得而知矣。《詩品》謂「其外〈去者日以疏〉四十五首，雖多哀怨，頗爲總雜」，從而可推想鍾仲偉所見古詩已結集，故有「四十五首」之稱而無庸多作解釋。由此亦可知，仲偉所見古詩有陸機所擬原古詩及其外四十五首，即共五十七或五十九首。

《文選》十九首之次序異於陸機十二首〈擬古詩〉，且不包括〈蘭若生春陽〉。此詩以「誰謂我無憂，積念發狂癡」作結，未知是否因其文直而野而不入選以足二十之數。鍾嶸謂〈去者日已疏〉等詩頗爲總雜，而昭明太子則選〈去者日以疏〉入十九首之中。故陸機選擬〈蘭若生春陽〉而昭明棄之；昭明取〈去者日以疏〉而鍾嶸貶之，是各依其好尚作取捨而已。

陳徐陵《玉臺新詠》卷一首錄〈古詩〉八首，據《四部叢刊》影印無錫孫氏藏明活字本，依次爲：

其一、　〈上山採蘼蕪〉
其二、　〈懍懍歲云暮〉
其三、　〈冉冉孤生竹〉
其四、　〈孟冬寒氣至〉
其五、　〈客從遠方來〉
其六、　〈四座且莫諠〉
其七、　〈悲與親友別〉
其八、　〈穆穆清風至〉

《玉臺》繼錄〈古樂府詩〉六首。繼又錄枚乘〈雜詩〉九首，依次爲：

其一、〈西北有高樓〉

其二、〈東城高且長〉

其三、〈行行重行行〉

其四、〈相去日已遠〉

其五、〈涉江採芙蓉〉

其六、〈青青河畔草〉

其七、〈蘭若生春陽〉

其八、〈迢迢牽牛星〉

其九、〈明月何皎皎〉

以上九篇，除〈蘭若生春陽〉外，餘皆在《文選》十九首中。然明活字本之〈蘭若生春陽〉實合兩詩而成，自首句至「積念發狂癡」是本詩，「積念」句後之「庭前有奇樹」至「但感別經時」即十九首其九〈庭中有奇樹〉。《玉臺》以二詩同韻而合之爲一。而〈雜詩〉其三與其四即十九首其一，《玉臺》以〈行行重行行〉上下韻部不同，遂析而爲二。是徐孝穆按韻腳妄自析合邪？抑後之編輯者妄自析合邪？宋嚴羽《滄浪詩話》云：「〈古詩〉十九首〈行行重行行〉，《玉臺》作兩首，自『越鳥巢南枝』以下別爲一首。當以《選》爲正。」可知《玉臺》古本確有此分合。《四庫提要》則據明重刻趙氏所傳《玉臺》宋刻本云：「而嚴羽《滄浪詩話》謂古詩〈行行重行行〉篇，《玉臺新詠》以『越鳥巢南枝』以下另爲一首，今此本仍聯爲一首。」則此本恐經補正，失其真矣。

徐陵所謂枚乘〈雜詩〉，不知何所據，恐未足盡信。清陳沆《詩比興箋》據此，以〈西北有高樓〉爲枚乘諫吳王濞不聽而思遠舉之詩；以〈東城高且長〉爲憂吳之詩；以〈行行重行行〉爲初去吳至梁之詩；以〈涉江采芙蓉〉爲在梁憂吳之詩；以〈青青河畔草〉爲自傷仕吳而不見用之詩；以〈蘭若生春陽〉爲吳反後重諫吳王而復不見納時之詩；以〈庭中有奇樹〉爲去吳已久而追述吳王不納其諫之詩；以〈迢迢牽牛星〉爲吳攻大梁、乘在梁城遺書說吳時之詩；以〈明月何皎皎〉爲吳敗後憂傷思歸淮陰之詩。恐不免穿鑿附會，聊備一說可矣。

至於劉勰謂〈孤竹〉乃傅毅之辭，而《文選》與《玉臺》但稱古詩，則彥和此說亦不知何所據也。

《文選》所選之古詩十九首，《玉臺》有其十二。陸機所擬古詩十二首，《玉臺》有其九，作枚乘〈雜詩〉。《玉臺新詠》始撰於南梁季世，遠後於《文心雕龍》，亦後於《文選》與《詩品》，彼三書尚無確指某詩爲枚乘所作，則《玉臺》從何得知邪？

近人范文瀾《文心雕龍注》卷二云：「〔清〕朱彝尊曰（《曝書亭集・書玉臺新詠後》）：『〈古詩〉十九首，以徐陵《玉臺新詠》勘之，枚乘詩居其八。至〈驅車上東門行〉載樂府〈雜曲歌詞〉，其餘六首，《玉臺》不錄。就《文選》本第十五首而論，「生年不滿百，常懷千歲憂。晝短苦夜長，何不秉燭遊。」則〈西門行〉古辭也。古辭：「夫爲樂，爲樂當及時。何能坐愁怫鬱，當復待來茲。」而《文選》更之曰：「爲樂當及時，何能待來茲。」古辭：「貪財愛惜費，但爲後世嗤。」而《文選》更之曰：「愚者愛

惜費，但爲後世嗤。」古辭：「自非仙人王子喬，計會壽命難與期。」而《文選》更之曰：「仙人王子喬，難可與等期。」裁剪長短句作五言，移易其前後，雜糅置十九首中，沒枚乘等姓名，概題曰「古詩」，要之皆出文選樓中諸學士之手也。徐陵少仕於梁，爲昭明諸臣後進，不敢明言其非，乃別著一書，列枚乘姓名，還之作者，殆有微意焉。』案《漢志・歌詩類》二十八家三百一十四篇，彥和謂辭人遺翰，莫見五言，是士大夫所作，或三言，或四言，或雜言；惟採自民間之歌辭爲五言耳。朱氏疑昭明輩裁剪長短句作五言，沒枚乘等姓名，恐未必然。鍾嶸《詩品》專評五言詩，若本是長短句，不得列入〈古詩〉十九首之中。乘等姓名，更無湮沒之理。古詩總雜，昭明止取十九首入選，謂其美篇不無遺佚則可，謂其剪裁失真則不可。至於樂府本宜增損辭句以協音律，似不必疑昭明削古辭爲五言也。」

　　清錢大昕序朱筠、徐昆《古詩十九首說》亦云：「或又疑〈生年不滿百〉一篇櫽括古樂府而成之，非漢人所作，是猶讀魏武〈短歌行〉而疑〈鹿鳴〉〔《詩・小雅》篇名〕之出於是也，豈其然哉。」范說與此同氣。

　　《文選》大聞於唐世，故〈古詩〉十九首乃學子必讀之作。後人所爲十九首注釋之多，非餘篇所能及，而十九首遂儼然爲漢古詩之代稱矣。明陸時雍《古詩鏡》卷二云：「十九首，謂之風餘，謂之詩母。」可謂尊崇備至。十九首者，其意深，其旨遠，其詞婉，其字句有力，故千古名高，今之學詩文者可不讀乎？

唐顯慶年間，李善表進其《文選》注本於高宗，遂廣爲士人所傳鈔。開元年間，呂延祚表進五臣集注《文選》於玄宗，頗獲嘉許。五臣者，呂延濟、劉良、張銑、呂向、李周翰。而延祚爲具字音。南宋人偶以李善注本及五臣注本合刻，取便參證，遂成《六臣注文選》，通行至今。

南宋編者亦爲校勘之語，如〈古詩〉十九首其五「願爲雙鳴鶴」後云：「五臣作『鴻鵠』。」其九「此物何足貴」後云：「善作『貢』。」其十二「馳情整巾帶」後云：「善作『中』。」是。又其十八「著以長相思，緣以結不解」後云：「『著』，張慮切。」又：「『緣』，以絹切。」唐人稱「反」，宋人或稱「切」，似亦編者所加。

六臣而後，十九首注釋轉趨長篇，非徒注其用事，且兼剖判旨意，賞析文辭，往往千言萬語，不能自休。近人隋樹森編著《古詩十九首集釋》，爲時所重。是書錄前人注釋九種，成〈彙解〉一卷。隋氏則自爲〈考證〉及〈箋注〉各一卷置於前，都甚足觀。書末裒集諸家評論，爲〈評論〉一卷。〈彙解〉九種者，其一爲元末明初劉履一篇，採自其《風雅翼‧選詩補注》；以《補注》序有「先明訓詁，次述作者旨意」之語，隋氏乃目之爲〈古詩十九首旨意〉。其二爲清初吳淇一篇，採自其《六朝選詩定論》，故隋氏目之爲〈古詩十九首定論〉。其三爲雍正年間張庚《古詩十九首解》，見《藝海珠塵》。其四爲雍、乾間姜任脩《古詩十九首繹》。其五爲乾隆年間朱筠口授、徐昆筆述之《古詩十九首説》，見《嘯園叢書》。其六爲乾隆年間張玉穀一篇，採自其《古詩賞析》，故隋氏目之爲〈古詩十九首賞析〉。其七

爲道光年間方東樹一篇，採自其《昭昧詹言》，隋氏目之爲〈論古詩十九首〉。其八爲道光年間饒學斌《月午樓古詩十九首詳解》。其九爲光緒年間劉光蕡一篇，採自《烟霞草堂遺書》，隋氏目之爲〈古詩十九首注〉。以上諸篇固各有可觀者，然亦非無可議之處也，茲畧言之。

吳淇〈古詩十九首定論〉云：「此漢人選漢詩也，乃一切諸選之始。其於建安之際乎？」漢詩結集，鍾嶸《詩品·序》已畧言及，然非必漢人所選，亦非謂只選此十九首而目之爲「古詩」也。吳氏論詩雖偶有灼見，然其弊在穿鑿附會，時入魔道。《四庫提要》誤「淇」爲「湛」，謂其「詮釋諸詩亦皆高而不切，繁而鮮要」。故張庚起而糾其謬。張氏《古詩十九首解》云：「睢陽吳氏說《選》詩大有發明，然穿鑿附會，牽強偏執，在在有之；欲求醇者，什僅二三。雍正戊申，館於滿城陳氏，弟子於正課之暇，以〈古詩〉十九首請業，因參其說詮解焉。然爲得爲失，究不自知耳。爲錄一冊，以俟服古者正之。」張庚貶斥吳淇之作，更在《四庫提要》之前。

姜任脩《古詩十九首繹》序云：「〈古詩〉十九首不知定自何代，《文選》錄之而分爲二十，《玉臺新詠》存十二而遺其七。」又於〈東城高且長〉後云：「《文選》分『結束』上爲一首，『燕趙』下爲一首。」仍王士禎《古詩選》之誤（《古詩選》卷一無名氏〈古詩〉十九首題下注：「《文選》作二十首，分『東城高且長』、『燕趙多佳人』爲二首。」），厚誣古人，竟至再三。實則析〈東城〉爲兩首者乃明張鳳翼，其說見於《文選纂注》。《四庫提要》評

張氏云：「其注無名氏古詩，以『東城高且長』與『燕趙多佳人』分爲兩篇，十九首遂成二十，不知陸機擬作，文義可尋，未免太自用矣。」誠爲的論。

張庚〈古詩十九首解〉云：「此篇張氏以爲『燕趙』以下另是一首，且以重用『促』字韻爲據，細玩詞意亦是。但從前都作一首，陸平原〈擬古〉亦作一首擬，仍其舊可也。然必如是解〔即如張庚之作一首解釋〕方不牽強。即作兩首，即如是解亦可。」優柔寡斷，模棱兩可，失之遠矣。反不若姜氏云：「靜案之，『何爲』句束上領下，勢若建瓴。佳人，令聞也；如玉，天姿也；被服，盛飾也；當戶，現身也；音響，發聲也；絃急，情迫也；馳情沈吟，臨期鄭重，弱顏故〔原文如是〕植〔《楚辭‧招魂》：「弱顏固植，謇其有意些。」固，堅也；植，志也〕也。皆可相與蕩滌放情志者也。通首奔逸，至此勒韁，未可中分傷格。」攻乎異端，義正詞嚴，此其佳處也。

方東樹《昭昧詹言》卷二析〈東城高且長〉爲兩首，曰〈東城高且長〉及〈燕趙多佳人〉，而去〈庭中有奇樹〉，實只得十八首。其論既失諸淺，復失諸迂。論〈行行重行行〉云：「此只是室思之詩。」論〈青青河畔草〉云：「以詩而論，用法用筆極佳；而義乏興寄，無可取。」淺也。論〈涉江采芙蓉〉云：「遠道即指黃、農、虞、夏也。」又在古詩〈新樹蕙蘭花〉後云：「凡言遠，皆指黃、農、虞、夏。」論〈去者日以疏〉云：「喻意逐世味者，同歸於一死，而不知反身求道。」迂也。餘亦不見新意，蓋前人已道之矣。

12

饒學斌《月午樓古詩十九首詳解》好爲瑣碎語，下筆萬言，非爲闡明典故，判別異文，而是侈談詩法與物理，往往不着邊際，雖多亦奚以爲？彼又以十九首爲一人之作，云：「此遭讒被棄，憐同患而遙深戀闕者之辭也。首節總冒，標『會面安可知』、『思君令人老』爲柱。自其三至其七爲一截，承『會面安可知』一柱而申之；自其二其八至其十六爲一截，承『思君令人老』一柱而申之。其十七收束思君，其十八收束思友，末以單收下截結。」又云：「上截自『青青陵上柏』至『涉江采芙蓉』，由春及夏；既而促織、秋蟬，由夏及秋；七節由秋及冬，而特自孟冬畫斷。下截自『青青河畔草』至『綠葉發華滋』，由春及夏；既而秋草、白楊，由夏及秋；至末由秋及冬，亦特自孟冬畫斷。上截明月、白露、南箕、北斗等項，特表夜景；下截長夜、夜長、明月、蟾兔等項，亦特表夜景。情事則兩意相承，時景已一絲不亂。又上截曰『遊戲宛與洛』，下截曰『驅車上東門』，又曰『錦衾遺洛浦』，宛屬南陽，洛屬東都，上東門即東都，意此君殆漢末黨錮諸君子之逃竄於邊北者，此什〔即篇什，指十九首〕其成於漢桓二年孟冬下弦夜分之際者乎？通什綺交脈注，脈絡分明，不特於此可見，此尤顯而易見者也。或謂十九首非出於一人一時之事，亦未將全詩併讀而合玩耳。」穿鑿附會至極，古未嘗見。蓋十九首者昭明太子自數十篇中所選出，豈彼於選擇時已知此十九首爲一人之作乎？饒氏視〈明月皎夜光〉孟冬與白露同見、〈東城高且長〉秋草與歲暮同見、〈凜凜歲云暮〉歲暮與涼風同見爲等閑而不加詮釋，於〈孟冬寒氣至〉後則力斥注家以孟冬爲七月之非，云：「孟冬，建亥之月也，即

今十月也。解者泥漢用秦正，以十月爲歲首，謂漢之孟冬，即今之七月。夫七月正三伏極熱之時，何得云『寒氣』？又何得云『北風慘慄』耶？按漢用秦正，至武帝太初元年，允廷臣司馬遷等所請，已改用夏正。此詩其三曰『洛中何鬱鬱』、『兩宮遙相望』，作爲屬東漢無疑，豈西漢既改用夏正，而東漢復以秦正紀事乎？則注孟冬爲七月，亦解者失攷耳。」戾橫折曲莫過於是。〈孟冬寒氣至〉乃漢武改曆後之詩，孟冬自是十月。以孟冬指七月者乃〈明月皎夜光〉，李善注「玉衡指孟冬」云：「《春秋運斗樞》曰：『北斗七星，第五曰玉衡。』《淮南子》曰：『孟秋之月，招搖指申。』然上云促織，下云秋蟬，明是漢之孟冬，非夏之孟冬矣。《漢書》曰：『高祖十月至灞上，故以十月爲歲首。』漢之孟冬，今之七月矣。」闡釋分明，何誤之有？饒氏知〈青青陵上柏〉爲東漢詩，遂以十九首俱爲東漢詩，且置孟冬而白露、秋草而歲暮以及歲暮而涼風於不顧，反以此孟冬寒氣斥李善等人誤注，然誤者實饒氏一人耳。饒氏以十九首俱東漢黨錮禍中一君子之作，以此立論而釋十九首，於是株連牽引，羅織成冤。高叟聞之，必謂其固也。

至若劉光蕡之〈古詩十九首注〉則缺〈涉江采芙蓉〉注文，餘注亦甚簡略，少發明而多謬誤。其注〈青青陵上柏〉云：「此達人憂世之詞，所謂『眾人皆醉我獨醒』也。賢者清標持操，如青柏磊石挺生陵磵，一任世之昏濁，掉頭遠去而不回顧。於是友朋以斗酒相娛，勸其出而一試，其意良厚矣。然天下之患，自有身任其責者，賢者身在局外，何能爲力？則之〔往也〕宛

洛，而當道者醉夢未醒，方且極宴娛意，不知天下之已危已亂也。則不惟賢者之遠行爲多事，即勸者亦爲多事矣。」以「掉頭遠去而不回顧」釋「忽如遠行客」，以「勸其出試，其意良厚」釋「聊厚不爲薄」，何誤之甚也？詩人在洛，見洛中權貴爭相求索，遂以一句道盡當道者之所爲。繼而述洛中第宅宮闕之可觀。末言極宴娛意，乃詩人與其友之所爲，豈可又謂是當道者之所爲哉？其於章法亦有乖矣。劉氏曲解原詩以見比興，牽強一至於是。其注〈凜凜歲云暮〉云：「涼風已厲，遊子未歸，慮其無衣，婦人以能衣其夫爲職也。洛浦之神，或遺錦衾，遊子不至於寒；然我爲同袍而與我違，我不能不遠爲慮也。」詩云「錦衾遺洛浦」，此則謂洛神遺遊子以錦衾，顛倒如此，殊可歎也。劉氏謂「〈古詩〉十九首作非一人一時一地，爲由〈三百篇〉成五言之祖，殆起於東京」，是亦不信十九首有西漢之作。

歷代注釋，固都有其佳勝之處，而莫過於先師陳湛銓先生所爲六萬餘言，原見於一九八九年之《香港學海書樓陳湛銓先生講學集》；二〇一七年收入香港商務印書館出版之《歷代文選講疏》，皆湛師遺稿。湛師以其過人學識，鎔鑄諸家而自出鴻裁，精妙絕倫，足以振聾發瞶，乃真定論矣。[1]

---

[1] 〈古詩十九首雜說〉原載於《漢唐詩雜說》。香港：商務印書館（香港）有限公司，2018。

其一

行行重行行，與君生別離。

相去萬餘里，各在天一涯。

道路阻且長，會面安可知。

胡馬依北風，越鳥巢南枝。

相去日已遠，衣帶日已緩。

浮雲蔽白日，游子不顧返。

思君令人老，歲月忽已晚。

棄捐勿復道，努力加餐飯。

（錄自《四部叢刊》本《六臣注文選》，餘十八首同）

語譯

既已行行，又再行行，

我和您生而別離。

相距萬餘里，

各在天的一邊。

道路既艱險又漫長，

怎知能不能再相見。

來自胡地的馬依戀着北風，

來自越地的鳥喜歡在南枝上做巢。

相距一天比一天遠，

衣帶一天比一天寬。

浮雲掩蔽了白日，

我這遠遊異鄉的人唯有去而不返。

思念您令人衰老，

一年的光景忽地到了盡頭。

我不會再提起被棄置的事，

只想勉力加餐〔以留此有用之身〕。

用韻

詩中「離」、「涯」、「知」、「枝」叶韻，轉韻後「遠」、「緩」、「返」、「晚」、「飯」叶韻。各韻字(即「用韻字」、「押韻字」、「壓韻字」、「韻腳」、「韻腳字」)所在韻部表列如下(上古音據郭錫良《漢字古音手冊》)：

韻字	離 涯 知 枝	遠 緩 返 晚 飯
上古音韻部	歌 支 支 支	元 元 元 元 元
《廣韻》韻目	支 支 支 支 (平)	阮 緩 阮 阮 阮 (上)

在《廣韻》中，「涯」字又屬平聲「佳」韻，「飯」字又屬去聲「願」韻。「緩」字今粵音陽上作去，讀陽去聲。「飯」字普通話讀去聲，今粵音讀陽去聲。

以此詩非作於西漢者或以用韻爲證，蓋《詩經》中「歌」部字不與「支」、「之」部字叶韻。西漢去古不遠，且帛書《周易》抄成於漢初，「離」尚作「羅」，故「離」、「涯」、「知」、「枝」叶，必在其後。

案上古音「離」在「歌」部，「涯」、「知」、「枝」在「支」部。

三百篇中，「歌」不與「支」、「之」通叶。至漢世，若干「歌」部字漸次移往別部。在《廣韻》中，上古「歌」部字如「儀」、「宜」、「池」、「猗」、「皮」、「疲」、「披」、「爲」、「虧」、「離」等屬「支」韻，如「加」、「珈」、「嘉」、「麻」、「嗟」等屬「麻」韻。「莪」、「娥」、「多」、「蹉」、「柯」、「沱」、「羅」等仍屬「歌」韻，「禾」、「科」、「波」、「坡」、「都」、「磨」等則屬「戈」韻。

上古音在「歌」部之仄聲字亦有類似變化，如「侈」、「蟻」、「綺」、「倚」、「蕊」、「髓」等屬「紙」韻，如「剮」、「瓦」、「也」、「踝」等屬「馬」韻。至於「可」、「我」、「哿」、「妸」、「左」等則屬「哿」韻，「顆」、「跛」、「坐」、「瑣」、「朵」、「妥」等則屬「果」韻。去聲字如「誼」、「議」、「僞」、「睡」、「瑞」等屬「寘」韻，「地」則屬「至」韻；如「駕」、「架」、「化」等屬「禡」韻。至於「賀」、「那」、「餓」等則屬「箇」韻，「課」、「播」、「破」、「臥」、「貨」、「挫」、「惰」等則屬「過」韻。此其大較。至如「差異」之「差」屬「佳」韻，「罷」屬「蟹」韻，「髻」屬「霽」韻，則是例外少數耳。

〈行行重行行〉中「與君生別離」一句出於〈九歌·少司命〉之「悲莫悲兮生別離，樂莫樂兮新相知」。此二句自漢以來都可視爲韻句，然在〈少司命〉中，「離」字當非韻腳。〈少司命〉之用韻法可作表解如下：

〈少司命〉用韻法

	韻組	韻部	中古叶韻聲調		韻組	韻部	中古叶韻聲調
秋蘭兮麋蕪 羅生兮堂下 綠葉兮素枝 芳菲菲兮襲予 夫人自有兮美子 蓀何以兮愁苦	甲	魚 魚 魚 魚	上 上 上 上	荷衣兮蕙帶 儵而來兮忽而逝 夕宿兮帝郊 君誰須兮雲之際	丁	月 月 月	去 去 去
秋蘭兮青青 綠葉兮紫莖 滿堂兮美人 忽獨與余兮目成	乙	耕 耕 耕	平 平 平	與女遊兮九河 衝風至兮水揚波		古本無此二句，疑衍。其意與後兩句並不連貫，當是從〈河伯〉章中誤抄過來。	
				與女沐兮咸池 晞女髮兮陽之阿 望美人兮未來 臨風怳兮浩歌	戊	歌 歌 歌	平 平 平
入不言兮出不辭 乘回風兮載雲旗 悲莫悲兮生別離 樂莫樂兮新相知	丙	之 之 支	平 平 平	孔蓋兮翠旍 登九天兮撫彗星 竦長劍兮擁幼艾 蓀獨宜兮爲民正	己	耕 耕 耕	平 平 平

觀〈少司命〉用韻之法，而「歌」部不與「之」、「支」通叶，乃知「離」字非韻腳矣。

然漢初已有古讀今讀之分，兩讀俱用於韻文。「歌」部字亦不在例外，如漢高祖〈鴻鵠歌〉云：「橫絕四海，又可奈何？雖有矰繳，尚安所施？」「施」字在《廣韻》屬「支」韻，見於〈鴻鵠歌〉中仍在上古「歌」部。漢樂府〈日出入〉云：「泊如四海之

池，徧觀是耶謂何。」「池」字在《廣韻》屬「支」韻，在〈日出入〉仍作「歌」部字。

漢初枚乘〈七發〉則云：「龍門之桐，高百尺而無枝。中鬱結之輪菌〔同「困」〕，根扶疏以分離。上有千仞之峯，下臨百丈之谿。湍流遡波，又澹淡之。」其中韻腳「枝」、「谿」上古音在「支」部，「之」在「之」部，而「離」則夾於其中，與「支」、「之」合韻。上古「支」之陽聲（即鼻韻）是「耕」（〈-ŋ〉），「之」之陽聲是「蒸」（〈-ŋ〉），本難與「歌」之陽聲「元」（〈-n〉）合韻，故知枚乘時，「離」之今讀已不在「歌」部。

由此觀之，〈行行重行行〉以「離」字與「支」部字叶韻，非無他例可援，固不可據此而謂其非西漢之作。

注釋

「行行」二句：《六臣注》：「善〔李善〈文選注〉〕曰：『《楚辭》〔〈九歌〉〕曰：「悲莫悲兮生別離。」』銑〔五臣張銑〕曰：『此詩意爲忠臣遭佞人讒譖，見放逐也。』」

《左傳・襄公四年》引〈虞人之箴〉：「武不可重。」晉杜預注：「重，猶數〔唐陸德明《經典釋文》：「所角反。」入聲〕也。」唐陸德明《經典釋文》：「直用反。」去聲。《廣韻》去聲「用」韻：「重，更爲也。杜用切。」

「相去」二句：「天一涯」，《六臣注》：「善作『一天涯』，音『宜』。」《六臣注》：「善曰：『《廣雅》曰：「涯，方也。」』翰〔五

臣李周翰〕曰：『涯，畔也。』」

　　西漢李陵〈答蘇武書〉：「相去萬里，人絕路殊。生爲別世之人，死爲異域之鬼。」

　　「涯」，《説文解字》無「涯」字。《説文》：「崖，高邊也。」又：「厓，山邊也。」北宋徐鉉《説文新坿》補「涯」字，釋作「水邊也」。《廣雅·釋詁一》：「厓，方也。」天一涯即天一邊或天一方。

　　「道路」二句：《六臣注》：「善曰：『《毛詩》〔《詩·秦風·蒹葭》〕曰：「遡洄從之，道阻且長。」薛綜〈西京賦注〉曰：「安，焉也。」』」

　　「胡馬」二句：《六臣注》：「善曰：『《韓詩外傳》曰：「《詩》云：『代〔古國名，戰國初爲趙襄子所滅〕馬依北風，飛鳥棲故巢。』〔案：今本《韓詩外傳》無之〕皆不忘本之謂也。」』翰曰：『胡馬出於北，越鳥來於南。依望北風，巢宿南枝，皆思舊國。』」

　　西漢桓寬《鹽鐵論·未通》：「樹木數徙則痿，蟲獸徙居則壞，故代馬依北風，飛鳥翔故巢，莫不哀其生。」

　　「相去」四句：《六臣注》：「善曰：『古樂府歌曰：「離家日趨遠，衣帶日趨緩〔因思家而腰瘦〕。」浮雲之蔽白日，以喻邪佞之毀忠良，故遊子之行不顧返也。《文子》曰：「日月欲明，浮雲蓋之。」陸賈《新語》曰：「邪臣之蔽賢，猶浮雲之鄣日月。」〈古楊柳行〉曰：「讒邪害公正，浮雲蔽白日。」義與此同也。鄭

玄〈毛詩〔〈商頌・那〉〕箋〉曰:「顧,念也。」』良〔五臣劉良〕曰:『白日喻君也,浮雲謂讒佞之臣也,言佞臣蔽君之明,使忠臣去而不返也。』」

《文子・上德》:「日月欲明,濁雲蓋之。河水欲清,沙土穢之。叢蘭欲脩,秋風敗之。人性欲平,嗜欲害之。蒙塵而欲無眯,不可得絜。」《淮南子・齊俗訓》:「故日月欲明,浮雲蓋之。河水欲清,沙石濊之。人性欲平,嗜欲害之。唯聖人能遺物而反己。」西漢陸賈《新語・辨惑》:「故邪臣之蔽賢,猶浮雲之鄣日月也。」東漢孔融〈臨終詩〉:「讒邪害公正,浮雲翳白日。」

《史記・高祖本紀》:「高祖乃起舞,慷慨傷懷,泣數行下。謂沛父兄曰:『游子悲故鄉。吾雖都關中,萬歲後吾魂魄猶樂思沛。』」舊題西漢李陵〈與蘇武詩〉三首其三:「攜手上河梁,游子暮何之?」游子即遠遊他鄉作客者。顧返,還返也。《韓非子・內儲說上》:「商太宰使少庶子之市,顧反而問之曰:『何見於市?』對曰:『無見也。』」李善引鄭箋以「顧返」爲「念返」,即「思返」,可備一說。

「思君」二句:《六臣注》:「翰曰:『思君謂戀主也。恐歲月已晚,不得効忠於君。』」

《詩・小雅・小弁〔音「盤」〕》:「假寐永歎,維憂用老。心之憂矣,疢如疾首。」屈原〈離騷〉:「惟草木之零落兮,恐美人之遲暮。」

「棄捐」二句：《六臣注》：「濟〔五臣呂延濟〕曰：『勿復道，心不敢望返也。努力加餐飯，自逸之辭。』」

《說文解字》：「棄，捐也。」又：「捐，棄也。」棄捐，被棄置而不用。《戰國策・秦策》：「王使子誦，子曰：『少棄捐在外，嘗無師傅所教學，不習於誦。』王罷之，乃留止。」

舊題西漢李陵〈與蘇武詩〉三首其三：「努力崇明德，皓首以爲期。」《漢書・翟方進傳》：「小史有封侯骨，當以經術進，努力爲諸生學問。」《漢書・張安世傳〔在〈張湯傳〉〕》：「願將軍強餐食，近醫藥，專精神，以輔天年。」舊題東漢蔡邕〈飲馬長城窟行〉：「長跪讀素書，書中竟何如。上有加餐食，下有長相憶。」

綜論

元劉履《風雅翼・選詩補注》曰：「賢者不得於君，退處遐遠，思而不忍忘，故作是詩。言初離君側之時，已有生別之悲矣。至於萬里道阻，會面無期，比之物生異方，各隨所處，又安得不思慕之乎？夫以相去日遠，相思愈瘦，而遊子所以不復顧念還返者，第以陰邪之臣，上蔽於君，使賢路不通，猶浮雲之蔽白日也。然我之思君不置，甚底于老，宜如何哉？惟自遣釋，努力加餐而已。蓋亦〈卷耳〉『酌金罍』、『不永懷』之意。觀其見棄如此，而但歸咎於讒佞，曾無一語怨及其君，忠厚之至也。」清吳淇《六朝選詩定論》卷四曰：「此臣不得于君之詩，

借遠別離以寓意。」清張庚《古詩十九首解》云:「此臣不得於君而寓意於遠別離也。」俱與此同意。

清姜任脩《古詩十九首繹》曰:「哀無怨而生離也。『悲莫悲兮生別離』似此。行行不已,萬里遙天,相爲阻絕,後會安有期耶?蓋以胡馬越鳥,南北背馳,其勢日遠,其情日傷,帶已寬而人已老也。此豈君真棄捐我哉?緣邪臣蔽賢,猶浮雲鄣日,是以一去不復念歸耳。然而不必煩言也,惟努力加餐,保此身以待君子,蓋即『姑酌金罍』之意。譚友夏〔明譚元春,與鍾惺共選古詩及唐詩評之,成《詩歸》〕云:『人知以此勸人,此併以之自勸。』風人之忠厚如此。此賢者不得於君,而託爲之作。『浮雲』句亦有日暮途遠意。太白『浮雲遊子』二句是注腳。」

清朱筠《古詩十九首說》曰:「十九首,無題詩也,從何說起?蓋人情之不能已者,莫如別離;而人情之尤不能已者,莫如適當〔平聲〕別離。只『行行重行行』五字,便覺纏綿真摯,情流言外矣。次句點醒『與君』。『相去』二句,從別後說起,『各』字妙,與次句『與』字相應,是從兩邊說。『道路阻且長』是從中間說。『會面安可知』足一句,正見別離之苦。此下本可接『相去日已遠』二句,然無所託興,未免直頭布袋矣。就胡馬思北、越鳥思南襯一筆,所謂『物猶如此,人何以堪』也;然兩地之情,已可想見。『相去日已遠』二句,與『思君令人瘦』一般用意。『浮雲』二句,忠厚之極。『不顧返』者,本是遊子薄倖,不肯直言,卻託諸浮雲蔽日,言我思子而子不思歸〔案:既是浮雲蔽日,忠良見棄,則「我思子」之我是誰耶?是誤「君」

爲「遊子」者也〕，定有讒人閒之，不然，胡不返耶？『思君令人老』，又不止於『衣帶緩』矣。『歲月忽已晚』，老期將至，可堪多少別離耶？日月易邁而甘心別離，是君之棄捐我也。『勿復道』是決詞，是狠語，猶言『提不起』也。下卻轉一語曰：『努力加餐飯。』思愛之至，有加無已，真得三百篇遺意。」

清張玉穀《古詩賞析》卷四曰：「此思婦之詩。首二追敍初別，即爲通章總提，語古而韻〔指風韻、韻律〕。『相去』六句，申言路遠會難，忽用馬鳥兩喻，醒出莫往莫來之形，最爲奇宕。『日遠』六句，承上轉落念遠相思、蹉跎歲月之苦。浮雲蔽日，喻有所惑；遊不顧返，點出負心，略露怨意。末二掣筆兜轉，以不恨己之棄捐，惟願彼之強飯收住，何等忠厚！」清方東樹〈昭昧詹言〉則謂「此只是室思之詩」，似都未會興寄之旨。

其二

青青河畔草，鬱鬱園中柳。
盈盈樓上女，皎皎當窗牖。
娥娥紅粉粧，纖纖出素手。
昔爲倡家女，今爲蕩子婦。
蕩子行不歸，空牀難獨守。

語譯

河畔的草，多青翠！
園中的柳，多茂密！

樓上那個女子，多美好！

她正站在窗口，多皎潔！

她的紅粉妝容，多豔麗！

她露出白皙的手，多纖細！

從前是一名歌妓，

現在是一個飄蕩之人的妻子。

飄蕩之人遠行不回來，

空牀的確難以獨守。

用韻

　　「柳」、「牖」、「手」、「婦」、「守」押韻。「柳」、「牖」、「手」、「守」上古音在「幽」部，「婦」字在「之」部。從詩中用韻推斷，「婦」字在漢代與其餘四個韻字已在同一韻部。在《廣韻》中，此五字同屬上聲「有」韻。表列如下：

韻字	柳 牖 手 婦 守
上古音韻部	幽 幽 幽 之 幽
《廣韻》韻目	有 有 有 有 有 (上)

　　《玉臺新詠》卷七載梁簡文帝蕭綱〈執筆戲書〉云：「舞女及燕姬，倡樓復蕩婦。參差大昺發，搖曳小垂手。釣竿蜀國彈，新城折楊柳。玉案西王桃，蠡杯石榴酒。甲乙羅帳異，辛壬房戶暉。夜夜有明月，時時憐更衣。」詩中「婦」字與「手」、「柳」、「酒」字叶。

「婦」字，今普通話濁上作去，讀〈fù〉，去聲，但聲韻俱異；今粵音讀〈ᵛfu〉，陽上聲，聲韻亦異。不過，粵口語稱「新婦」爲「新抱〔〈ᵛpou〉〕」，則保留「婦」字原來重唇音聲母，韻母亦近「有」韻。

注釋

「青青」二句：《六臣注》：「善〔李善〈文選注〉〕曰：『鬱鬱，茂盛也。』銑〔五臣張銑〕曰：『此喻人有盛才，事於暗主，故以婦人事夫之事託言之。言草柳者，當春盛時。』」

《詩·衛風·淇奧》：「瞻彼淇奧，綠竹青青。」〈傳〉：「青青，茂盛貌。」《詩·秦風·晨風》：「鴥彼晨風，鬱彼北林。」〈傳〉：「鬱，積也。」

「盈盈」二句：《六臣注》：「善曰：『草生河畔，柳茂園中，以喻美人當憁牖也。《廣雅》曰：「嬴，容也。」「盈」與「嬴」同，古字通。』向〔五臣呂向〕曰：『盈盈，不得志皃；皎皎，明也。樓上言居危苦，當窗牖言潛隱，伺明時也。』」

《詩·小雅·白駒》：「皎皎白駒，食我場苗。」唐陸德明《經典釋文》：「皎皎，古了反，潔白也。」《說文解字》：「囱，在牆曰牖，在屋曰囱。」又：「窗，或從穴。」又：「牖，穿壁以木爲交窗也。」

「娥娥」二句：「粧」，《六臣注》：「五臣作『裝』。」《六臣注》：「善曰：『《方言》曰：「秦晉之間，美兒謂之娥。」』《韓詩》

曰：「纖纖女手，可以縫裳。」薛君〔薛漢嘗爲《韓詩》章句〕曰：
「纖纖，女手之皃。」毛萇曰：「摻摻，猶纖纖也。」』翰〔五臣
李周翰〕曰：『娥娥，美皃；纖纖，細皃。皆喻賢人盛才也。』」

「昔爲」二句：《六臣注》：「善曰：『《史記》曰：「趙王遷母，
倡也。」《説文》曰：「倡，樂也。」謂作妓者。』濟〔五臣呂延濟〕
曰：『昔爲倡家女，謂有伎藝未用時也。今爲蕩子婦，言今事君
好勞人征役也。婦人比夫爲蕩子，言夫從征役也。臣之事君，
亦如女之事夫，故比而言之。』」

《戰國策・齊策》：「故鐘鼓竽瑟之音不絕，地可廣而欲可
成；和樂倡優侏儒之笑不乏，諸侯可同日而致也。」〈注〉：「倡
優，倡樂也。」

「蕩子」二句：《六臣注》：「善曰：『《列子》曰：「有人去鄉
土，遊於四方而不歸者，世謂之爲狂蕩之人也。」』翰曰：『言
君好爲征役不止，雖有忠諫，終不見從，難以獨守其志。』」

綜論

　　元劉履《風雅翼・選詩補注》曰：「曾原〔南宋初人，有《選
詩演義》，現存《演義》版本作「曾原一」〕謂『此詩刺輕於仕進
而不能守節者』，得之。言青青之草，鬱鬱之柳，其枝葉非不茂
也；然無貞堅之操，一至歲寒，則衰落而不自保。以興世俗輕
進之人，自衒以求售，其才質非不美也；然素無學識，不知自
修之道，一遭困窮，則放濫無恥，而欲其固守也難矣。且不斥

言之，而婉其詞以倡女爲比，其深得詩人託諷之義歟？」

　　清張庚《古詩十九首解》曰：「此詩刺也。雖莫必其所刺誰
何，要亦不外乎不循廉恥而營營之賤丈夫。若以爲直賦倡女，
倡女亦何足賦而費此筆墨耶？起曰『樓上女』，何以便知其爲
『倡家女』、爲『蕩子婦』，則以『當窗牖』故。且『當窗牖』而必
『紅粉粧』、『出素手』，安知不於樓上招邀乎？因愈知其爲『倡
家女』、『蕩子婦』矣。〈衛風〉云：『自伯之東，首如飛蓬。豈
無膏沐，誰適爲容？』貞婦所爲如此，今樓上女反是，故不妨直
呼之爲『倡家女』、爲『蕩子婦』也。既是出身倡家，嫁於蕩子，
而當此草青柳鬱之春，自不能獨守空牀矣。然亦何以知其牀之
空？則以『蕩子行不歸』故。又何以知其必爲蕩子？則以其行
不歸故。又何以知其行不歸？則以此女之當窗牖必紅粉粧、出
素手故。使蕩子不行、行而即歸，則嫵昵有情，亦何爲紅粉粧，
出素手，招邀於樓上也？凡士人不能安貧而自衒自媒者，直爲
之寫照矣。」

　　清姜任脩《古詩十九首繹》曰：「傷委身失其所也。妙在全
不露怨語，只備寫此間、此物、此景、此情、此時、此人，色
色俱佳；所不滿者，獨不歸之蕩子耳。結只五字，抵後人數百
首閨怨詩。或曰：『躁進而不砥節，故比而刺〔即譏刺〕之。』
嚴滄浪〔南宋嚴羽《滄浪詩話》，「浪」音「郎」〕謂：『六句連用
叠字，今人必以爲重複，古詩正不當以此論之。』沈確士〔清沈
德潛《古詩源》〕云：『從「河水洋洋」章〔《詩・衛風・碩人》末
章〕化出。』」

劉履謂此詩刺「輕於仕進而不能守節者」，張庚謂此詩刺「不循廉恥而營營之賤丈夫」，恐非。案此詩關鍵在蕩子不歸，能臣自欲求去。枚乘屢諫吳王不果，乃去而從梁王，即其比也。此詩以「青青河畔草，鬱鬱園中柳」起興，繼而述己之美才。倡家女，言己嘗微賤無所依託也；蕩子婦，以從良喻己嘗爲君用，不然則終老於草莽之間矣。今君既不我顧，若不擇賢主而仕，豈不終老於山水之間邪？姜任脩謂詩人「傷委身失其所」，殆近之。五臣張銑曰：「此喻人有盛才，事於暗主，故以婦人事夫之事託言之。」是矣。

陳湛銓先生曰：「明王世貞《藝苑卮言》卷二：『或以「盈盈樓上女」爲犯惠帝諱（洪邁《容齋隨筆》卷十四謂『李陵詩云：「獨有盈觴酒，與子結綢繆。」「盈」字正惠帝諱』）。後人因並疑枚乘詩耳），按臨文不諱（〈曲禮上〉：『《詩》、《書》不諱，臨文不諱。』），如「總齊羣邦」，故犯高諱，無妨。』（漢初高祖少弟楚元王交之傅韋孟〈諷諫〉四言詩：『總齊羣邦，以翼大商。』且一篇之中，『邦』字凡四見。又董仲舒〈賢良對策下〉：『書邦家之過，兼災異之變。』亦犯高祖諱。又古公愚先生《漢詩研究》舉出漢人詩文有『盈』字者數十。容齋謬論，不足憑也）顧炎武《日知錄》卷二十三『已祧不諱』條（祧音挑，遠廟也）云：『漢時祧廟之制不傳，竊意亦當如此（七世）。故孝惠諱盈，而《說苑・敬慎》篇引《易》「天道虧盈而益謙」四句（《易》謙卦象辭：『天道虧盈而益謙，地道變盈而流謙，鬼神害盈而福謙，人道惡盈而好謙。』）「盈」字皆作「滿」，在七世之內故也。班固《漢

書‧律歷志》「盈元」、「盈統」、「不盈」之類，一卷之中，字凡四十餘見。……「盈」，諱文，已祧故也。若李陵詩「獨有盈觴酒，與子結綢繆」、枚乘〈柳賦〉（〈忘憂館柳賦〉：「於是鱒盈縹綠之酒，爵獻金漿之醪。」）「盈玉縹之清酒」（原注：『載《古文苑》。』），又詩「盈盈一水間」，二人皆在武、昭之世，而不避諱，又可知其爲後人之擬作而不出於西京矣。』亭林先生之說，其實不然。賈誼〈陳政事疏〉云：『秦王置天下於法令，而怨毒盈於世。』鄒陽上書吳王云：『淮南連山東之俠，死士盈朝。』韋孟〈在鄒〉詩曰：『祁祁我徒，負載盈路。』蓋臨文不諱也。」

其三

青青陵上柏，磊磊澗中石。
人生天地間，忽如遠行客。
斗酒相娛樂，聊厚不爲薄。
驅車策駑馬，游戲宛與洛。
洛中何鬱鬱，冠帶自相索。
長衢羅夾巷，王侯多第宅。
兩宮遙相望，雙闕百餘尺。
極宴娛心意，戚戚何所迫。

語譯

山陵上的柏樹，多青翠！
溪澗中的石頭，多堅硬！

人活在天地之間，

卻倏忽而過，像遠行的人。

只一斗酒，我們可以娛樂一番，

姑且珍重此刻，不要妄自菲薄，

驅着車，策着劣馬，

在宛和洛遊戲。

洛城中多麼繁盛，

搢紳官吏互相求索攀援。

大街兩旁羅列着巷陌，

多的是王侯宅第。

兩宮遙遙相對，

雙闕有百多尺高。

我們大可盡情作樂，使心意歡暢，

別人這麼淒戚，究竟受到怎樣的壓迫呢？

用韻

「柏」（單句）、「石」、「客」、「樂」（單句）、「薄」、「洛」、「索」、「宅」、「尺」、「迫」同押入聲韻，〈-k〉收音。上古音（據郭錫良《漢字古音手冊》）除「樂」字在「藥」部外，其餘九字在「鐸」部。在《廣韻》中，「柏」、「客」、「索」、「宅」、「迫」屬入聲「陌」韻，「索」作「求」解又屬入聲「麥」韻，「石」、「尺」屬入聲「昔」韻，「樂」、「薄」、「洛」屬入聲「鐸」韻。表列如下：

韻字	柏 石 客 樂 薄 洛 索 宅 尺 迫
上古音韻部	鐸 鐸 鐸 藥 鐸 鐸 鐸 鐸 鐸 鐸 （入）〈-k〉
《廣韻》韻目	陌 昔 陌 鐸 鐸 鐸 陌 陌 昔 陌 （入）〈-k〉

《廣韻》「鐸」韻：「索，盡也，散也；又繩索。亦姓，出燉煌。」讀「蘇各切」。「陌」韻：「索，求也。索，上同。」讀「山戟切」。「麥」韻：「索，求也，取也，好也。索，上同。」讀「山責切」。今粵音「蕭索」、「繩索」之「索」讀〈ˉsɔk〉，「索取」、「求索」之「索」讀〈ˉsak〉。

注釋

「青青」二句：《六臣注》：「善〔李善〈文選注〉〕曰：『言長存也。《莊子》：「仲尼曰：『受命於地，唯松柏獨也。在冬夏常青青。』」《楚詞〔原文如是〕》曰：「石磊磊兮葛蔓蔓。」《字林》曰：「磊磊，眾石也。」』銑〔五臣張銑〕曰：『陵，山也。磊磊，石皃。此詩歎人生促迫多憂，將追宴樂之理。』」

《說文》：「陵，大阜也。」《釋名・釋山》：「大阜曰陵。」

「人生」二句：《六臣注》：「善曰：『言異松石也。《尸子》：「老萊子曰：『人生於天地之間，寄也，寄者固歸。』」《列子》曰：「死人爲歸人，則生人爲行人矣。」《韓詩外傳》曰：「枯魚銜索幾何，不妬二親之壽，忽如過客。」』向〔五臣呂向〕曰：『柏石皆貞堅之物。人生之促，若客寄於時；其死之速，反如赴歸，信不如柏石二物也。』」

《左傳‧莊公十一年》：「桀紂罪人，其亡也忽焉。」西晉杜預〈注〉：「忽，速貌。」《楚辭‧離騷》：「忽反顧以遊目兮，將往觀乎四荒。」東漢王逸〈章句〉：「忽，疾貌。」《說文》：「颭，疾風也。」三國魏張揖《廣雅‧釋詁一》：「颭，疾也。」

「斗酒」二句：《六臣注》：「善曰：『鄭玄〈毛詩箋〉曰：「聊，粗〔原文如是〕略之辭也。」』良〔五臣劉良〕曰：『人且以相厚爲本，不爲輕薄者也。』」

《說文》：「斗，十升也。」

《詩‧邶風‧泉水》：「孌彼諸姬，聊與之謀。」〈傳〉：「聊，願也。」〈箋〉：「聊，且略之辭。」《詩‧檜風‧素冠》：「我心傷悲兮，聊與子同歸兮。」〈箋〉：「聊，猶且也。」《楚辭‧離騷》：「折若木以拂日兮，聊逍遙以相羊。」〈章句〉：「聊，且也。」《荀子‧富國》：「故使或美或惡，或厚或薄。」唐楊倞〈注〉：「美謂褒寵，惡謂刑戮。厚薄，貴賤也。」

「驅車」二句：「宛」，《六臣注》呂延祚云：「平〔即平聲〕。」《六臣注》：「善曰：『《廣雅》曰：「駑，駘也。」謂馬遲鈍者也。《漢書》南郡有宛縣；洛，東都也。』翰〔五臣李周翰〕曰：『宛，南陽也；洛，洛陽也。時後漢都此，南都也。』」

駑音「奴」，馬鈍劣。《戰國策‧齊策》：「語曰：『騏驥之衰也，駑馬先之；孟賁之倦也，女子勝之。』」《韓非子‧說林下》：「伯樂教其所憎者，相千里之馬；教其所愛者，相駑馬。

千里之馬時一，其利緩；駑馬日售，其利急。」

宛，《廣韻》：「於袁切。」清聲母平聲。舊縣名。春秋爲楚邑，戰國屬韓，秦置宛縣，漢爲南陽郡治（即郡政府總部所在）。《史記・越王句踐世家》「越王謂范蠡曰」句，唐張守節〈正義〉引《會稽典錄》云：「范蠡字少伯，越之上將軍也。本是楚宛三戶人，佯狂倜儻負俗。」《越絕書》卷六：「范蠡，其始居楚也，生於宛橐，或伍戶之虛。」《戰國策・韓策》：「蘇秦爲楚合從說韓王曰：『韓北有鞏、洛、成皋之固，西有宜陽、常阪之塞，東有宛、穰、洧水，南有陘山，地方千里。』」《史記・蘇秦列傳》：「〔蘇秦〕於是說韓宣王曰：『韓北有鞏、成皋之固，西有宜陽、商阪之塞，東有宛、穰、洧水，南有陘山，地方九百餘里。』」劉宋裴駰〈集解〉：「宛，於袁反。」《史記・韓世家》：「〔韓釐王〕五年，秦拔我宛。」〈正義〉：「宛，於元反。宛，鄧州縣也，時屬韓也。」《漢書・地理志》：「南陽郡（秦置。〔王〕莽曰前隊，屬荊州），……縣三十六。宛（故申伯國。……莽曰南陽）。」

「洛中」二句：「索」，《六臣注》呂延祚云：「所格反。」《六臣注》：「善曰：『《春秋說題辭》曰：「齊俗，冠帶以禮相提。」賈逵〈國語注〉曰：「索，求也。」』向曰：『鬱鬱，盛皃，言冠帶之人自相追求也。』」

《戰國策・韓策》：「夫以韓之勁與大王之賢，乃欲西面事秦，稱東蕃，築帝宮，受冠帶，祠春秋，交臂而服焉，夫羞社稷

而爲天下笑，無過此者矣〔蘇秦説韓宣王語〕。」《史記・蘇秦列傳》：「魏，天下之彊國也；王，天下之賢王也。今乃有意西面而事秦，稱東藩，築帝宮，受冠帶，祠春秋，臣竊爲大王恥之〔蘇秦説魏襄王語〕。」轉指搢紳吏人。《文選》張衡〈西京賦〉：「冠帶交錯，方轅接軫。」《六臣注》：「〔薛〕綜曰：『冠帶猶搢紳，謂吏人也。』翰曰：『冠帶，職吏也。』」

「長衢」二句：《六臣注》：「善曰：『《魏王奏事》曰：「出不由里門，面大道者名曰第。」』銑曰：『衢，四達之道，傍羅列小巷。巷中多王侯之宅。』」

《説文》：「衢，四達謂之衢。」夾巷，小路。《詩・鄭風・叔于田》：「叔于田，巷無居人。」〈傳〉：「巷，里塗也。」〈疏〉：「里內之塗道也。」衢寬巷狹。巷兩旁爲屋所夾，故云夾巷。《説文》：「巷，里中道。」今「巷」字是篆省。

《漢書・宣帝紀》：「二年春，以水衡〔掌税入〕錢爲平陵，徙民起第宅。」

「兩宮」二句：《六臣注》：「善曰：『蔡質《漢官典職》曰：「南北宮相去七里。」』濟〔五臣呂延濟〕曰：『洛陽有南北兩宮。雙闕，闕名。』」

「極宴」二句：「戚戚」，《六臣注》呂延祚云：「五臣作『慼慼』。」《六臣注》：「善曰：『《楚辭》曰：「居戚戚而不可解。」』翰曰：『言於此宮闕之間，樂其心意，則憂思何所相偪迫哉。戚戚，憂思也。』」

《易·需象》：「雲上於天，需。君子以飲食宴樂。」《左傳·成公二年》：「臧宣叔曰：『衡父不忍數年之不宴，以棄魯國，國將若之何？』」〈注〉：「宴，樂也。」「極宴」即「極樂」。《易·隨象》：「澤中有雷，隨。君子以嚮晦入宴息。」《說文》：「宴，安也。」即安逸，詩中「宴」字不取此意。

綜論

元劉履《風雅翼·選詩補注》曰：「人有見陵上之柏，閱歲不凋；澗中之石，堅貞不朽；而人生寄世，忽如行客遠去，乃不若二者之長存，於是感物興懷，欲以斗酒宴樂，聊且相厚而不至於薄也。故又言出遊宛洛之間，觀夫王侯第宅宮闕之盛，而冠帶之人自相求索，極宴以爲樂〔案：極宴者詩人也，非冠帶之人也〕，則人之不能自娛而常戚戚憂慮者，何所驅迫而然乎？蓋感歎至此，則意愈切矣。然彼之極宴，豈不過於奢靡？而我之斗酒相厚，殆不失性情之正者歟？」

清吳淇《六朝選詩定論》卷四曰：「首二句以『栢』、『石』興起『行遠客』〔原文如是〕，喻人生行役之苦。『忽如遠行客』，喻時光之速也。見〔即有以見〕人當隨時自度〔《六祖壇經》引惠能云：「迷時師度，悟了自度。」〕。目前斗酒相娛，固是素位而行；即有時馳驅繁華之地，遊戲王侯之間，亦無入不得。是人生在世，隨地隨時皆可自度，何所迫而戚戚哉？不戚戚則不遠而復矣。不爲戚戚所迫，則時光自覺舒長矣。」以古詩說禪，牽強附會，反覺齟齬。

清張庚《古詩十九首解》曰：「此高曠之士，自言其無入不自得也。陵上柏、澗中石，物之可久者，反興人生之不久。『忽如遠行客』，言倏忽如遠行之人，不久即歸也。見人當及時行樂，無爲戚戚所迫〔案：非爲戚戚所迫，乃戚戚然爲某事某物所迫〕。『聊厚不爲薄』，『聊』字、『不爲』字妙甚；言斗酒本薄，我亦未嘗不知其薄，而聊以爲厚，不以爲薄，真足娛樂矣。若不知其薄而以爲厚，則是一厚薄不分憒憒人矣。一旦食前方丈而極宴之，鮮不以向之斗酒爲薄，而以今之極宴爲厚也。由是覬覦之心日熾；覬覦之心熾，則必爲戚戚所迫〔案：誤〕而汲汲以求之矣。令惟以斗酒之薄而聊厚之以自娛，即入極繁華之場而極宴之，以我視之，亦不過娛心意爲樂，與斗酒何異？所以無入不自得，又何所爲戚戚之迫哉？宛洛以下寫得極繁盛，上卻著『遊戲』二字，見得人以富貴眩我，我只如遊戲也。其襟懷何等高曠。即富貴不能淫、貧賤不能移身分。王氏謂『此曠遠之士，能不以利祿介懷者』，得此詩之旨矣。」

清姜任脩《古詩十九首繹》曰：「刺貪競不知止也。柏石長存，人僅茫茫過客耳，乃若有迫之使長戚戚者。吾爲即境娛情，以斗酒相娛樂，雖不厚而已非薄矣。目前之交遊名勝，儘堪極盡歡宴，用滿心意，尚何所迫而患得患失、僕僕營求、日不暇給哉？王西齋以謂諷勸雅遊行樂之辭。詩人固有無可奈何，而反其說以相慰藉者。」

清朱筠《古詩十九首說》曰：「通首從『人生天地間』五字生情。『忽如遠行客』寫得透，以『客』字狀人生」，已警，又加『遠

行』二字，言如遠行之客，暫住就去，淒絕透絕。〈薤露〉、〈蒿里〉寫不盡者，五字寫盡矣。然卻難得他起二句作襯筆，令人萬萬相不到。言木之壽者莫如柏，物之堅者莫如石；嶺上柏，澗中石，得地者也，然今見其青青者，安保其長青青？今見其磊磊者，安保其長磊磊乎？即今可保，而人之生也，壽不如柏，堅不如石；譬如遠客，忽忽欲去，然則將如之何？算計惟有飲酒一着爲妙。試酌斗酒，聊爲厚而不薄，且因酒想起遊戲，因遊戲而想起宛洛。此下寫宛洛之景，卻是寫生人之趣，過渡變滅，煙痕俱消矣。『鬱鬱』寫洛中氣象；『自相索』三字妙，終日奔逐，不知其爲着何來也。先説長衢，由長衢而説到夾巷；從衢巷中想出王侯第宅，從王侯第宅想出兩宮相望。兩宮謂天子宮與太后宮也。再足一句曰『雙闕百餘尺』，言無論一切繁麗，只這雙闕使百餘尺，則宛洛之盛，可不遊乎？〈帝京篇〉數千言説不盡者，數語盡之，何等神力！末二句又倒轉，應『人生天地間』作收，言京都繁華，正可極宴以娛心意；人生如寄，彼戚戚然何所迫乎？真是不解！」

清張玉穀《古詩賞析》曰：「此遊宛洛以遣興之詩。首四以柏石常存，反興人生如遠行之客，不可久留，即引起及時行樂意。『斗酒』四句，以飲酒固樂，陪起車馬出遊，隨點清出遊之地。『洛中』六句，鋪敍洛中冠帶往來，第宅宮闕之眾多壯麗，色味敷腴。末二點清行樂，即掣筆將他人不知行樂之非，反撲作收，矯健之甚。」

陳湛銓先生曰：「此首乃才士不得志於時，強用自慰之詩

也。或云高曠之士，無入而不自得焉。馬伏波臥念少游平生時語，非此意耶（《後漢書・馬援傳》：『吾從弟少游，常哀吾慷慨多大志，曰：「士生一世，但取衣食裁足，乘下澤車，御款段馬，爲郡掾史，守墳墓，鄉里稱善人，斯可矣；致求盈餘，但自苦耳。」當吾在浪泊、西里間，虜未滅之時，下潦上霧，毒氣重蒸，仰視飛鳶跕跕墮水中，臥念少游平生時語，何可得也。』）？」

其四

今日良宴會，歡樂難具陳。
彈箏奮逸響，新聲妙入神。
令德唱高言，識曲聽其真。
齊心同所願，含意俱未申。
人生寄一世，奄忽若飆塵。
何不策高足，先據要路津。
無爲守窮賤，轗軻長苦辛。

語譯

今天這個美好的聚會，
歡樂難以一一陳說。
彈着箏，高逸的音響躍然而出，
新作的歌曲美妙得如入神妙之境。
那個德行美好的人唱出高逸的言語，
知音者都能聽出真意。

40

我們心意一致，願望相同，

但內心的想法並沒有說出口。

人生寄居一世，

過得很快，像大風中的飛塵。

爲何不策駿馬，

先據守着要路要津？

沒必要守着貧賤，

鬱鬱不得志，長期過着辛苦的時日。

用韻

　　「陳」、「神」、「真」、「申」、「塵」、「津」、「辛」上古音俱在「真」部。至於「言」(單句)則在「元」部。在《廣韻》中，「陳」、「神」、「真」、「申」、「塵」、「津」、「辛」俱屬「真」韻。「言」屬「元」韻。此詩通首押「真」韻，故不以「令德」句爲韻句，保其醇也。表列如下：

韻字	陳 神 真 申 塵 津 辛
上古音韻部	真 真 真 真 真 真 真
《廣韻》韻目	真 真 真 真 真 真 真 (平)

注釋

　　「今日」二句：《六臣注》：「善曰：『毛萇〈詩傳〉曰：「良，善也。」陳猶說也。』向曰：『此詩，賢人宴會樂和平之時而志欲仕也。』」

《説文解字》:「良,善也。」「善,吉也。」「吉,善也。」
「善」,《説文》作「譱」,《説文》篆文作「善」。

曹植〈王仲宣誄〉:「感昔宴會,志各高厲。予戲夫子,金石難弊。」

「彈箏」二句:《六臣注》:「善曰:『劉向〈雅琴賦〉曰:「窮音之至入於神。」』良曰:『奮,起也。』」

《説文》:「奮,翬也。」《廣雅・釋言》:「奮,振也。」《史記・秦始皇本紀》:「皇帝哀眾,遂發討師,奮揚武德〔〈之罘銘〉〕。」《禮記・樂記》:「奮至德之光,動四氣之和,以著萬物之理。」《史記・樂書》:「奮至德之光,動四氣之和,以著萬物之理。」〈集解〉引孫炎曰:「奮,發也。至德之光,天地之道也。四氣之和,四時之化也。著猶誠也。」

張協〈七命〉:「器舉樂奏,曲調高張。音朗號鐘,韻清繞梁。追逸響於八風,采奇律於歸昌。啟中黃之少宮,發蓐收之變商。」逸響謂高超之聲響也。

新聲即新作之歌曲。《史記・樂書》:「〔衛〕靈公曰:『今者來,聞新聲,請奏之。』」《漢書・佞幸・李延年傳》:「是時上方興天地諸祠,欲造樂,令司馬相如等作詩頌。延年輒承意,弦歌所造詩,爲之新聲曲。」《漢書・外戚・孝武李夫人傳》:「初,夫人兄延年性知音,善歌舞,武帝愛之。每爲新聲變曲,聞者莫不感動。」

《廣雅‧釋詁一》:「……妙、……好也。」《戰國策‧楚策》:「大王誠能聽臣之愚計,則韓、魏、齊、燕、趙〔「趙」,《史記‧蘇秦列傳》作「趙、衛」〕之妙音美人,必充後宮矣;趙〔《史記‧蘇秦列傳》作「燕」〕、代良馬橐駝,必實於外廐。」《易‧繫辭下傳》:「精義入神,以致用也。利用安身,以崇德也。」入神即入於神妙之境。

「令德」二句:《六臣注》:「善曰:『《左氏傳》宋昭公曰:「光昭先君之令德。」《莊子》曰:「是以高言不出於眾人之口。」《廣雅》曰:「高,上也。」謂辭之美者。真猶正也。』濟曰:『令德謂妙歌者。高言,高歌也。識曲謂知音人聽其真妙之聲。』」

《詩‧小雅‧蓼蕭》:「宜兄宜弟,令德壽豈。」〈湛露〉:「顯允君子,莫不令德。」〈車舝〉:「辰彼碩女,令德來教。」

《左傳‧襄公二十九年》:「爲之歌唐〔唐風〕,〔吳公子季札〕曰:『思深哉。其有陶唐氏之遺民乎?不然,何憂之遠也。非令德之後,誰能若是?』」

《爾雅‧釋詁》:「……令、……善也。」令德即美好之德,又指有美好之德者。

《荀子‧非十二子》:「今之所謂處士者,無能而云能者也,無知而云知者也,利心無足而佯無欲者也,行僞險穢而彊高言謹慤者也,以不俗爲俗、離縱而跂訾者也。」西漢賈誼《新書‧勸學》:「既過老聃,噩若慈父,鴈行避景〔即「影」〕,夔立蛇進

而後敢問。見教一高言，若飢十日而得太牢焉。」高言即高尚之言。

「齊心」二句：《六臣注》：「善曰：『所願謂富貴也。』翰曰：『齊心同志，願得知音。包含此意，俱未見申。謂未達也。』」李善以所願爲富貴，殆得詩旨。李周翰謂所願爲得知音，亦非不可。蓋若得知音之君而致其經國濟世之才，亦能富貴也。坐中俱不得志之人，故齊心同願，盼能居顯要之位，則人求己而非己求人矣。

「人生」二句：《六臣注》：「善曰：『《尸子》：「老萊子曰：『人生於天地之間，寄也，寄者固歸。』」《方言》曰：「奄，遽也。」〈爾雅〉曰：「飄飆謂之猋。」〈爾雅〉或爲此飆。』銑曰：『奄忽，疾也。風塵之起，終歸於滅。』」

《新序・雜事三》：「夫兵之所貴者，勢利也；所上者，變詐攻奪也。善用之者，奄忽焉莫知所從出。孫吳用之，無敵於天下。」《廣韻》：「奄，忽也，⋯⋯」讀「衣儉切」，音「掩」，上聲。

《説文》：「飆，扶搖風也。」從下而上之暴風曰扶搖風。飆塵即暴風中之飛塵。

「何不」二句：《六臣注》：「善曰：『高，上也。亦謂逸足也。』向曰：『何不者，自勉勸之詞也。策，進也。要路津，謂仕宦居要職者，亦如進高足，據於要津，則人出入由之。』」要路爲主要之通路，要津乃重要之渡津，俱喻顯要之地位。

《漢書・高帝紀》:「〔田〕橫懼,乘傳詣雒陽。」顏師古〈注〉引三國如淳曰:「律:四馬高足爲置傳,四馬中足爲馳傳,四馬下足爲乘傳,一馬二馬爲軺傳。急者乘一乘傳。」師古自注:「傳者,若今之驛,古者以車,謂之傳車,其後又單置馬,謂之驛騎。『傳』音張戀反〔清聲母去聲〕。」高足指駿馬。

「無爲」二句:「轗」,《六臣注》:「五臣作『坎』。」「軻」,《六臣注》:「苦賀。」《六臣注》:「善曰:『《楚辭》曰:「年既過太半然轗軻〔西漢東方朔〈七諫・怨世〉:「年既已過太半兮,然埳軻而留滯。」〕。」不遇也。「轗」與「埳」同。』苦闇切。」「無爲」是「何爲」之顯語。

綜論

劉履曰:「士之阨於困窮,不苟進取,而安守其節,唯與同志宴集,相爲歡樂而已。然其所樂,有難具以語人,而但播之音樂,歌其德聲,在知音者自能審其真趣焉耳。且得時行道之願,人人所同;今乃未獲申其志意,則人生寄世,如飄風飛塵,幾何而不至息滅耶?故又設爲反辭以寓憤激之情焉。黃文雷曰:『舍要津,守窮賤,豈人情哉?其必有説矣。』」

吳淇曰:「劈首『今日』二字,是一篇大主腦。以下無限妙文,皆迴照此二字。蓋往者不可追,來者不可邀,所可據以行樂者,惟今日耳。下『飄塵』之喻,正謂今日之難長保耳。於今日懽樂之中,特舉絃歌二事,而措辭命意,皆極斟酌。《書》曰:

『詩言志。』又曰:『律和聲。』箏,律屬,僅取其聲,故曰『入神』,言其藝之莫測也。曲,詩屬,必本於德,故曰『識真』,言其德之無僞也。」

　　張庚曰:「此因宴會而相感於出處之詩。以『令德』二字爲一詩之綱,以『含意』句爲一篇之樞紐。從前所解,上下截不得融洽者,由於不得綱與樞紐也。古人宴會必作樂,樂必有曲,曲必本乎德。『令德』曲之情,『高言』曲之文,『識曲』識其令德高言之盡美,『聽其真』聽其令德高言之盡善也。良朋宴會,令德相符,固足懽樂;然未有不感於貧賤同困,而不得一展其用也。是則令德之展用,實齊心而同願也,第俱含意未伸耳;於是作者爲伸之曰:『人生於世,歲月如飇之揚塵,直奄忽以過,乃抱茲令德而轗軻終身,可不惜哉?』因爲婉言以商之曰:『何不策高足,以據要路乎?無爲常守貧賤而轗軻以終身也。』據要路即《孟子》『當路』,當路方得展用。然細玩『何不』、『無爲』語意,有『然有命也,不可倖致』意,故吳氏以爲『大類《論語》「富而可求」章,卻將「如不可求,從吾所好」留作歇後。而後人指爲激詞,目爲詭調,皆未會其意』,此語極好。」案吳淇《六朝選詩定論》云:「曰『何不』,曰『無爲』,其詞大類《論語》『富而可求,雖執鞭之士,吾亦爲之』,卻將『如不可求,從吾所好』留作歇後,此詩人之妙也。而後人指爲激詞,目爲詭調,皆未會其意。」故張庚有是言。又張庚以「令德」爲曲之情而非唱曲者,迂也。

朱筠曰：「此與下一首〔〈西北有高樓〉〕合看，此章所謂姑妄言之也。『今日良宴會』，突如拈來；『歡樂難具陳』，言其樂說不盡也。就樂事中擇出『彈箏』、『新聲』來，緣聲音爲人所尤愛也。『令德』，猶言能者；『唱高言』，高談闊論，在那裏說其妙處，欲令識曲者聽其真。因而一班昏憒，也就齊聲謬贊起來，卻含意而說不出其所以妙來〔此三句附會甚矣，恐詩人未必以座上客俱爲昏憒愚昧之人也〕，寫沈溺之人如畫。『人生』二句作一紐，言行樂能有幾日？下便索性說到沒理性處去。『何不策高足』而據要路，窮賤辛苦，斷無個樂處也。俱是反言。」

張玉穀曰：「此聞豪華之曲而自嘲貧賤之詩。首四以得與宴會、樂聽新聲直敍起，『彈箏逸響』是陪筆，『新聲』指曲，乃主筆也。『令德』四句，即聞曲暗引富貴可欲，卻以人雖貴德跌入，又以人心皆然剔醒，曲甚幻甚。後六頂上兩句，將人生不久、樂富貴厭貧賤、普天下所齊心含意者盡情傾吐，感憤自嘲，不嫌過直。」

陳湛銓先生曰：「此首乃士不得於時，偶逢知己者，不覺忼慨興懷，發爲壯語。所謂長安西笑，貴且快意也（桓譚《新論》：『關東鄙語曰：「人聞長安樂，則出門向西而笑；知肉味美，則對屠門而大嚼。」』又曹植〈與吳季重書〉：『過屠門而大嚼，雖不得肉，貴且快意。』）。」

其五

西北有高樓，上與浮雲齊。

交疏結綺窗，阿閣三重階。

上有絃歌聲，音響一何悲。

誰能為此曲，無乃杞梁妻。

清商隨風發，中曲正徘徊。

一彈再三歎，慷慨有餘哀。

不惜歌者苦，但傷知音稀。

願為雙鳴鶴，奮翅起高飛。

　　六臣注本於「鳴鶴」下注云：「五臣作『鴻鵠』。」即謂六臣
注本從李善注本作「鳴鶴」，而不從五臣注本作「鴻鵠」。

語譯

西北方有一幢高樓，

樓頂和浮雲一樣高。

刻鏤的格子交結成精美的窗，

四柱支撐的樓閣，三重的階陛。

樓上有弦歌聲，

音響是多麼的悲傷。

誰能彈奏這首樂曲，

可不是杞梁妻？

清越的商調隨風散發，

歌曲及半，其勢正徘徊不前。

每彈奏一遍便再三歎息，

慷慨中有多少哀思。

我不爲歌者的辛苦而覺得可惜，

只爲知音者的稀少而感傷。

我希望和她化爲一雙鳴叫着的鶴〔「鳴鶴」或作「鴻鵠」〕，

振翼而起，高飛遠去。

用韻

　　上古音「齊」、「階」、「妻」在「脂」部，「悲」、「徊」、「哀」、「稀」、「飛」在「微」部，兩部通協。《廣韻》則以「齊」、「妻」屬平聲「齊」韻，「階」屬平聲「皆」韻，「悲」屬平聲「脂」韻，「徊」屬平聲「灰」韻，「哀」屬平聲「咍」韻，「稀」、「飛」屬平聲「微」韻，變化頗大。表列如下：

韻字	齊 階 悲 妻 徊 哀 稀 飛
上古音韻部	脂 脂 微 脂 微 微 微 微
《廣韻》韻目	齊 皆 脂 齊 灰 咍 微 微（平）

　　觀此詩用韻，似是漢代較前期之作。

注釋

　　「西北」二句：《六臣注》：「善曰：『此篇明高才之人，仕宦未達，知人者稀也。』翰曰：『此詩喻君暗而賢臣之言不用也。

西北乾地，君位也。高樓言居高位也。「浮雲齊」言高也。』」

《易・説卦傳》：「乾，西北之卦也。」又：「乾爲天、爲圜、爲君、爲父。」

「交疏」二句：《六臣注》：「善曰：『薛綜〈西京賦注〉曰：「疏，刻穿之也。」《説文》曰：「綺，文繒也。」此刻鏤以象之。《尚書中候》曰：「昔黃帝軒轅，鳳皇巢阿閣。」《周書》曰：「明堂咸有四阿。」然則閣有四阿，謂之阿閣。鄭玄〈周禮〔〈冬官・考工記・匠人〉〕注〉曰：「四阿若今四注〔水沿其柱下注〕者也。薛綜〈西京賦注〉曰：「殿前三階也。」』良曰：『交通而結鏤，文綺以爲窻也。疏，通也。阿閣，重閣也。』」

《禮記・明堂位》：「其勺，夏后氏以龍勺，殷以疏勺，周以蒲勺。」鄭玄〈注〉：「龍，龍頭也。疏，通刻其頭。蒲，合蒲如鳧頭也。」張衡〈西京賦〉：「閶闔之內，別風嶕嶢。何工巧之瓌瑋，交綺豁以疏寮。」〈注〉：「綜曰：『瓌瑋，奇好也。疏，刻穿之也。』」《説文》：「寮，穿也。」

《説文》：「窻，通孔也。」綺窗，彫畫精美之窗戶也。左思〈蜀都賦〉：「結陽城之延閣，飛觀榭乎雲中。開高軒以臨山，列綺窻而瞰江。」〈注〉：「向曰：『陽城，閣名。延，長也，言觀榭高若飛于雲中。軒，檻也。綺窻，彫畫若綺也。瞰，視也。』」《説文》：「綺，文繒也。」引申爲綺麗。

《儀禮・士昏禮》：「主人以賓升西面，賓升西階當阿，東面

致命。」鄭玄〈注〉：「阿，棟也。」三重階即三層階。《說文》：「階，陛也。」又：「陛，升高階也。」

「上有」二句：《六臣注》：「善曰：『《論語》曰：「子游爲武城宰，聞絃歌之聲。」《說苑》：「應侯曰：『今日之琴一何悲也？』」』銑曰：『言樓上有絃歌，亡國之音一何悲也。謂不用賢，近不肖，而國將危亡，故悲之也。』」

「誰能」二句：《六臣注》：「善曰：『《琴操》曰：「〈杞梁妻嘆〉者，齊邑杞梁殖之妻所作也。殖死，妻嘆曰：『上則無父，中則無夫，下則無子，將何以立吾節？亦死而已。』援琴而鼓之，曲終，遂自投淄水而死。」』濟曰：『既不用直臣之諫，誰能爲此曲？賢臣乃如杞梁妻之悗歎矣。』餘同善注。」

「無乃」猶「得無」，用增強「乃」之語氣。《公羊傳·宣公十二年》：「今君勝鄭而不有，無乃失民臣之力乎？」東漢何休〈解詁〉：「無乃，猶得無。」《論語·雍也》：「居簡而行簡，無乃大〔即「太」〕簡乎？」曹植〈贈白馬王彪〉：「憂思成疾疹，無乃兒女仁。」

杞梁妻，《左傳·襄公二十三年》：「齊侯〔莊公〕還自晉，不入〔不入國〕，遂襲莒門于且于〔莒邑名〕，傷股而退〔齊侯傷〕。明日將復戰，期于壽舒〔莒地名〕，杞殖、華還載甲夜〔乘早夜〕入且于之隧〔狹路〕，宿於莒郊。明日先遇莒子於蒲侯氏〔近莒之邑〕，莒子重賂之，使無死，曰：『請有盟。』華周〔即華還〕對曰：『貪貨棄命，亦君所惡也。昏而受命，日未中而棄

之，何以事君？』莒子親鼓之，從而伐之，獲杞梁〔即杞殖，獲杞殖而殺之〕，莒人行成〔以此推之，華還亦死〕。齊侯歸，遇杞梁之妻於郊〔杞梁戰死，妻行迎喪〕，使弔之。辭曰：『殖之有罪，何辱命焉〔謂君若以杞梁戰敗爲有罪，則不足弔〕？若免於罪，猶有先人之敝廬在，下妾〔賤妾也，婦人自謂〕不得與郊弔〔婦人無外事，故不行弔禮於野〕。』齊侯弔諸其室〔杞梁妻知禮，齊侯善之〕。」《孟子‧告子下》：「華周、杞梁之妻善哭其夫，而變國俗〔淳于髡語〕。」

《禮‧檀弓下》：「曾子曰：『蕢尚不如杞梁之妻之知禮也。齊莊公襲莒于奪，杞梁死焉。其妻迎其柩於路而哭之哀。莊公使人弔之，對曰：「君之臣不免於罪，則將肆諸市朝而妻妾執。君之臣免於罪，則有先人之敝廬在，君無所辱命。」』」

西漢劉向《說苑‧善說》：「孟嘗君曰：『不然，昔華舟、杞梁戰而死，其妻悲之，向城而哭，隅爲之崩，城爲之阤，君子誠能刑於內，則物應於外矣。』」

劉向《古列女傳‧貞順‧齊杞梁妻》：「齊杞梁殖之妻也。莊公襲莒，殖戰而死。莊公歸遇其妻，使使者弔之于路。杞梁妻曰：『今殖有罪，君何辱命焉？若令殖免于罪，則賤妾有先人之弊廬在，下妾不得與郊弔。』于是莊公乃還車詣其室，成禮然後去。杞梁之妻無子，內外皆無五屬之親。既無所歸，乃枕其夫之屍于城下而哭，內誠動人，道路過者莫不爲之揮涕，十日而城爲之崩。既葬，曰：『吾何歸矣？夫婦人必有所

倚者也。父在則倚父，夫在則倚夫，子在則倚子。今吾上則無父，中則無夫，下則無子，內無所依以見吾誠，外無所倚以立吾節，吾豈能更二哉？亦死而已。』遂赴淄水而死。君子謂杞梁之妻貞而知禮。《詩》云：『我心傷悲，聊與子同歸。』此之謂也。」

案《左傳》與《禮記》所言，固已及杞梁妻之傷悲，然尤在其知禮。〈西北有高樓〉言臣見棄於君，怨而不怒，亦在其知禮。至於崩城隅、投淄水，則語涉荒誕，詩中並無提及，恐詩人亦未之知也。《孟子》記淳于髡謂華周與杞梁之妻善哭其夫，東漢趙岐注：「華周，華旋也；杞梁，杞殖也。二人，齊大夫死於戎事者。其妻哭之哀，城爲之崩，國俗化之，則効其哭。」恐是襲西漢劉氏之傳說以釋戰國淳于氏之言耳。

「清商」二句：《六臣注》：「善曰：『宋玉〈長笛賦〉曰：「吟清商，追流徵。」』翰曰：『清商，秋聲也。秋物皆衰，以比君德衰。隨此風，起徘徊，志不安也。』」

《韓非子‧十過》：「師涓鼓究之，〔晉〕平公問師曠曰：『此所謂何聲也？』師曠曰：『此所謂清商也。』公曰：『清商固最悲乎？』師曠曰：『不如清徵。』」《呂氏春秋‧孟秋紀》：「其音商。」東漢高誘〈注〉：「商，金也，其位在西方。」

「一彈」二句：《六臣注》：「善曰：『《說文》曰：「歎，太息也。」又曰：「慷慨，壯士不得志於心也。」』」

「不惜」二句：《六臣注》：「善曰：『賈逵〈國語注〉曰：「惜，痛也。」孔安國〈論語注〉曰：「稀，少也。」』向曰：『不惜歌者苦，謂臣不惜忠諫之苦，但傷君王不知也。』」

「願爲」二句：「鳴鶴」，《六臣注》：「五臣作『鴻鵠』。」即六臣注本從李善注本作「鳴鶴」。《六臣注》：「善曰：『《楚辭》曰：「將奮翼兮高飛。」《廣雅》曰：「高，遠也。」』良曰：『君既不用計，不聽言，不忍見此危亡，願爲此鳥高飛於四海也。』」

《呂氏春秋・士容論》：「夫驥驁之氣，鴻鵠之志，有諭乎人心者，誠也。」《史記・陳涉世家》：「陳涉太息曰：『嗟乎，燕雀安知鴻鵠之志哉。』」又〈留侯世家〉：「〔高帝〕歌曰：『鴻鵠高飛，一舉千里。羽翮已就，橫絕四海。橫絕四海，當可奈何？雖有矰繳，尚安所施？』」

《説文》：「鵠，鴻鵠也。」又：「鴻，鴻鵠也。」又：「鶴，鳴九皋，聲聞于天。」《詩・小雅・鶴鳴》：「鶴鳴于九皋，聲聞于天。」

《韓非子・十過》：「公〔晉平公〕曰：『清徵可得而聞乎？』師曠曰：『不可。古之聽清徵者，皆有德義之君也。今吾君德薄，不足以聽。』平公曰：『寡人之所好者音也，願試聽之。』師曠不得已，援琴而鼓。一奏之，有玄鶴二八道〔從也〕南方來，集於郎門之垝。再奏之而列。三奏之，延頸而鳴，舒翼而舞，音中宮商之聲，聲聞于天。」

《詩・邶風・柏舟》:「靜言思之,不能奮飛。」西漢毛公〈傳〉:「不能如鳥奮翼而飛去。」東漢鄭玄〈箋〉:「臣不遇於君,猶不忍去,厚之至也。」古詩此句反〈柏舟〉之意。

綜論

劉履曰:「曾原曰:『此詩傷賢者忠言之不用而將隱也。高樓重階,比朝廷之尊嚴;絃歌音響,喻忠言之悲切。杞梁妻念夫而形於聲,此則念君而形於言。徘徊而不忍忘,慷慨而懷不足,其切切於君者至矣。歌者苦而知音稀,惜其言不見用,將高舉而遠去。』此說得之。愚按《玉臺集》以此篇爲枚乘作,豈乘爲吳王郎中時,以王謀逆,上書極諫不納,遂去之梁,故託此以寓己志云爾。篇末有雙鶴俱奮之願,意亦可見。」

吳淇曰:「此亦不得於君之詩。自托於歌者,然不於歌者口中寫之,卻於聽者口中寫之,且於遙聽未面之人口中寫之。『西北』二句,言高。『交疏』二句,言深。『上有』二句,乃乍聽未真,而訝其音響之悲也。『誰能』、『無乃』,故爲猜料之詞,殆欲攝歌者之魂魄而呼之使出。曰杞梁之妻,取其身之正、聲之哀、意之苦也。至有風傳遞其聲,始有盈耳之嘆。『中曲』三句,正形容其聲之哀。『不惜』二句,是由其聲之哀,而知其意之苦。於是聽者代爲之詞,若曰歌之苦我所不惜,難得者知音耳。如有知音者,願與同歸矣。」

張庚曰:「此篇上半易明,惟『不惜』四句,解者每多牽強。

吳氏〔吳淇〕以爲『此聽者代之之詞，若曰歌之苦我所不惜，難得者知音耳。如有知音，願與同歸矣』。然以上文文勢觀之，此接代詞覺突且無味。蓋此詩本就聽者摹寫，則『不惜』仍是聽者不惜。起六句是敍述；『誰能』六句是擬議；結四句乃發論見意也。若謂我聽其歌悲哀慷慨，亦何苦也。然我不惜其苦，所可傷者，世有如此音聲而竟不得一知者耳。因自露其意氣，遂慨然曰：『我與若人所抱既同，所遇又同，若得化爲雙鶴，奮翅俱飛，以去此人間，誠所願矣。』」

姜任脩曰：「閔高才不遇也。居高聞遠，悲音洞宣〔「聞遠」當指悲音聞於遠，不然恐不通也〕，爲此曲者，何哀乃爾乎？以曲高和寡，非爲歌苦而愛惜，乃爲知稀而憂傷也。安得如雙鶴和鳴，奮飛塵外，不復向庸耳索識曲哉？宋強齋云：『明知知音稀，不惜歌聲苦。君子懷寶自傷，往往如此。』王西齋云：『音落黃埃，千秋共歎。』」

朱筠曰：「此首乃正言之。上章〔〈今日良宴會〉〕言但當取樂，此轉言我自有我之志節，我自有我之氣概，豈肯逐逐流俗爲？『西北有高樓，上與浮雲齊，交疏結綺窗，阿閣三重階』，是何等境界？非宴會場中也〔與〈今日良宴會〉合論，故云〕。其上亦有弦歌之聲，卻與彈箏不同。聆其音響，殆眾人樂而己獨悲矣。『誰能爲此曲』，想來惟杞梁妻能之，其人乃絕世獨立，更無配偶者也。下四句寫音響之悲，淋漓盡致。『隨風發』，曲之始；『正徘徊』，曲之中；『一彈三歎』，曲之終。『不惜』二句又一折，越見得蕭然孤寄，絕無人知也。此處收什最難，卻忽

然託興『鴻鵠』，思『奮翅高飛』。寫至此，即西北高樓亦欲辭之而去，又何問要津〔見〈今日良宴會〉〕，又何論歌舞場哉？」

張玉穀曰：「此忠言不用而思遠引之詩，通首用比。首四以高樓比君門，君門在西北，故曰『西北』〔乾爲君，在西北，是君位在西北，非必君門也〕。結總重階，有讒諂蔽明意。中八以悲曲比忠言，孤臣寡婦，正是一類，故以杞妻爲喻，敍次委曲。末四以歌苦知希點醒忠言不用，隨以願爲黃鵠高飛收出不得已而引退之意，總無一實筆。」

案此詩作者自比知音人，更見其覓知音之切。細看之，聽者只是詩人之虛擬形相，歌者實乃詩人之內心也。

其六

涉江采芙蓉，蘭澤多芳草。
采之欲遺誰，所思在遠道。
還顧望舊鄉，長路漫浩浩。
同心而離居，憂傷以終老。

語譯

我渡江採摘芙蓉，
這蘭澤還有很多芳草。
採摘芙蓉打算送給誰？
給我思念的人，他正在遠方。

我回顧望向舊鄉，

道路非常漫長。

心志相同而竟然分處兩地，

只能帶着憂傷獨自終老。

用韻

　　上古音「草」、「道」、「浩」、「老」同在「幽」部；在《廣韻》
中同屬上聲「晧」韻。表列如下：

韻字	草 道 浩 老
上古音韻部	幽 幽 幽 幽
《廣韻》韻目	晧 晧 晧 晧（上）

　　「道」、「浩」兩字，普通話濁上作去，讀去聲；粵音陽上作
去，讀陽去聲。

注釋

　　「涉江」四句：《六臣注》：「善曰：『《楚辭》曰：「折芳馨兮
遺所思。」』翰曰：『此詩懷友之意也。芙蓉芳草以爲香美，比
德君子也。故將爲辭贈遠之美意也。』」

　　《說文解字》：「楸，徒行厲水也。」「涉，篆文从水。」「厲」
通「濿」，《說文》：「厲，旱石也。」又：「砅，履石渡水也。」
「濿，砅或从厲。」音「厲」。此乃一解。然不履石而渡水亦曰涉。

《詩・鄘風・載馳》：「大夫跋涉，我心則憂。」〈傳〉：「草行曰跋，水行曰涉。」《易》之「利涉大川」都無履石之義。《史記・黥布列傳》：「聞項梁定江東會稽，涉江而西。陳嬰以項氏世爲楚將，迺以兵屬項梁，渡淮南，英布、蒲將軍亦以兵屬項梁。」「涉」、「渡」並用義同。又：「項籍使布先渡河擊秦，布數有利，籍迺悉引兵涉河從之，遂破秦軍。」亦「涉」、「渡」並用義同。《漢書・英布傳》：「及籍殺宋義河上，自立爲上將軍，使布先涉河，擊秦軍，數有利。籍乃悉引兵從之，遂破秦軍，降章邯等。」易「渡」爲「涉」，蓋以其義同也。唐顏師古注「涉河」曰：「涉謂無舟楫而渡也。」恐非。《楚辭・九章・涉江》：「哀南夷之莫吾知兮，旦余濟乎江湘。」則「涉」即「濟渡」，非必指徒行灉水。古詩此篇，昬祖屈子涉江之意。

芙蓉，亦作「夫容」，荷花。《爾雅・釋草》：「荷，芙渠。」東晉郭璞〈注〉：「別名芙蓉，江東呼荷。」《詩・陳風・澤陂》：「彼澤之陂，有蒲與荷。」〈傳〉：「荷，芙蕖也。」

芳草，香草也，喻君子之美德。屈原〈離騷〉：「何所獨無芳草兮，爾何懷乎故宇。」又：「蘭芷變而不芳兮，荃蕙化而爲茅。何昔日之芳草兮，今直爲此蕭艾也。」東漢王逸〈離騷經章句〉：「〈離騷〉之文，依《詩》取興，引類譬諭。故善鳥香草，以配忠貞；惡禽臭物，以比讒佞；靈脩美人，以媲於君；宓妃佚女，以譬賢臣；虬龍鸞鳳，以託君子；飄風雲霓，以爲小人。其詞溫而雅，其義皎而朗。凡百君子，莫不慕其清高，嘉其文采，哀其不遇，而愍其志焉。」

遺,《廣雅・釋詁三》:「歸、餉、饋、禭、問,遺也。」又:
「……遺,予也。」〈釋詁四〉:「贈、禭、賻、賵、遺、齎,送也。」
《楚辭・九歌・大司命》:「折疏麻兮瑤華,將以遺兮離居。」《廣
韻》:「遺,贈也。」讀「以醉切」,濁聲母去聲。

「還顧」四句:《六臣注》:「善曰:『鄭玄〈毛詩箋〉曰:「迴
首曰顧。」《周易》曰:「二人同心。」《楚辭》曰:「將以遺兮離
居。」《毛詩》曰:「假寐永歎,維憂用老。」』向曰:『同心謂友
人也。憂能傷人,故可老矣。』」

舊鄉,〈離騷〉:「陟陞皇之赫戲兮,忽臨睨夫舊鄉。」東漢
王逸〈章句〉:「睨,視也;舊鄉,楚國也。言己雖升崑崙,過不
周,渡西海,舞九韶,陞天庭,據光曜,不足以解憂,猶顧視楚
國,愁且思也。」舊鄉指故國、故都,隱思君之意。又〈離騷〉:
「亂〔王逸〈章句〉:「亂,理也,所以發理詞指,總撮其要也。」〕
曰:已矣哉,國無人莫我知兮,又何懷乎故都?」〈章句〉:「言
眾人無有知己,己復何爲思故鄉〔《文選》及《補注》本皆作「故
鄉」,則此當非「故都」之訛也〕、念楚國也。」此「故鄉」即「舊
鄉」,故都也。

漫,長也。〈離騷〉:「路曼曼其脩遠兮,吾將上下而求索。」
此據宋洪興祖《楚辭補注》本,以此版本最近古。《文選》本「曼
曼」作「漫漫」。《說文》無「漫」字。《說文》:「曼,引也。」
《詩・魯頌・閟宮》:「孔曼且碩,萬民是若。」毛〈傳〉:「曼,
長也。」鄭〈箋〉:「曼,脩也,廣也。」

浩浩，廣大、盛大之意。《詩・小雅・雨無正》：「浩浩昊天，不駿其德。」《書・堯典》：「湯湯〔音「傷傷」〕洪水方割〔害也〕，蕩蕩懷〔包也〕山襄〔上也〕陵，浩浩滔天。」〈注〉：「浩浩，盛大若漫天。」《楚辭・九章・懷沙》：「亂曰：浩浩沅湘，分流汨兮。」〈章句〉：「浩浩，廣大貌也；汨，流也。」

同心，心志相同也。《易・繫辭上傳》：「二人同心，其利斷金。同心之言，其臭如蘭。」

離居，《詩・小雅・雨無正》：「正大夫離居，莫知我勩〔音「曳」，疲勞也〕。」《荀子・富國》：「離居不相待則窮，羣而無分則爭。窮者患也，爭者禍也。」《楚辭・九歌・大司命》：「折疏麻兮瑤華，將以遺兮離居。」上古音「華」、「居」同韻。此謂離居之人。

憂傷終老，《詩・小雅・小弁〔音「盤」〕》：「假寐永歎，維憂用老。」

綜論

劉履曰：「客居遠方，思親友而不得見，雖欲采芳以爲贈，而路長莫致，徒爲憂傷終老而已。詳此豈亦枚乘久遊於梁而不歸，故有是言。及孝王薨而乘歸，則已老矣。未幾武帝以安車蒲輪徵之，竟死于道。」

吳淇曰：「此亦不得於君之詩。『涉江』四句云云，猶屈子以珍寶香草爲仁義，而思以報貽於其君也。多芳草，言富於仁

義也。遠道、長路，言君門萬里也。既曰同心矣，豈有離居者？同心而離居，其中必有小人間之矣。憂傷終老，又即所謂懼讒邪不能通也。」

張庚曰：「此篇解者亦未融洽，由『還顧』二句看不徹也。若謂就所思之居處而言，故曰『遠道』，就我之往從而言，故曰『長路』，非有二也，若然，則直望之可也。夫人心之所思，目必注之，情之常也，何用『還顧』二字，致文意上下不蒙？況明明說出『舊鄉』，則『長路』斷非君門矣。觀『涉江』二字起，明是言身在中途。前瞻君門，則有九重之隔；還望舊鄉，則又長路浩浩，真進退維谷矣。其所以致此者，良由君心素同而一旦離居故耳。同心則所謂一德一心也，而乃離居焉，安得不『憂傷以終老』乎？若『所思在遠道』下即接『同心』二句，豈不直捷明快？然少意味，故以『還顧』二句作一波折，然後接出，不但意極婉曲，而局度亦甚紆餘矣。玩『同心而離居』『而』字，必有小人讒間矣。玩『憂傷以終老』『以』字，有甘心處之而無怨意，此忠臣立心也。」

姜任脩曰：「憂終絕也。懷忠事君，死而不容自疏〔《史記・屈原賈生列傳》：「其行廉，故死而不容自疏。」〕，豈間於遠乎？采芳遺遠，以彼在遠道者，亦正還顧舊鄉，與我有同心耳。夫君心本同，以有離之者而分居闊絕焉。能不『維憂同老』乎？曹子桓〈燕歌行〉藍本於此。或曰：『枚叔久遊梁，思歸而仿楚聲焉。』」

上引諸文，解說各異。劉氏以爲客居而思親友，即以同心

者爲親友，頗不合興寄之旨。吳氏、姜氏以同心者爲君，是矣。以舊鄉喻故都，〈離騷〉有之。路遠失向，故須還顧也，雖顧亦不見矣。張庚以在遠道者君，以詩人還顧而望者家鄉，則謂詩人於回歸家鄉途中採芙蓉，摘芳草，欲以饋君，而其時離君已遠；復還顧而望家鄉，亦覺長路漫漫；終又以思君作結。此釋蓋是以「舊鄉」爲家鄉故也。然家鄉縱遠而日近，何嗟路長乎？獨故都既遠而日遠，方令其心傷悲也。

陳湛銓先生曰：「《説文》無『芙蓉』二字，本作『夫容』。采芙蓉，兼有諧音之妙，謂想見夫壻之容光也。古以夫婦喻君臣，此夫容是隱喻君之容光，謂不忘故君也。〈碧玉歌〉：『碧玉破瓜時，郎爲情顛倒。芙蓉陵霜榮，秋容故尚好。』謂其夫未甚老，容貌尚好也。又首二句是倒裝，謂蘭澤本多芳草，俯拾即是，然己則獨涉江而采芙蓉，所以不畏險難者，以此花似夫之容，爲最足采也。〈桃葉歌〉云：『桃葉映紅花，無風自婀娜。春花映何限，感郎獨采我。』用筆略近。所不同者，〈桃葉歌〉之采桃花，是比女子，此芙蓉是喻君。至於不采無限之春花而采桃花、不采蘭澤之眾芳而獨采芙蓉之用意則一也。」

其七

明月皎夜光，促織鳴東壁。
玉衡指孟冬，眾星何歷歷。
白露霑野草，時節忽復易。
秋蟬鳴樹間，玄鳥逝安適。

昔我同門友，高舉振六翮。
不念攜手好，棄我如遺跡。
南箕北有斗，牽牛不負軛。
良無盤石固，虛名復何益。

語譯

明月，皎潔的黑夜之光，
蟋蟀在東面牆壁上鳴叫。
斗柄指着初冬的方向，
天上眾星多麼分明。
白露霑溼了野草，
時節忽然又變了。
秋蟬在樹間鳴叫，
燕子正要離開，不知要飛往何處。
以前我的一位同門朋友，
今天已振翅高飛。
他不念記往日攜手相得的情景，
竟然棄我不顧，視我如行走留下的足跡。
天南有箕，其北有斗，
牽牛星不會負軛。
如果交情沒有大石般穩固，
虛有同門朋友之名又有甚麼用處？

用韻

上古音「壁」、「歷」、「易」、「適」、「翮」、「跡」、「軛」、「益」同在入聲「錫」部，〈-k〉收音。在《廣韻》中，「翮」、「軛」屬入聲「麥」韻，「易」、「適」、「跡」、「益」屬入聲「昔」韻，「壁」、「歷」屬入聲「錫」韻，〈-k〉收音。表列如下。

韻字	壁 歷 易 適 翮 跡 軛 益
上古音韻部	錫 錫 錫 錫 錫 錫 錫 錫 （入）〈-k〉
《廣韻》韻目	錫 錫 昔 昔 麥 昔 麥 昔 （入）〈-k〉

普通話無入聲。粵音讀「翮」爲〈‿het〉，〈-t〉收音。

注釋

「明月」二句：《六臣注》：「善曰：『《春秋考異郵》曰：「立秋，趣〔同「促」〕織鳴。」宋均曰：「趣織，蟋蟀也。立秋女功急，故趣之。」《禮記》曰：「季夏，蟋蟀居壁。」』濟曰：『此詩刺友朋貴而易情也。述時而後發其志。促織，蟲名。言鳴東壁者，隨其時所述。』」

皎，《説文》：「皎，月之白也。从白交聲。」《詩·陳風·月出》：「月出皎兮，佼人僚兮，舒窈糾兮，勞心悄兮。」〈傳〉：「皎，月光也。」《楚辭·九歌·東君》：「撫余馬兮安驅，夜皎皎兮既明。」〈章句〉：「雖幽昧之夜，猶皎皎而自明也。『皎』一作『皦』。」

夜光，《楚辭‧天問》：「夜光何德，死則又育。」〈章句〉：
「夜光，月也。育，生也。言月何德於天，死而復生也。」

促織，蟋蟀之一名。《爾雅‧釋蟲》：「蟋蟀，蛬〔音
「拱」〕。」晉郭璞〈注〉：「今促織也，亦名青蛚。」宋邢昺〈疏〉：
「蟋蟀，一名蛬，今促織也，亦名青蛚。《詩‧唐風》云：『蟋蟀
在堂，歲聿其莫。』陸機〈疏〉云：『蟋蟀似蝗而小，正黑有光澤
如漆，有角翅。一名蛬，一名蜻〔阮元〈校勘記〉：「按『蜻』當
作『蜻』，字之誤也。」〕蛚，楚人謂之王孫，幽州人謂之趨織。
里語曰『趨織鳴，懶婦驚』是也。」

《詩‧豳風‧七月》：「五月斯螽動股，六月莎雞振羽。七月
在野，八月在宇，九月在戶。十月蟋蟀，入我牀下。」《禮‧月
令》：「季夏之月，……溫風始至，蟋蟀居壁。」

「玉衡」二句：《六臣注》：「善曰：『《春秋運斗樞》曰：「北
斗七星，第五曰玉衡。」《淮南子》〔〈天文訓〉〕曰：「孟秋之月，
招搖指申。」然上云促織，下云秋蟬，明是漢之孟冬，非夏之孟
冬矣。《漢書》曰：「高祖十月至灞上，故以十月爲歲首。」〔《漢
書‧張周趙任申屠傳》：「〔張〕蒼爲計相時，緒正律曆。以高祖
十月始至霸上，故因秦時本十月爲歲首，不革。」〕漢之孟冬，
今之七月矣。』翰曰：『玉衡，斗柄也。』」

《史記‧天官書》：「北斗七星，所謂『旋璣玉衡，以齊七
政。』」〈索隱〉：「《春秋運斗樞》云：『斗，第一天樞，第二璇，
第三璣，第四權，第五衡，第六開揚，第七搖光。一至四爲魁，

五至七爲標〔即「杓」〕，合而爲斗。』《文耀鈎》云：『斗者，天之喉舌。玉衡屬杓，魁爲璇璣。』徐整〈長曆〉云：『北斗七星，星間相去九千里。其二陰星不見者，相去八千里也。』」〈索隱〉又云：「《尚書》『旋』作『璿』。馬融云：『璿，美玉也。機，渾天儀，可轉旋，故曰機。衡，其中橫筩。以璿爲機，以玉爲衡，蓋貴天象也。』鄭玄注〈大傳〉云：『渾儀中筩爲旋機，外規爲玉衡也。』」

《史記‧封禪書》：「高祖初起，禱豐枌榆社。徇沛，爲沛公，則祠蚩尤，釁鼓旗。遂以十月至灞上，與諸侯平咸陽，立爲漢王。因以十月爲年首，而色上赤。」又：「〔漢武帝元封七年〕夏，漢改曆，以正月爲歲首，而色上黃，官名更印章以五字〔土色黃，其數五〕，爲太初元年。又〈曆書〉：「其更以七年爲太初元年〔案：此武帝詔語〕。」〈索隱〉：「改元封七年爲太初元年。然漢始以建亥〔十月建亥〕爲年首，今改以建寅〔一月建寅〕，故以七年爲元年。」《漢書‧武帝紀》：「〔元封七年，改太初元年〕夏五月，正曆，以正月爲歲首。色上黃，數用五，定官名，協音律。」又〈律曆志〉：「至武帝元封七年，漢興百二歲矣，大中大夫公孫卿、壺遂、太史令司馬遷等言『曆紀壞廢，宜改正朔』。」又：「其以七年爲元年〔案：此武帝詔語〕。」

《論語‧衛靈公》：「顏淵問爲邦。子曰：『行夏之時，乘殷之輅，服周之冕，樂則韶舞。』」蓋民間以農事之故，向行夏曆，雖有殷周官曆而夏曆不廢。《詩‧豳風‧七月》云：「七月流火，九月授衣。一之日觱發，二之日栗烈。無衣無褐，何以卒歲？

三之日于耜，四之日舉趾。同我婦子，饁彼南畝，田畯至喜。」此言七月、九月是夏曆，言一、二、三、四是周曆之一、二、三、四月，即夏曆之十一、十二、正、二月。故周人雖用周曆，亦不忘夏時也。然周既以十一月爲歲首，則其文獻自當以周曆紀年月。《春秋·隱公元年》經云：「元年春王正月。」傳云：「元年春王周正月。」則指周之正月，亦即夏之十一月及殷之十二月。故周曆之春始於夏曆之十一月。《孟子·梁惠工上》云：「王知夫苗乎？七八月之間旱，則苗槁矣。天油然作雲，沛然下雨，則苗浡然興之矣。」此乃周之七八月，即夏之五六月，苗不可無水。《孟子·滕文公上》孟子引曾子曰：「江漢以濯之，秋陽以暴之，皜皜乎不可尚已。」此周之秋陽即夏之夏陽，故其烈如此。《莊子·秋水》云：「秋水時至，百川灌河，涇流之大，兩涘渚崖之間，不辨牛馬。」此是夏景，而云秋水者，蓋用周曆也。

《史記·曆書》：「昔自在古，曆建正作於孟春。」又：「夏正以正月，殷正以十二月，周正以十一月。」又：「而亦因秦滅六國，兵戎極煩，又升至尊之日淺，未暇遑也。而亦頗推五勝〔〈集解〉引《漢書音義》曰：「五行相勝，秦以周爲火，用水勝之也。」〕，而自以爲獲水德之瑞，更名河曰『德水』，而正〔〈正義〉曰：「音『征』。以秦始皇名諱之，故改也。」〕以十月〔十月建亥，亥屬水，先於子水〕，色上〔尚也〕黑〔水色黑〕。然曆度閏餘，未能睹其真也。漢興，高祖曰：『北畤待我而起。』亦自以爲獲水德之瑞〔北方屬水〕。雖明習曆及張蒼等，咸以爲然。是時天

下初定，方綱紀大基；高后女主，皆未遑，故襲秦正朔服色。」又：「至今上〔漢武帝〕即位，招致方士唐都，分其天部；而巴〔郡名〕落下閎〔人名〕運算轉曆，然後日辰之度與夏正同。乃改元，更官號，封泰山。」《漢書・武帝紀》：「〔元封七年，改太初元年〕夏五月，正曆，以正月爲歲首〔以元封七年第四個月爲太初元年正月〕。色上黃，數用五，定官名，協音律。」唐顏師古〈注〉：「謂以建寅之月爲正也。未正曆之前謂建亥之月爲正，今此言以正月爲歲首者，史追正其月名。」其曆事沿革大致如此。

《史記・高祖本紀》云：「漢元年十月，沛公兵遂先諸侯至霸上。」劉宋裴駰〈集解〉引如淳云：「〈張蒼傳〉云以高祖十月至霸上，故因秦以十月爲歲首。」唐張守節〈正義〉云：「沛公乙未年十月至霸上。項羽封十八諸侯，沛公封漢王，後劉項五年戰鬥，漢遂滅楚，天下歸漢，故卻書初至霸上之月。」〈高祖本紀〉又云：「正月，項羽自立爲西楚霸王。」〈正義〉引崔浩云：「史官以正月紀四時，故書正月也。」引荀悦云：「先春後正月也。」又引顏師古云：「凡此諸月號，皆太初正曆之後記事者追改之，非當時本稱也。以十月爲歲首，即以十月爲正月。今此正月，當時謂之四月也。他皆放〔仿〕此。」《史記・高祖本紀》有「秋七月」、〈呂太后本紀〉有「〔惠帝〕七年秋八月戊寅」、〈孝武本紀〉則有「其夏六月中」，俱以夏曆稱四時，時本用秦曆，蓋亦史追正其月名歟？

〈明月皎夜光〉所述爲秋景，而云「指孟冬」，則是作於漢武

帝太初之前，時仍用秦曆，以十月爲歲首，故七月便稱孟冬。玉衡指孟冬，即黃昏而斗柄指西。太初改用夏曆，復以一月爲歲首，七月爲孟秋。此詩言孟冬，指官曆秦曆七月孟冬；言秋，指民間習稱夏曆之秋。

元劉履《風雅翼・選詩補注一・漢詩》於「孟冬」下注云：「當作秋。詩意本平順，眾說穿鑿牽引，皆由一字之誤，識者詳之。」則彼不以此爲太初前詩。

歷歷，分明貌。《藝文類聚》卷五十七〈雜文部三・連珠〉：「〔西晉〕傅玄敍連珠：『所謂連珠者，興於漢章帝之世，班固、賈逵、傅毅三子，受詔作之，而蔡邕、張華之徒又廣焉。其文體辭麗而言約，不指說事情，必假喻以達其旨，而賢者微悟，合於古詩勸興之義。欲使歷歷如貫珠，易覩而可悦，故謂之連珠也。』」

西漢劉向〈九歎・惜賢〉：「登長陵而四望兮，覽芒圃之蠢蠢。」王逸〈章句〉：「蠢蠢猶歷歷，行列貌也。」〈古詩〉十九首其十七云：「愁多知夜長，仰觀眾星列。」謂眾星歷歷分明，其羅列之勢乃可得而見也。此「眾星何歷歷」句但謂眾星歷歷分明，其羅列之勢不言而喻。

「白露」四句：《六臣注》：「善曰：『《禮記》曰：「孟秋之月，白露降。」《列子》曰：「寒暑易節。」《禮記》曰：「孟秋寒蟬鳴。」又曰：「仲秋之月，玄鳥歸。」鄭玄曰：「玄鳥，鷰也，謂去蟄也。」《呂氏春秋》曰：「國危甚矣，若將安適？」高誘曰：「適，

之也。」復云秋蟬、玄鳥者，此明實候，故以夏正言之。』銑曰：『上言孟冬，此述秋蟬者，謂九月已入十月節氣〔案：張銑不以此爲太初前詩〕也。安，何也，言鵞往何之，怪歎節氣速遷之意。』」

白露，《禮記・月令》：「孟秋之月，……涼風至，白露降，寒蟬鳴。」又：「仲秋之月，……盲風至，鴻雁來，玄鳥歸。」

《爾雅・釋詁》：「如、適、之、嫁、徂、逝，往也。」

「昔我」二句：《六臣注》：「善曰：『《論語》曰：「有朋自遠方來，不亦樂乎？」《韓詩外傳》蓋桑曰：「夫鴻鵠一舉千里，所恃者六翮耳。」』向曰：『同志曰友，同門曰朋。高舉謂登高位。六翮，鳥羽之飛者，言其高舉如鳥也。』」

同門友，《論語・學而》：「有朋自遠方來，不亦樂乎。」魏何晏〈集解〉引東漢包咸曰：「同門曰朋。」《公羊傳・定公四年》：「朋友相衛而不相迿，古之道也。」漢何休〈注〉：「同門曰朋，同志曰友，相衛不使爲讎所勝。」《禮記・檀弓上》：「吾離羣而索居，亦已久矣。」〈注〉：「羣，謂同門朋友也。索猶散也。」

高舉，《楚辭》宋玉〈九辯〉：「鳧鴈皆唼夫梁藻兮，鳳愈飄翔而高舉。」即高飛。翮，鳥之勁羽，凡鷙鳥皆有六翮。《戰國策・楚策四》：「黃鵠因是以游乎江海，淹乎大沼，俯喙鱔〔鱔〕鯉，仰嚙陵衡，奮其六翮而凌清風，飄搖乎高翔。自以爲無患，與人無爭也。」《韓詩外傳》卷六：「夫鴻鵠一舉千里，所恃者六

翩爾〔船人盍胥對晉平公語〕。」《説苑·尊賢》：「鴻鵠高飛遠翔，其所恃者六翮也〔舟人古乘對趙簡子語〕。」《説文》：「翮，羽莖也。」

「不念」二句：《六臣注》：「善曰：『《毛詩》〔〈邶風·北風〉〕曰：「惠而好我，攜手同車。」《國語》〔〈楚語下〉〕楚鬭且〔音「苴」〕語其弟曰：「靈王不顧於民，一國棄之如遺迹焉。」』翰曰：『不念攜手同游之好，相棄如遺行足之跡，不迴顧也。』」

攜手，二手相攜，喻親愛也。《詩·邶風·北風》：「惠而好我，攜手同行。……惠而好我，攜手同歸。……惠而好我，攜手同車。」舊題李陵〈與蘇武詩〉：「攜手上河梁，遊子暮何之？」

棄我如遺跡，《詩·小雅·谷風》：「將恐將懼，置予于懷。將安將樂，棄予如遺。」《國語·楚語下》：「靈王不顧於民，一國棄之如遺迹焉。」

「南箕」二句：「軛」，《六臣注》：「烏格反。」清聲母入聲。《六臣注》：「善曰：『言有名而無實也。《毛詩》曰：「維南有箕，不可以簸揚；維北有斗，不可以挹酒漿。睆彼牽牛，不以服箱。」』良曰：『南箕，星也。雖名箕，反不可得以簸揚也。北斗，星也。雖名斗，不可量用也。牽牛，星也。雖名牛，不可以得負車軛。亦如友朋雖貴而不施惠於我。』」

《詩·小雅·大東》：「睆彼牽牛，不以服箱。」又：「維南

72

有箕，不可以簸揚；維北有斗，不可以挹酒漿。」孔穎達〈疏〉：
「言南箕北斗者，案二十八宿連四方爲名者，唯箕、斗、井、壁
四星而已。壁者，室之外院。箕在南則壁在室東，故稱東壁。
鄭〔玄〕稱參傍有玉井，則井星在參東，故稱東井，推此則箕斗
並在南方之時，箕在南而斗在北，故言南箕北斗也。以箕斗是
人之用器，故令相對爲名。其名之定，雖單亦通。故〈巷伯〉謂
箕爲南箕，爲此也〔《詩・小雅・巷伯》：「哆兮侈兮，成是南
箕。」孔〈疏〉：「二十八首有箕星無南箕，故云南箕，即箕星
也。」〕。」詩中「南箕北有斗」之斗是南斗，與箕星相對；非「玉
衡指孟冬」之北斗。

「良無」二句：「盤石」，《六臣注》：「五臣作『磐』。」《六臣
注》：「善曰：『良，信也。《聲類》曰：「盤，大石也。」』濟曰：
『言其心不固如磐石，虛有朋友之名，復何益也。』」

《荀子・富國》：「爲名者否〔否，承前文，謂不攻也〕，爲利
者否，爲忿者否，則國安于盤石，壽於〔《古逸叢書》本原文如
是〕旗翼。」唐楊倞〈注〉：「盤石，盤薄，大石也。『旗』讀爲
『箕』，箕翼，二十八宿名，言壽比於星也。《莊子》曰：『傅説
得之，乘東維，騎箕尾，而比於列宿。』亦其類也。或曰，《禮
記》：『百年曰期頤。』鄭云：『期，要也；頤，養也。』〔案：以
「旗翼」諧「期頤」非是。國百年而稱長壽邪？〕」

《説文解字》：「槃，承槃也。」「鎜，古文从金。」「盤，籀
文从皿。」承槃即承物之盤。《説文》無「磐」字。

綜論

劉履曰：「此詩怨朋友之不我與也。覩時物之變異，感節序之流易，有志願者，能不動於中乎？因思昔者同門之友高舉自奮，乃不念平生久要之好，竟棄我如遺跡然。如《詩》所謂「維南有箕，不可以簸揚；維北有斗，不可以挹酒漿」、「睆彼牽牛，不以服箱」，是皆虛有其名，而不適於用者，以興爲朋友者，亮無貞固之心，而徒事虛名，是無益也。此雖不言其所以怨望，而責其不援引之意，亦可見矣。」

吳淇曰：「此亦臣不得於君之詩，非刺朋友也。〈中庸〉云：『不信乎友，不獲乎上。』言我素負才名，宜振翮雲霄；而乃偃蹇無成，至於今日。而我舊時朋友，反先我飛騰，曾不一爲援手。身非磐石，冉冉老至，而功名未建，雖空負虛名，亦如南箕北斗而已，復何益哉？不言君之不用，而歸辜於朋友，正是詩人忠厚處。」此即謂詩中所云虛名暗指詩人徒具文章經濟之名而不見用，恐非是。觀其行文，當是指星名箕而不簸揚，名斗而不挹酒漿，名牽牛而不負軛，以喻彼稱同門友而不惠我也。而無盤石之固者乃二人之交耳，非指詩人之身也。

姜任脩曰：「撫時思自立也。清秋其忽戒矣。物換星移，我友富貴相忘，棄舊不顧，何以異是。雖有同門式好之名，亦無益耳。箕斗罔施，牽牛弗御，鑒此而悟交之不固、人之不足倚也，可不自立哉？舊說以爲刺友，然君子不責人以恕己，非徒朋友相怨已也。」

朱筠曰：「此首詩若不得其線索，便覺重三複四，亂雜無章。須看其針線細密、一絲不亂處。前半從節序之變說到人情之變，由人情之變說到萬事俱空。莊子《南華》一部，都被他數語裏卻。大凡時序之淒清，莫過於秋；秋景之淒清，莫過於夜。故先從秋夜說起。『明月皎夜光』，目所見；『促織鳴東壁』，耳所聞。『玉衡指孟冬』，點時令。漢武前以十一月爲歲首〔案：以十月爲歲首〕，孟冬，夏正八月也〔案：當云七月〕。『眾星何歷歷』，仰觀於天；『白露霑野草』，俯窺於地，時節之變可知矣。故點醒一句曰：『時節忽復易。』上文既說了促織，再說秋蟬，再說玄鳥，豈非蛇足？不知此二句不是寫景，乃是其意中所感。秋蟬鳴樹，無者忽有；元〔原文如是〕鳥已逝，有者忽無，舉二物足上句，以見無所不變也。下便感到人情之變上去，欲說今，先說昔。同門友，誼相親、分相埒也。『高舉奮六翮』，變矣，而情亦變矣。竟『不念攜手好，棄我如遺跡』，豈不可怪？然無足怪也。世上事從此推去，無不是空，因起首從星說起，此便就星上指點：由南而看有箕，由北而看有斗，由中而看有牽牛。然箕不可簸，斗不可酌，牽牛不可負軛，則萬事皆空矣。人生在世，無磐石之固，而乃縈縈於虛名，豈不大愚？掃得空，說得盡，妙！妙！」結尾歸色於空，穿鑿附會，殊不妙矣。此乃怨詩而非禪詩，而此詩佳處，正在於詩人未能看透世情也。

　　陳湛銓先生曰：「此首乃刺小人之忘夙好也。友道不存，朱公叔〔著〈絕交論〉〕、劉孝標〔著〈廣絕交論〉〕所以慨乎著論矣。」

其八

冉冉孤生竹，結根泰山阿。
與君爲新婚，兔絲附女蘿。
兔絲生有時，夫婦會有宜。
千里遠結婚，悠悠隔山陂。
思君令人老，軒車來何遲。
傷彼蕙蘭花，含英揚光輝。
過時而不采，將隨秋草萎。
君亮執高節，賤妾亦何爲。

語譯

一棵柔弱、孤獨地生長的竹樹，
結根在泰山深處。
我和您新近成婚，
像菟絲依附女蘿一般。
菟絲在合適的季節便會生長，
夫婦在合適的時候便要相會。
我們相去千里之遙，因媒妁而成婚，
道路那麼長遠，隔着山與水。
想念您令人易老，
您的軒車爲何遲遲不來？
我爲那些蕙蘭花感到悲傷，
它們正含蘊英華散發光輝。

如果過時而不採摘，

它們將隨秋草枯萎。

不過，您果真秉持高尚的節操，

賤妾還能怎樣做呢？

用韻

　　以上古音韻部度之，此詩合韻頗多，未必諧協。以《廣韻》度之則「蘿」與「阿」屬「歌」韻，轉韻後「時」至「爲」通叶。其用韻法如下：

韻字	阿 蘿	時 宜 陂 遲 輝 萎 爲
上古音韻部	歌 歌	之 歌 歌 脂 微 微 歌
《廣韻》韻目	歌 歌（平）	之 支 支 脂 微 支 支（平）

　　《廣韻》「支」韻：「矮，枯死。」「萎，蔫也。」「仙」韻：「蔫，物不鮮也。」

　　郭錫良《漢字古音手冊》〈huī〉下注：「從『軍』的字《詩經》時代可能在『文』部。《小雅‧庭燎》以『晨』、『輝』、『旂』押韻。」

　　本書於〈行行重行行〉之「用韻」一節已言及，西漢初韻文已見上古「歌」部字與「支」、「之」部字通押。至於部分「歌」部字融入他韻，至東漢當大致完成。東漢初班固〈西都賦〉有兩段可作示例。第一段爲：「挾師豹，拖熊螭。曳犀犛，頓象羆。

超洞壑，越峻崖。蹶嶄巖，巨石頹。松栢仆，叢林摧。草木無餘，禽獸殄夷。」其中「螭」、「羆」在上古「歌」部，「崖」在上古「支」部，「頹」、「摧」在上古「微」部，「夷」在上古「脂」部。第二段爲：「饗賜畢，勞逸齊。大輅鳴鑾，容與徘徊。集乎豫章之宇，臨乎昆明之池。左牽牛而右織女，以雲漢之無涯。茂樹蔭蔚，芳草被隄。蘭茝發色，曄曄猗猗。若摛錦與布繡，爛燿乎其陂。」其中「齊」在上古「脂」部，「徊」在上古「微」部，「池」、「猗」、「陂」在上古「歌」部，「涯」、「隄」在上古「支」部。第一例六用韻，而古「歌」韻佔其二，古「支」、「微」、「脂」韻共佔其四；第二例七用韻，而古「歌」韻佔其三，「支」、「微」、「脂」共佔其四。此不似「支」、「微」偶然借用他韻，卻似用同韻字。而「螭」、「羆」、「池」、「猗」、「陂」五字於《廣韻》屬「支」韻，故可推斷此五字在東漢之「今讀」已不在「歌」部。

在蔡琰文姬〈胡笳十八拍〉中，更可見原「歌」部字或與「之」、「支」、「微」部叶，或轉而爲「麻」韻，其讀音變化已甚明顯。以下抄錄〈胡笳十八拍〉中有關四詩，以供參考。各詩韻腳後六角括號內先置上古韻部，再置《廣韻》韻目。

其一云：「我生之初尚無爲〔歌、支〕，我生之後漢祚衰〔微、脂〕。天不仁兮降亂離〔歌、支〕，地不仁兮使我逢此時〔之、之〕。干戈日尋兮道路危〔歌、支〕，民卒流亡兮共哀悲〔微、脂〕。煙塵蔽野兮胡虜盛，志意乖兮節義虧〔歌、支〕。對殊俗兮非我宜〔歌、支〕，遭惡辱兮當告誰〔微、脂〕。笳一會兮琴一拍，心憤怨兮無人知〔支、支〕。」此詩十用韻，而古「歌」

部佔其五，其字夾於「微」、「之」、「支」部之間，而五字之中古音都屬「支」韻，可見「爲」、「宜」等字在東漢之「今讀」已不復在「歌」部。

其二云：「戎羯逼我兮爲室家〔魚、麻〕，將我行兮向天涯〔支、佳〕。雲山萬重兮歸路遐〔魚、麻〕，疾風千里兮揚塵沙〔歌、麻〕。人多暴猛兮如虺蛇〔歌、麻〕，控弦被甲兮爲驕奢〔魚、麻〕。兩拍張絃兮絃欲絕，志摧心折兮自悲嗟〔歌、麻〕。」可見該等「歌」、「魚」部字，已入中古「麻」韻，不用古讀矣。

其十三云：「不謂殘生兮卻得旋歸〔微、微〕，撫抱胡兒兮泣下沾衣〔微、微〕。漢使迎我兮四牡騑騑〔微、微〕，號失聲兮誰得知〔支、支〕。與我生死兮逢此時〔之、之〕，愁爲子兮日無光輝〔微、微〕，焉得羽翼兮將汝歸〔微、微〕。一步一遠兮足難移〔歌、支〕，魂消影絕兮恩愛遺〔微、脂〕。十有三拍兮絃急調悲〔微、脂〕，肝腸攪刺兮人莫我知〔支、支〕。」此詩「移」字當已無復在「歌」部，而入「支」韻矣。

其十四云：「身歸國兮兒莫知隨〔歌、支〕，心懸懸兮長如饑〔微、微〕。四時萬物兮有盛衰〔微、脂〕，唯我愁苦兮不暫移〔歌、支〕。山高地闊兮見汝無期〔之、之〕，更深夜闌兮夢汝來斯〔支、支〕。夢中執手兮一喜一悲〔微、脂〕，覺後痛吾心兮無休歇時〔之、之〕。十有四拍兮涕淚交垂〔歌、支〕，河水東流兮心是思〔之、之〕。」詩中「隨」、「移」、「垂」三字都爲「之」、「微」部韻腳所夾，而三字中古音都屬「支」韻，可推

想當時流讀已不在「歌」部。

　　兩漢讀音之轉變固不限於「歌」部字。由上古音變爲中古音之過程漫長而全面。漢代處於過渡期，於詩賦中既用今讀，亦仍古讀，如「京」字韻上古在「陽」部，《詩‧小雅‧正月》：「正月繁霜，我心憂傷。民之訛言，亦孔之將。念我獨兮，憂心京京。哀我小心，瘋憂以痒。」「霜」、「傷」、「將」、「京」、「痒」皆在「陽」部。《詩‧大雅‧文王》：「侯服于周，天命靡常。殷士膚敏，裸〔音「灌」〕將于京。」「常」、「京」皆在「陽」部。《詩‧大雅‧大明》：「明明在下，赫赫在上。天難忱斯，不易維王。天位殷適，使不挾四方。摯仲氏任，自彼殷商。來嫁于周，曰嬪于京。乃及王季，維德之行。大任有身，生此文王。」「上」、「王」、「方」、「商」、「京」、「行」俱在「陽」部。而東漢初班固〈西都賦〉云：「願賓攄懷舊之蓄念，發思古之幽情。博我以皇道，弘我以漢京。」「京」與「情」叶，「情」在「耕」部，而「京」之中古音則屬「庚」韻，乃知「京」用「今讀」。然東漢末曹操〈薤露〉云：「惟漢二十世，所任誠不良。沐猴而冠帶，知小而謀彊。猶豫不敢斷，因狩執君王。白虹爲貫日，已亦先受殃。賊臣執國柄，殺主滅宇京。蕩覆帝基業，宗廟以燔喪。播越西遷移，號泣而且行。瞻彼洛城郭，微子爲哀傷。」詩中「京」、「行」仍在「陽」部，此即以古讀入詩，取其樸拙也。故〈行行重行行〉以「離」字爲韻腳而與「涯」、「知」、「枝」叶，是用今讀。〈冉冉孤生竹〉以「宜」、「陂」、「爲」與「時」、「遲」、「輝」、「萎」叶，亦用今讀耳。

注釋

「冉冉」二句：《六臣注》：「善曰：『竹結根於山阿，喻婦人託身於君子也。〈風賦〉曰：「緣太山之阿。」』翰曰：『冉冉，漸生進皃，此喻婦人貞絜如竹也。結根太山，謂心託於夫，如竹生於泰山之深也。阿，曲也。泰山，眾山之尊，夫者婦之所尊，故以喻之。』」

《說文解字》：「冄，毛冄冄也。」像毛細而下垂。故有柔弱之義。隸變作「冉」。

結根，交結其根而固其本。張衡〈南都賦〉：「結根竦本，垂條嬋媛。」李善〈注〉：「結猶同也。《廣雅》曰：『竦，上也。』」

阿，《說文》：「阿，大陵也。一曰：曲阜也。」又：「陵，大阜也。」《爾雅・釋地》：「高平曰陸，大陸曰阜，大阜曰陵，大陵曰阿。」《詩・衛風・考槃》：「考槃在阿，碩人之薖。」〈傳〉：「曲陵曰阿。」《楚辭・九歌・少司命》：「與女沐兮咸池，晞女髮兮陽之阿。」〈章句〉：「阿，曲隅，日所行也。」〈山鬼〉：「若有人兮山之阿，被薜荔兮帶女羅。」〈章句〉：「阿，曲隅也。」《穆天子傳》卷一：「癸未雨雪，天子獵于鈃山之西阿。」晉郭璞〈注〉：「阿，山陂也。」

「與君」二句：「兔」，《六臣注》：「五臣作「菟」。」《六臣注》：「善曰：『毛萇〈詩傳〉曰：「女蘿，松蘿也。」〔陸璣〕《毛詩草木疏》曰：「今松蘿，蔓松而生而枝正青。兔絲草蔓聯草上，

黃赤如金，與松蘿殊異。」此古今方俗名草不同，然是異草，故曰附也。』濟曰：『菟絲、女蘿，並草，有蔓而密，言結婚情如此。』」

菟絲，或作兔絲；女蘿，或作女羅。蔓性草本，多纏絡寄生於他植物之上。《詩・小雅・頍弁》：「蔦與女蘿，施〔以豉切〕于松柏。未見君子，憂心弈弈。既見君子，庶幾説懌。」毛〈傳〉：「蔦，寄生也。女蘿，菟絲、松蘿也。喻諸公非自有尊，託王之尊。」陸德明《經典釋文》：「在草曰兔絲，在木曰松蘿。」《楚辭・九歌・山鬼》：「若有人兮山之阿，被薜荔兮帶女羅。」王逸〈章句〉：「女羅，兔絲也。言山鬼彷彿若人見於山之阿，被薜荔之衣，以兔絲爲帶也。薜荔兔絲皆無根，緣物而生。山鬼亦晻忽無形，故衣之以爲飾也。『羅』一作『蘿』。」《爾雅・釋草》：「唐、蒙，女蘿；女蘿，菟絲。」《廣雅・釋草》：「女蘿，松蘿也。」「兔邱，兔絲也。」詩中但謂菟絲附於女蘿，然女籮蔓松而生，乃有菟絲附於松柏之義。

「兔絲」二句：《六臣注》：「善曰：『〈蒼頡篇〉曰：「宜，得其所也。」』」

「千里」二句：《六臣注》：「善曰：『《説文》曰：「陂，阪也。」』向曰：『此意謂結婚之後，夫將遠行陂水也。』」

結婚，締婚也。《漢書・張良傳》：「良因要項伯見沛公。公與伯飲，爲壽，結婚〔《史記・留侯世家》：「沛公與飲爲壽，結賓婚。」謂與項伯結爲相敬之客以及姻親。〈呂不韋列傳〉：

「呂不韋乃以五百金與子楚爲進用，結賓客。」〕，令伯具言沛公不敢背項王。」此「結婚」謂兩家結爲姻親。〈蕭望之傳〉：「先是烏孫昆彌〔烏孫王號〕翁歸靡因長羅侯常惠上書，願以漢外孫元貴靡爲嗣，得復尚少主，結婚內附，畔去匈奴。詔下公卿議，望之以爲烏孫絕域，信其美言，萬里結婚，非長策也。」此「結婚」謂兩國之主結爲姻親。此古詩中之「結婚」則直指二人結爲夫婦。《說文》：「結，締也。」又：「締，結不解也。」謂猶委身事君者，雖託中介以明志，仍未見用。《詩・衛風・氓》：「匪我愆期，子無良媒。」鄭玄〈箋〉：「非我心〔一作「以」〕欲過子之期，子無善媒來告期時。」〈齊風・南山〉：「析薪如之何？匪斧不克。取妻如之何？匪媒不得。既曰得止，曷又極止？」鄭玄〈箋〉：「此言取妻必待媒乃得也。」〈豳風・伐柯〉：「伐柯如何？匪斧不克。取妻如何？匪媒不得。」鄭玄〈箋〉：「媒者能通二姓之言，定人室家之道。」結婚必用媒，禮也。

《孟子・滕文公下》：「不待父母之命、媒妁之言，鑽穴隙相窺，踰牆相從，則父母、國人皆賤之。古之人未嘗不欲仕也，又惡不由其道。不由其道而往者，與鑽穴隙之類也。」

悠悠，遠也。《詩・鄘風・載馳》：「驅馬悠悠，言至於漕。」〈傳〉：「悠悠，遠貌。」《詩・王風・黍離》：「悠悠蒼天，此何人哉？」〈傳〉：「悠悠，遠意。」

陂，山坡。《說文》：「陂，阪也。一曰：沱〔「沱」今作「池」〕也。」又：「阪，坡者曰阪。」《爾雅・釋地》：「陂者曰阪。」

「思君」二句：《六臣注》：「銑曰：『夫之車馬，來歸何遲也。』」

《詩·小雅·六月》：「戎車既安，如輊如軒。四牡既佶，既佶且閑。」〈傳〉：「輊，摯；佶，正也。」〈箋〉：「戎車之安，從後視之摯，從前視之如軒，然後適調也。佶，壯健之貌。」《說文》：「軒，曲輈藩車。」又：「輈，轅也。」又：「轅，輈也。」又：「摯，抵也。」軒，高貴者所乘車，曲如舟，有藩蔽。「抵」即「氐」、「低」。即戎車從後視之則前低，從前視之則其後軒舉。《莊子·讓王》：「子貢乘大馬，中紺而表素，軒車不容巷，往見原憲。」

「傷彼」二句：《六臣注》：「翰曰：『蕙蘭，香草也。英，潤色也。此婦人喻己盛顏之時。』」

蕙蘭，香草，蘭屬，亦單稱「蕙」，暮春開花。含英，謂內含精英，又謂花含苞也。

「過時」二句：《六臣注》：「善曰：『《楚辭》曰：「秋草榮其將實，微霜下而夜殞。」』良曰：『萎，落也，言蕙蘭過時不采，乃隨秋草落矣。喻夫之不來，亦恐如此草之衰也。』」

《詩·小雅·谷風》：「習習谷風，維山崔嵬。無草不死，無木不萎。」「萎」乃「痿」之假借字。《說文》：「痿，病也。」又：「萎，食牛也。」「食牛」即以食飼牛。

「君亮」二句：《六臣注》：「善曰：『《爾雅》曰：「亮，信

也。」』濟曰：『言君執貞高之節，其心不移，則賤妾亦何爲愛也〔《孟子‧梁惠王上》：「百姓皆以王爲愛也，臣固知王之不忍也。」「愛」即吝嗇〕。賤妾，婦人之謙卑，言此以傷時。』」

亮，信也，與諒通。《書‧舜典》：「使宅百揆，亮采惠疇。」〈傳〉：「亮，信；惠，順也。求其人使居百揆之官，信立其功、順其事者誰乎？」《爾雅‧釋詁》：「允、孚、亶、展、諶、誠、亮、詢，信也。」

高節，高尚之節操。《莊子‧讓王》：「若伯夷、叔齊者，其於富貴也，苟可得已，則必不賴〔即「利」〕。高節戾〔即「厲」〕行，獨樂其志，不事於世，此二士之節也。」《呂氏春秋‧離俗》：「故如石戶之農、北人無擇、卞隨、務光者，其視天下若六合之外，人之所不能察。其視貴富〔原文如是〕也，苟可得已，則必不之賴。高節厲行，獨樂其意，而物莫之害。不漫於利，不牽於埶，而羞居濁世，惟此四士者之節。」

綜論

此詩下筆隱晦，故後之注家每不得其解。吳淇〈古詩十九首定論〉云：「舊注以此爲新婚，非也。細玩其意，酷似〈摽有梅〉，當是怨婚遲之作。」吳注當出於誤解，觀其文理，是相隔千里，經媒妁而成婚，非徒許嫁而已。「君亮」句亦費解，隋樹森〈古詩十九首箋注〉引聞人倓云：「言君來雖遲，亮非不執高節者，則賤妾亦何爲而不執高節耶？」即視「來」爲執高節。吳淇〈古詩十九首定論〉云：「言君之來遲，信執高節矣；我亦何

爲不持高節哉？」則視「不來」爲執高節。朱筠〈古詩十九首說〉云：「下卻用忠厚之筆代原一句曰，君非棄我也，乃執高節也；然君既不來，我豈可屈節以往？雖欲共成經濟，亦何爲哉？」既已結婚，卻又不來，不來爲「執高節」，亦語焉不詳。

觀此詩文意，是詩人深自貶抑。蓋人君本有親用之意，然詩人自知其德未修，終未見重用，故軒車不至。詩人雖欲及時而達，然以德薄未能配君，故當自修省，盼異日能爲君致其誠也。詩中以婦人語婉轉道出，君是有高尚節操者，我唯有修德以俟君。

後人稱賞〈冉冉孤生竹〉，每在其語氣之怨而不怒。作者心許君國而未見重用，卻只深自貶抑，以修德自勉。詩末以節操高尚之夫喻君，以其德未修之婦喻己，可謂合乎溫柔敦厚之旨矣。

劉履云：「賢者既出仕，久而未見親用，自傷不得及時行道，以揚名後世，將與碌碌庸人，俱老死而無聞，是以不忍斥言其君，乃託新婚夫婦爲喻，而作是詩。泰山眾山之尊，有君道焉，故以起興。言彼孤生之竹，則結根於泰山之阿矣；此與君爲新婚者，則如兔絲之附女蘿矣。夫兔絲之生且有時，則夫婦之會，固有其宜，何千里結婚之後，不由此道，乃致遠隔，使我思望不置，將恐如芳鮮之花，過時不采，而與眾草同腐，是可傷也。然君亮必自執高節，不復轉移，則賤妾亦何爲哉？此亦怨而無可奈何之詞也。一說，君但信我之能執高節以自守，亦復何爲？亦通。」劉氏謂賢者既出仕，久而未見親用，乃託

新婚夫婦爲喻，其釋甚好。至謂信君「自執高節，不復轉移」，則以彼有高尚之事未竟，不能遽來。一說君信我能執高節以自守，故無庸早來，則誤解文意，固絕不通也。

張庚曰：「此詩平平敍去起。『過時』一句，卻是一篇之主，以上十二句，皆此句緣起。結句深一步，以自重其品。『生有時』，『時』字即〈摽有梅〉『迨其吉』『吉』字。『過時』『時』字，即『迨其今』『今』字。『賤妾亦何爲』，則視『迨其謂之』高一籌矣。」

朱筠《古詩十九首說》：「此首詩是說極欲爲世用而不欲輕爲世用者，惟伊、呂可以當之。『冉冉孤生竹』，與眾不同；『結根泰山阿』，擇地而蹈。『與君』四句，以婚姻喻遇合，結爲新婚，如兔絲附女蘿，此喻君臣遇合，原有纏綿固結的道理。但兔絲之生則有時，夫婦之會則有宜，豈可苟合？所苦者，千里結姻，遠隔山陂，遇合無由耳。且豈獨我願往，亦甚願子之來。『思君』二句，說得透。下又作一折，言我望愈切，彼來愈遲。『傷彼』四句，托興於蘭，說得悽婉。『含英揚光輝』，采之正其時；過而不采，將隨秋草同腐，無所用矣。下卻用忠厚之筆代原一句曰，君非棄我也，乃執高節也；然君既不來，我豈可屈節以往？雖欲共成經濟，亦何爲哉？惟有安隱泰山之阿而已。」

陳湛銓先生曰：「此首乃孤臣棄友，有所期望之辭也。與〈離騷〉『初既與余成言兮，後悔遁而有他。余既不難乎離別兮，傷靈脩之數化』同意。」

其九

庭中有奇樹，綠葉發華滋。

攀條折其榮，將以遺所思。

馨香盈懷袖，路遠莫致之。

此物何足貴，但感別經時。

　　六臣注本於「貴」下注云：「善作『貢』。」即謂六臣注本從五臣注本作「貴」，而不從李善注本作「貢」。

語譯

庭院中有一棵珍奇的樹，

綠葉上滋潤的花朵盛開。

我拉下枝條，折下花朵，

打算送給我思念的人。

芳香充滿襟抱和衣袖，

可是道路遙遠，無法相送。

此物何足珍貴〔「貴」或作「貢」：此物怎配拿去獻給他〕？

只是感慨與他分別已有好幾個時節了。

用韻

　　詩中「滋」、「思」、「之」、「時」一韻到底，表列如下：

韻字	滋　思　之　時
上古音韻部	之　之　之　之
《廣韻》韻目	之　之　之　之（平）

注釋

「庭中」四句：「中」，《六臣注》：「五臣作『前』。」《六臣注》：「善曰：『蔡質《漢官典職》曰：「宮中種嘉禾奇樹。」「遺所思」，〈涉江采芙蓉〉詩曰：「采之欲遺誰，所思在遠道。」《楚辭》曰：「折芳馨兮遺所思。」』翰曰：『此詩思友人也。美奇樹華滋，思友人共賞，故將以遺之也。』」

《詩・小雅・庭燎》：「夜如何其？夜未央。庭燎之光。君子至止，鸞聲將將。」〈箋〉：「夜未央猶言夜未渠央也。而於庭設大燭，使諸侯早來朝，聞鸞聲將將然。」《論語・季氏》：「〔孔子〕嘗獨立，鯉趨而過庭。曰：『學《詩》乎？』對曰：『未也。』『不學《詩》，無以言。』」《史記・叔孫通列傳》：「先平明，謁者治禮，引以次入殿門，廷中陳車騎步卒衛宮，設兵張旗志。」「廷中」當即「庭中」。

《說文》：「庭，宮中也。」《易・困》：「六三，困于石，據于蒺藜。入于其宮，不見其妻。凶。」《爾雅・釋宮》：「宮謂之室，室謂之宮。」

《說文》：「奇，異也。一曰，不耦。」《史記・呂不韋列傳》：「子楚，秦諸庶孽孫，質於諸侯，車乘進用不饒，居處困，不得

意。呂不韋賈邯鄲，見而憐之，曰：『此奇貨可居。』」

《爾雅・釋草》：「華，荂也。華、荂，榮也。木謂之華，草謂之榮，不榮而實者謂之秀，榮而不實者謂之英。」《國語・晉語四》：「諺曰：『黍稷無成，不能爲榮。』」三國韋昭〈解〉：「稷，粱也。無成謂死也。榮，秀也。」即草花謂之榮，黍稷先華後實，又統謂之榮。觀此古詩，木花亦可謂之榮。《說文》：「華，榮也。」

《廣雅・釋詁三》：「歸、飼、饋、禒、問，遺也。」又：「……遺，予也。」〈釋詁四〉：「贈、禒、賻、賵、遺、齎，送也。」《楚辭・九歌・山鬼》：「被石蘭兮帶杜衡，折芳馨兮遺所思。」〈章句〉：「所思謂清潔之士若屈原者也。言山鬼修飾衆香以崇其善，屈原履行清潔以厲其身，神人同好，故折芳馨相遺，以同其志也。」《文選》五臣張銑〈注〉：「所思謂君也。謂己被帶忠信，又以嘉言而納於君也。」《廣韻》：「遺，贈也。」讀「以醉切」，濁聲母去聲，粵讀如「胃」。

「馨香」二句：《六臣注》：「善曰：『王逸〈楚辭注〉曰：「在衣曰懷。」《毛詩》曰：「豈不爾思，遠莫致之。」《說文》曰：「致，送詣也。」』向曰：『思友人德音。如此物馨香滿於懷袖，而路遠莫能致相思之意。』」

馨香，《書・君陳》：「我聞曰：『至治馨香，感于神明。』黍稷非馨，明德惟馨。」《左傳・桓公六年》：「奉酒醴以告曰：『嘉栗旨酒。』謂其上下皆有嘉德而無違心也。所謂馨香無讒慝也。」〈僖公五年〉：「若晉取虞，而明德以薦馨香，神其吐之

乎？」懷，《左傳・成公十七年》：「初，聲伯夢涉洹，或與己瓊瑰食之〔〈注〉：「瓊，玉；瑰，珠也。食珠玉，含象。」殮而含，即死象〕，泣而爲瓊瑰，盈其懷。從而歌之曰：『濟洹之水，贈我以瓊瑰。歸乎歸乎，瓊瑰盈吾懷乎〔〈注〉：「從，就也。夢中爲此歌。」〕。』懼不敢占也。」《文選》東漢班婕妤〈怨歌行〉：「新裂齊紈素，鮮絜如霜雪。裁成合歡扇，團團似明月。出入君懷袖，動搖微風發。常恐秋節至，涼飆奪炎熱。弃捐篋笥中，恩情中道絕〔據六臣注本〕。」懷謂胸臆，古人藏物於懷與袖。

《詩・衛風・竹竿》：「籊籊竹竿，以釣于淇。豈不爾思，遠莫致之。」

「**此物**」二句：「貴」，《六臣注》：「善作『貢』。」《六臣注》：「善曰：『賈逵〈國語注〉曰：「貢，獻也。」「物」或爲「榮」，「貢」或作「貴」。』翰曰：『非貴此物，但感別離，而時物有改也。』」

貴，愛重也。《老子》：「不貴難得之貨，使民不爲盜。」《禮記・中庸》：「去讒遠色，賤貨而貴德，所以勸賢也。」

貢，《説文》：「貢，獻功也。」《廣雅・釋言》：「貢，功也。」孔子門人端木賜字子貢，「貢」通「贛」，《説文》：「贛，賜也。」

綜論

劉履曰：「此懷朋友之詩，因物悟時，而感別離之久也。」

吳淇曰：「此亦臣不得於君之詩，與〈涉江采芙蓉〉調略同；

但彼於折贈處只寫得四句，後便撤開；此則一意到底，故只於一物中寫出許多情景。」

張庚曰：「此亦臣不得於君，而託興於奇樹也。其託興於樹，不以衰爲感，而感於盛，有二義：夫人自少小以至強壯，強壯不過二十年，則日衰矣。樹之由萌蘗以至榮盛，榮盛不過百日，則日衰矣。則其盛也，不誠可惜哉。此詩人所以託興也。有志之士，斷不肯閒玩廢日，董子〔董仲舒〕所以不窺園也。故平時不爲時物所觸，感亦無自而生；一旦見樹之當時芳茂，安得不感己之當時偓蹇？此又詩人之所以託興也。樹曰奇，則非凡卉矣；曰庭中有，則非野植矣；葉發華滋，培之厚也；攀條而折榮，取其精也；遺所思，欲獻於君也；馨香盈懷袖，餘馥被物也；莫致之，深自惜也；寫得極鄭重。先自貴其物如此，卻以『何足貴』一語故抑之，以振出末句，見所感之深。『經時』二字有深意。歲有四時，時有三月，經時則歷三月矣。古之人三月無君則皇皇如也，能無感乎？『此物』即『其榮』。言『榮』者，誇之以自珍；言「物」者，卑之以尊君；曰『感』不曰『傷』者，傷必因乎衰，衰則過時矣，不復可爲矣，故可傷。感乃因乎盛，盛而不見用，尚可冀其用，故曰『感』。」

又：「通篇只就『奇樹』一意寫到底，中間卻具千迴百折；更〔《古詩十九首集釋》作「而」〕妙在由樹而條而榮而馨香，層層寫來以見美盛，而以一語反振出『感別』便住，不更贅一語，正如山之蜿蟺〔《集釋》誤植一「蛇」字在「蜿蟺」之前〕迤邐而來，至江以峭壁截住，格局筆力，千古無兩。」

張玉穀曰：「此亦懷人之詩。前四就折花欲遺所思引起。『馨香』二句，即〔就也〕馨香莫致，醒出路遙。末二更即物不足貢，醒出別久。層折而下，含蓄不窮。」

其十

迢迢牽牛星，皎皎河漢女。
纖纖擢素手，札札弄機杼。
終日不成章，泣涕零如雨。
河漢清且淺，相去復幾許。
盈盈一水間，脉脉不得語。

語譯

多麼遙遠的牽牛星，

多麼皎潔的河漢女。

她伸出纖巧、白皙的手，

無心地移動着機杼，發出札札的聲音。

整天都織不成文理，

只是在哭泣，淚水像雨點般落下。

河漢既清且淺，

和他相距會有多遠？

相隔在盈盈一水的兩旁，

只能凝望着他，卻不能説一句話。

用韻

詩中「女」、「杼」、「雨」、「許」、「語」一韻到底，表列如下：

韻字	女 杼 雨 許 語
上古音韻部	魚 魚 魚 魚 魚
《廣韻》韻目	語 語 麌 語 語（上）

注釋

「迢迢」二句：《六臣注》：「善曰：『《毛詩》曰：「睆彼牽牛，不以服箱。」又曰：「維天有漢，監亦有光。跂彼織女，終日七襄。雖則七襄，不成報章。」毛萇曰：「河漢，天河也。」』濟曰：『牽牛織女星，夫婦道也。常阻河漢，不得相親。此以夫喻君，婦喻臣，言臣有才能不得事君，而爲讒邪所隔，亦如織女阻其歡情也。迢迢，遠皃；皎皎，明皃。』」

「纖纖」二句：《六臣注》：「善曰：『《韓詩》曰：「纖纖女手，可以縫裳。」薛君〔東漢薛漢〕曰：「纖纖，女手之皃。」』銑曰：『「纖纖擢素手」，喻有禮儀節度也。「札札弄機杼」，喻進德脩業也。擢，舉也。札札，機杼聲。』」

擢，《說文》：「擢，引也。」《方言·三》：「�² 、擢、拂、戎，拔也。自關而西，或曰拔，或曰擢；自關而東，江淮南楚之間或曰戎，東齊海岱之間曰摝。」

弄，《說文》：「弄，玩也。」又：「玩，弄也。」《史記·貨

殖列傳》:「吏士舞文弄法,刻章偽書,不避刀鋸之誅者,沒於賂遺也。」「弄」有遲疑不專注之意。

機杼,紡織用具,機以轉軸,杼以持緯。杼,《說文》:「杼,機之持緯者。」《詩·小雅·大東》:「小東大東,杼柚其空。」《戰國策·秦策二》:「昔者曾子處費,費人有與曾子同名族者而殺人。人告曾子母曰:『曾參殺人!』曾子之母曰:『吾子不殺人。』織自若。有頃焉,人又曰:『曾參殺人!』其母尚織自若也。頃之,一人又告之曰:『曾參殺人!』其母懼,投杼踰牆而走〔《史記·甘茂列傳》作「其母投杼下機,踰牆而走」〕。」《淮南子·氾論訓》:「後世為之機杼,勝複以便其用,而民得以掩形御寒。」

「終日」二句:《六臣注》:「善曰:『《毛詩》曰:「不成報章。」又曰:「瞻望弗及,泣涕如雨。」』向曰:『「終日不成章」,喻臣能進德修業,有文章之學,不為君所見知,不用於時,與不成何異也?「泣涕」謂悲王室微弱,朝多邪臣,恐國之亡也。』」

章,謂文理也。《易·說卦》:「分陰分陽,迭用柔剛,故《易》六位而成章。」《詩·小雅·大東》:「跂彼織女,終日七襄。雖則七襄,不成報章。」「終日七襄」,毛萇〈傳〉:「襄,反也。」鄭玄〈箋〉:「襄,駕也。駕,謂更其肆〔即「舍」〕也,從旦莫〔即「暮」〕七辰一移,因謂之七襄。」孔穎達〈疏〉:「『襄,反』者,謂從旦至暮,七辰而復反於夜也。」「不成報章」,毛〈傳〉:「不能反報〔即「復」〕成章也。」鄭〈箋〉:「織女有織名

爾，駕則有西無東〔女星西移〕，不如人織，相反報〔即「反復」〕成文章。」孔〈疏〉：「言雖則終日歷七辰，有西而無東，不成織法報反之文章也〔謂其織布未能反復而成文理〕。言織之用緯，一來一去，是報反成章。今織女之星，駕則有西而無東，不見倒反，是有名無成也。」

零，落也。《詩・鄘風・定之方中》：「靈雨既零，命彼倌人。星言夙駕，說于桑田。」〈傳〉：「零，落也。」《詩・鄭風・野有蔓草》：「野有蔓草，零露漙兮。有美一人，清揚婉兮。邂逅相遇，適我願兮。」〈箋〉：「零，落也。」《說文》：「零，餘雨也。」

《詩・邶風・燕燕》：「燕燕于飛，差池其羽。之子于歸，遠送于野。瞻望弗及，泣涕如雨。」

「河漢」四句：「脉脉」，《六臣注》：「莫白切。五臣作『脈脈』。」《六臣注》：「善曰：『《爾雅》曰：「脉，相視也。」郭璞曰：「脉脉，謂相視皃也。」』良曰：『「河漢清且淺」，喻近也，能相去幾何也。「盈盈」，端麗皃，「脈脈」，自矜持皃。喻端麗之女，在一水之間而自矜持，不得交語。亦猶才明之臣，與君阻隔，不得啟沃也。』」

盈盈，水清麗貌。五臣劉良謂「盈盈」喻端麗之女，非是。「盈盈」形容「一水」，猶「盈盈樓上女」之「盈盈」形容樓上之女。

「一水間」之「間」指「邊」。《後漢書・王丹傳》：「每歲農時，輒載酒肴於田間，候勤者而勞之。」唐李賢等〈注〉引《東

觀記》曰:「載酒肴,便於田頭大樹下飲食勸勉之,因留其餘酒肴而去。」

脉脉,視貌。東漢王逸〈九思・逢尤〉:「魂煢煢兮不遑寐,目眽眽兮寤終朝。」〈章句〉〔當非王逸自爲〕:「眽眽,視貌也。終朝,自旦及夕,言通夜不能瞑也。「眽」一作「脉」,一作「眩」〔此異文耳,非謂「眩」即「眽」〕。」《說文》:「眽,目財視也。」清段玉裁《說文解字注》:「『財』當依《廣韵》作『邪』,『邪』當作『衺』。此與『辰』部『覛』音義皆同,『財視』非其訓也。辰者,水之衺流別也。〈九思〉:『目眽眽兮寤終朝。』〈注〉曰:『眽眽,視貌也。』〈古詩十九首〉:『脉脉不得語。』李引《爾雅》:『脉,相也〔《爾雅・釋詁》:「艾、歷、覛、胥,相也。」郭璞〈注〉:「覛,謂相視也。」李善引《爾雅》作「脉,相視也」,誤〕。』〔引〕郭璞曰:『脉脉,謂相視貌。』按今〈釋詁〉無郭注。〈釋文〉曰:『「覛」字又作「眽」。』五經文字有『眽』字。《文選》『脉』皆系『眽』之譌。」《廣雅・釋訓》:「矍矍、眣眣、夐夐、眈眈、矕矕、晚晚、瞥瞥、眽眽、眅眅、睛睛,視也〔《廣雅・釋詁》別有「……眽、……覛、……視也」一條〕。」《說文》:「覛,衺視也。」又:「覛,籀文。」《廣韻》:「眽,《說文》曰:『目邪視也。』」又:「覛,《爾雅》云:『相也。』《說文》本莫狄切,衺視也。」又:「覛,籀文。」「脉」是「眽」之假借字。《說文》:「衇,血理分衺行體者。」又:「脈,衇或从肉。」又:「脈,籀文。」《廣韻》:「衇,《說文》曰:『血理之分衺〔當是「衺」〕行體者。』又作『脈』,經典亦作『脉』。《周禮》曰:『以鹹養脉。』《釋名》曰:『脉,幕也,幕絡一體也〔漢劉熙載《釋名・釋形

體》:「膜,幕也,幕絡一體也。」〈釋姿容〉:「眽摘,猶誦摘也。如醫別人眽知疾之意,見事者之稱也。」漢揚雄《方言・十》:「讁,過也。南楚以南凡相非議人謂之讁,或謂之眽。眽又慧也。」又:「眠娗、脈蝪、⋯⋯皆欺謾之語也。楚郢以南東揚之郊通語也。」是「眽摘」乃疊韻連綿詞,其「眽」字當非指「血眽」之眽〕。』」又:「脉,上同。」又:「眽,籀文。」反「永」爲「辰」。《說文》:「辰,水之褒流別也。从反永。」「褒流別」即「邪流別水」,《說文》:「派,別水也。」

綜論

劉履曰:「此言臣有才美,善於治職,而君不信用,不得以盡臣子之忠;猶織女有皎潔纖素之質,勤於所事,不得與牽牛相親,以盡夫婦之道也。惟其不得相親,有所思係,心不專在,故雖終日機織,不成文章,唯有泣涕而已。夫河漢既清且淺,相去甚近,一水之間,分明盼視,而不得通其語,是豈無所爲哉?含蓄意思,自有不可盡言者爾。」

吳淇曰:「此蓋臣不得於君之詩,特借織女爲寓。通篇全不涉渡河一字,只依《毛詩》從織上翻出意來,是他占地步,直踞萬仞之巔,後來作家彙千,皆丘垤耳。『迢迢』,君門之遼遠也。『皎皎』,貞士之潔白也。『織』乃女子之正業。『纖纖』二句,手不離機杼,所守之貞也。『終日』二句,無限苦懷,所守者苦節之貞〔《易・節》:「苦節,不可貞。」〕。『河漢』二句,相去無幾,舉足可渡,然而終不渡者,所守之貞且堅也。相去無幾,

98

只爭一水，身不得往，語或可聞，然而終不爲遙訴一語所守之貞之苦，并不求其知也。詩中自首至尾，亦不及秋夕一字，終年如此，終月如此，終日如此，所守之貞之苦，終古如此也。」

張庚曰：「欲寫織女之繫情於牽牛，卻先用『迢迢』二字，將牽牛推遠，以下方就織女寫出許多情致。句句寫織女，句句歸到牽牛，以見其『迢迢』。『皎皎』句與首句是對起，故下雖就織女以寫牽牛之迢迢，卻句句仍只寫織女之皎皎。蓋皎皎，光輝潔白之貌，今機杼之勤，所守之貞，不肯渡河，并不肯〔是不得，非不肯也〕告語，皆織女之皎皎也。兩兩關寫，無一筆牽纏格碍，豈非千古絕筆？又上既云『迢迢』，下復曰『相去復幾許』，見得近在咫尺，似悖矣；不知神妙正在此悖也。蓋從乎情之不得通而言，則見爲『迢迢』，從乎地之相阻而言，則仍『幾許』，故下一『復』字，若謂雖曰迢迢，亦復不遠。愈說得近，則情愈切；情愈切，則境愈覺遠矣。真善於寫遠也。更妙在以『盈盈』二句承結，遂將『迢迢』、『幾許』兩相融貫，謂爲迢迢，則又復幾許，謂之相去只此幾許，則又限於盈盈而不得語；既限於盈盈而不得語，則雖幾許之相去，已不啻千里萬里矣，可不謂之『迢迢』乎？人但知『盈盈』二句承『河漢清淺』來，不知其雙貫『迢迢』、『幾許』兩語也。真奇妙莫測。」

姜任脩曰：「懼間〔即離間〕也。『雖則七襄，不成報章。』『嗟我懷人，置彼周行〔詩・周南・卷耳〕。』化此兩意以比之。『路遠莫致』，猶可言也；此則徒步山河，覿面千里矣。太白〔〈妾薄命〉〕『長門一步地，不肯暫回車』所本。王或菴〔清初王源〕

云：『相隔一水，尚不可即，況萬餘里哉？意中之言，硬塞不出，行〔行列〕墨之外，萬恨千愁。』蔣湘帆〔蔣衡〕云：『代織女目中見其迢迢，與末脈脈相應。』」

　　朱筠曰：「此孤臣孽子憂讒畏譏之詩也。世上原有一椿境界，處至親至密之地，而語不能入，情不能通者，歷代史事，不可枚舉。看他忽然以無情寫有情，拈二星來說，說得如真有其事的一般。起二句『迢迢』，言遠也；『皎皎』，言明也。『纖纖』句如見其形；『札札』句如聞其聲。『終日不成章』，把一切孝子忠臣終日無聊景況，一語道盡；『泣涕零如雨』再足一句。然其中間隔，夫豈遠哉？以言河漢，則清而且淺，相去無幾，何難披肝露膽，直陳衷曲。乃至『盈盈一水間』，脈脈千種，欲語不得，奈何奈何！此等詩字字痛快，令天下後世處其境者可以痛哭，不處其境者可以歌舞。即杜韓手筆，且恐摹寫不到，何況餘子？」

　　張玉穀曰：「此懷人者託爲織女憶牽牛之詩，大要暗指君臣爲是。詩旨以女自比，故首二雖似平起，實首句從對面領題，次句乃點題主筆也。中四接敍女獨居之悲，既曰『織女』，故只就『織』上寫。末四即頂『河漢』，寫出彼邊可望而不可即之意，爲『泣涕如雨』注腳，即爲起手『迢迢』二字隱隱兜收，章法一線。」

其十一

迴車駕言邁，悠悠涉長道。
四顧何茫茫，東風搖百草。

所遇無故物，焉得不速老。

盛衰各有時，立身苦不早。

人生非金石，豈能長壽考。

奄忽隨物化，榮名以為寶。

語譯

我轉回馬車，向遠處駛去，

經過長長的道路。

環顧四周，多麼的空闊，

東風搖動着百草。

遇見的都不是舊時之物，

人怎會不迅速衰老？

事物的盛衰都有定時，

每恨功名來得不早。

人的生命並非金石般堅強，

怎一定能活得長久？

一瞬間便會隨萬物變化而逝去，

榮耀和名聲便是我們的至寶。

用韻

「道」、「草」、「老」、「早」、「考」、「寶」一韻到底，表列如下：

韻字	道 草 老 早 考 寶
上古音韻部	幽 幽 幽 幽 幽 幽
《廣韻》韻目	晧 晧 晧 晧 晧 晧 （上）

「道」字，今普通話濁上作去，讀去聲；粵音陽上作去，讀陽去聲。

注釋

「迴車」二句：《六臣注》：「善曰：『《毛詩》曰：「駕言出遊。」又曰：「悠悠南行。」「順彼長道。」』」

迴車，〈離騷〉：「回朕車以復路兮，及行迷之未遠。」〈章句〉：「回，旋也。路，道也。『回』一作『迴』。」駕言邁，《詩・邶風・泉水》：「駕言出遊，以寫我憂。」又〈衞風・竹竿〉同。「言」是語辭、助字。《說文》：「邁，遠行也。」《爾雅・釋言》：「征、邁，行也。」《詩・王風・黍離》：「行邁靡靡，中心搖搖。」〈傳〉：「邁，行也。」

悠悠，《詩・小雅・黍苗》：「悠悠南行，召伯勞之。」〈傳〉：「悠悠，行貌。」長道，《詩・魯頌・泮水》：「順彼長道，屈此羣醜。」〈箋〉：「順，從。長，遠。」

「四顧」二句：《六臣注》：「善曰：『《莊子》曰：「方將四顧。」王逸〈楚辭注〉曰：「茫茫，草木彌遠，容皃盛也。」』濟曰：『茫茫，廣遠也。東風，春風也。』」

102

茫茫，《詩・商頌・玄鳥》：「天命玄鳥，降而生商，宅殷土茫茫。」〈傳〉：「茫茫，大貌。」《楚辭》屈原〈九章・悲回風〉：「穆眇眇之無垠兮，莽芒芒之無儀。」王逸〈章句〉：「草木彌堅，容貌盛也。」即草木盛貌。

「所遇」二句：《六臣注》：「向曰：『言物皆去故而就新，人何得不速衰老。』」

《世說新語・文學》：「〔東晉〕王孝伯〔王恭〕在京行散，至其弟王睹〔王爽小字睹〕戶前，問古詩中何句為最。睹思未答，孝伯詠『所遇無故物，焉得不速老』，此句為佳。」

「盛衰」二句：《六臣注》：「銑曰：『恐盛時將遷，而立身不早。立身謂立功立事。』」

立身，《孝經・開宗明義》：「身體髮膚，受之父母，不敢毀傷，孝之始也。立身行道，揚名於後世，以顯父母，孝之終也。夫孝始於事親，中於事君，終於立身。」立身即卓然自立。

「人生」四句：《六臣注》：「善曰：『《韓子》曰：「雖與金石相弊，兼天下未有日也。」化謂變化而死也。不忍斥言其死，故言隨物而化也。《莊子》曰：「聖人之生也天行，其死也物化。」』翰曰：『奄忽，疾也。人非金石，將疾隨萬物同為化滅矣。將求榮名以為寶貴，揚名於後世，亦為美也。』」

物化，《莊子・刻意》：「聖人之生也天行，其死也物化。」郭象注「天行」：「任自然而運動。」注「物化」：「蛻然無所係。」

榮名，令譽也。《呂氏春秋・士容論》：「嘗試觀於上志，三王之佐，其名無不榮者，其實無不安者，功大故也。」高誘〈注〉：「榮，顯也。」《戰國策・齊策六》：「且吾聞效小節者不能行大威，惡小恥者不能立榮名。」《史記・游俠列傳》：「今拘學或抱咫尺之義，久孤於世，豈若卑論儕俗，與世沈浮而取榮名哉。」《淮南子・脩務訓》：「死有遺業，生有榮名。」許慎〈注〉：「遺餘功業；榮，寵也。」

綜論

劉履曰：「此因迴車涉道，顧瞻時物之變，慨然感悟，恨立身之不早也。且人生非金石之固，豈能久存於世？所可保者，特榮名而已。蓋亦『君子疾沒世而名不稱』之意。」

吳淇曰：「十九首中，勉人意凡七，惟此點出『立身』、『榮名』是正論，其他『何不策高足』、『何爲自拘〔原文如是〕束』、『不如飲美酒』、『何不秉燭遊』及『極宴娛心意』皆是詭調，於其迷而不復，以詭調諷之，故用『驅車』及『出郭』起；於其悟而思歸，以正論詔之，故用『迴車』起。可見古人作者一字不苟處。」

張庚曰：「此因不得志於時而思立名於後也。古人作詩起句從無泛設之理，讀者往往忽略，所以不得全篇神理。如此詩起用『迴車』二字，用意極深遠。夫人幼而學之，孰不欲壯而行之。迨轍環幾徧，終不得遇，而逝者催老，安得不更而爲迴車

之思乎？此孔子所以有『歸歟』之歎也。得此意以讀是詩，則全篇神理得矣。迴車所見，不將秋景點綴，以致傷遲暮之情，偏就豔陽之春寫者何？正要在『春〔原文如是〕風』上逼出『無故物』來。去年之百草不知何去，今東風所搖而新者，又是一番萌蘗，所謂『不覩舊者老，但見新少年』也，則我老之速可知已。然以盛衰之常理推之，彼我固各有其時，亦何足苦？所苦者，從前歲月徒消鹿鹿，而立身不早耳。今既老矣，而壽考又不可必，將隨物化，可弗寶此榮名乎？此所以亟亟迴車也。言外有不得見之事實，則當修之，以名於後也。意其不説出者，古人之謙也。聖如孔子，亦只説得『小子之不知所以裁』，未嘗明言我將裁之，以傳道於來也。此意是朱子補出。」

張玉穀曰：「此自警之詩。前六即出遊所見，觸起人生易老。『所遇無故物』句，真足感人。中二承上作轉，言老固難辭，但苦立身不早，點清詩旨。末四又承上申明所以必老之故，直就身後榮名可寶，繳醒立身當早意收住，勁甚。」

其十二

東城高且長，逶迤自相屬。
迴風動地起，秋草萋已綠。
四時更變化，歲暮一何速。
晨風懷苦心，蟋蟀傷局促。
蕩滌放情志，何爲自結束。
燕趙多佳人，美者顏如玉。

被服羅裳衣，當戶理清曲。

音響一何悲，絃急知柱促。

馳情整巾帶，沈吟聊躑躅。

思爲雙飛鷰，銜泥巢君屋。

六臣注本於「巾」下注云：「善作『中』。」即謂六臣注本從五臣注本作「巾」，而不從李善注本作「中」。

語譯

東城既高且長，

蜿蜒斜出，自相連接。

旋風動地而起，

秋草萋萋，都已變得青黃。

四季更迭變化，

歲暮來得多麼迅速。

晨風懷抱着悲苦之心，

蟋蟀亦自傷無以爲樂。

不如洗蕩憂思，放任情志，

爲何要強自拘束？

燕趙之地有很多佳人，

其美者，容顏像玉一般晶瑩。

穿上羅綺衣裳，

當戶彈奏着清麗的樂曲。

聲音多麼的悲切，

弦聲急促，可知已按近琴柱。

我的心情馳驟不定，整理一下巾帶〔或：中衣〕，

欲往相見，卻又遲疑而徘徊。

我希望和她化爲一雙飛燕，

銜泥在您的屋上築巢。

用韻

「屬」、「綠」、「速」、「促」、「束」、「玉」、「曲」、「促」、「躅」、「屋」同押入聲韻，〈-k〉收音。表列如下：

韻字	屬 綠 速 促 束 玉 曲 促 躅 屋
上古音韻部	屋 屋 屋 屋 屋 屋 屋 屋 屋 屋
《廣韻》韻目	燭 燭 屋 燭 燭 燭 燭 燭 燭 屋（入）〈-k〉

注釋

「東城」二句：《六臣注》：「善曰：『城高且長，故登之以望也。王逸〈楚辭注〉曰：「逶迤，長兒也。」』銑曰：『此詩刺小人在位，擁蔽君明，賢人不得進也。東，春也，所以養生萬物。城可以居人，比君也。高且長，喻君尊也。相屬，德寬遠也。』」

《說文》：「逶，逶迤，衺去之兒。」又：「迤，衺行也。」又：「屬，連也。」

「迴風」二句：《六臣注》：「向曰：『迴風，長風也。風爲號令也。地，臣位也。號令自臣而出，故云迴風動地起。秋草既衰盛草綠，謂政化改易疾也。萋，盛貌。』」

迴風，《楚辭》屈原〈九章・悲回風〉：「悲回風之搖蕙兮，心冤結而內傷。」王逸〈章句〉：「回風爲飄，飄風回邪，以興讒人。」又：「言飄風動搖芳草，使不得安，以言讒人亦別離忠直，使得罪過也。故己見之，中心冤結而傷痛也。」《爾雅・釋天》：「迴風爲飄。」郭璞〈注〉：「旋風也。」

《說文》：「綠，帛青黃色也。」

「四時」二句：《六臣注》：「善曰：『《周易》曰：「四時變化而能久成。」《毛詩》曰：「歲聿云暮。」《尸子》曰：「人生也亦少矣，而歲往之亦速矣。」』翰曰：『此亦寄情於政令數移之速也。』」

《易・恆象》：「日月得天而能久照，四時變化而能久成。」

歲暮，歲末也。夏曆以一月爲歲首，十二月爲歲末；殷曆以十二月爲歲首，十一月爲歲末；周曆以十一月爲歲首，十月爲歲末；秦曆以十月爲歲首，九月爲歲末。然民間農事，仍沿用夏曆。漢高祖劉邦十月至長安郊之霸上，遂稱帝，仍以十月爲歲首，漢武帝太初元年改用夏曆，以一月爲歲首。此詩上云「秋草」，下云「歲暮」，「秋」視民間四時而言，「歲暮」則視官方正朔而言。九月乃民間之季秋，官方之歲暮。後人因憑此斷

定此詩作於漢武帝太初元年以前。

「晨風」二句：《六臣注》：「善曰：『《毛詩》曰：「鴥彼晨風，鬱彼北林。未見君子，憂心欽欽。」〈蒼頡篇〉曰：「懷，抱也。」《毛詩・序》曰：「蟋蟀，刺晉僖公儉不中禮。」《漢書》景帝曰：「局促效轅下駒。」』濟曰：『晨風，鷹鶡屬，志逐鳥也。而賢人懷苦心，將欲逐小人，如鷹之逐鳥也。〈蟋蟀〉，《詩》篇名也。言君局促不中禮，不能去小人，使其蔽賢而不知之。』」

晨風，《詩・秦風・晨風》序：「晨風，刺〔譏刺〕康公也。忘穆公之業，始棄其賢臣焉。」其首章云：「鴥彼晨風，鬱彼北林。未見君子，憂心欽欽。如何如何，忘我實多。」〈傳〉：「興也。鴥，疾飛貌。晨風，鸇也。鬱，積也。北林，林名也。」作者見晨風飛翔於北林而起興。懷苦心，憂彼忘我也。魏文帝〈清河作〉：「願爲晨風鳥，雙飛翔北林。」

蟋蟀，《詩・唐風・蟋蟀》序：「蟋蟀，刺晉僖公也。儉不中〔符合也〕禮，故作是詩以閔之，欲其及時以禮自虞樂也。」其首章云：「蟋蟀在堂，歲聿其莫〔即「暮」〕。今我不樂，日月其除〔過去也〕。」傷局促，謂不樂也。

「蕩滌」二句：《六臣注》：「良曰：『君當去讒佞，行威惠，是蕩滌情志也。左右置小人，佞讒不止，是自結束也。』」

蕩滌，《禮・郊特牲》：「殷人尚聲，臭味未成，滌蕩其聲。樂三闋，然後出迎牲。聲音之號，所以詔告於天地之間也。」

鄭玄〈注〉:「滌蕩,猶搖動也。」《史記・樂書》:「天子躬於明堂臨觀,而萬民咸蕩滌邪穢,斟酌飽滿,以飾厥性。故云雅頌之音理而民正,嘄噭之聲興而士奮,鄭衛之曲動而心淫。」「蕩滌放情志」則言滌除憂悶,舒放情志。「蕩滌」二句下開「燕趙多佳人」諸句,蓋是遊冶所見。

「燕趙」二句:《六臣注》:「善曰:『燕趙,二國名也。《楚辭》〔《九歌・湘夫人》〕曰:「聞佳人兮召予。」〔宋玉〕〈神女賦〉曰:「苞溫潤之玉顏。」』翰曰:『佳人,賢人也。如玉,謂有美德也。所以言燕趙者,非獨此二國有賢,蓋為其國出美女,故託言之,以隱文意。』」、

《戰國策・中山策》:「臣聞趙,天下善為音,佳麗人之所出也。」

「被服」二句:《六臣注》:「善曰:『〔魏〕如淳〈漢書注〉曰:「今樂家五日一習樂,為理樂也。」』銑曰:『羅裳衣,喻有禮儀也。當戶,謂志慕明也。理清曲,謂脩學業也。』」

「音響」二句:《六臣注》:「向曰:『響悲,謂悲君左右小人也。絃急,謂政令急也。知柱促,恐君祚將促也。』」

「馳情」二句:「巾」,《六臣注》:「善作『中』。」《六臣注》:「善曰:『中帶,中衣帶。整帶,將欲從之。毛萇《詩傳》曰:「丹朱中衣。」《說文》曰:「躑躅,住足也。」「躑躅」與「蹢躅」同。』翰曰:『整其衣冠〔釋「整巾帶」〕,將進用,復懼邪臣所中〔中

傷也〕，故復沈吟也。躑躅，行不進皃。』」

《詩・唐風・揚之水》：「素衣朱襮，從子于沃。」〈傳〉：「襮，領也。諸侯繡黼，丹朱中衣。」李善指此。中帶，《儀禮・既夕禮》：「設明衣〔遺體浴後所服〕，婦人則設中帶。」鄭玄〈注〉：「中帶若今之禪襂。」賈公彥〈釋〉：「經〔禮經〕直云設明衣，不辨男子與婦人，故此記人〔爲此書者〕云設明衣者男子，其婦人則設中帶。鄭云中帶若今禪襂者，鄭舉目驗而言。但男子明衣之狀，鄭不明言，亦當與中帶相類；有不同之處，故別。雖名中帶，亦號明衣，取其圭絜也。」即中帶非中衣之帶，而類禪襂。禪襂即單衫、單衣、中衣。外衣可加於其上。《禮・郊特牲》：「臺門而旅樹反坫，繡黼丹朱中衣，大夫之僭禮也。」鄭玄〈注〉：「繡黼丹朱，以爲中衣領緣也。『繡』讀爲『綃』，綃，繒名也。《詩》云：『素衣朱綃。』又云：『素衣朱襮。』襮，黼領也。」孔穎達〈正義〉：「繡黼丹朱中衣者，綃，繒也。黼，刺繒爲黼文也。丹朱，赤色，謂染繒爲赤色也。中衣謂以素爲冕服之裏衣，猶今中衣單也。」觀乎此，則整中帶即整中衣。中衣整則衣領正，莊重之也。李善謂「中帶」指中衣帶，與鄭玄異。然鄭玄漢人，當可信。

躑躅，《說文》：「蹢，住足也。从足，適省聲。或曰：蹢躅。」又：「躅，蹢躅也。」「躑」是「蹢」之俗字。

「思爲」二句：《六臣注》：「良曰：『燕，馴善之鳥，故人臣自比，願得親君。』」

綜論

劉履曰：「此不得志而思仕進者之詩。言見東城之高且長，回風起而秋草已萋然矣。因念四時更相變化，而於歲之云暮，獨何速邪？然我方以未見君子，如〈晨風〉之言，心懷憂苦；今而歲暮不樂，又恐如〈蟋蟀〉所賦，徒傷局促。盍亦蕩滌其憂慮，放肆其情志，何苦乃自致結束，而不爲樂哉？蓋以吾黨之士，才美者眾，猶燕趙之多佳人也。彼其修德立言，壹皆獨善其身，故其言往往悲憤激切，而有以知其志氣鬱塞，未獲舒展。亦猶佳人之被服鮮潔，而但當戶自理清曲，故其音響悲切，而知絃柱之急促也。是以我之馳情整服，沈吟而躑躅，思與此人同奮才力，以入仕於朝，庶幾得以舒吾苦心，而遂其情志焉爾。故又託爲雙燕銜泥巢屋以結之。於此可見當時賢才之遺逸者，非特一人而已也。」

張庚曰：「此蓋傷歲月迫促而欲放情娛樂也。然以『思』結之，亦可謂發乎情止乎義矣。『東城』二句，就其地以起興。『迴風』四句，言時光易逝，因慨古之懷苦心者，則有若〈晨風〉之詩；傷局促者，則有若〈蟋蟀〉之詩。凡此皆自爲拘束，曷若放情志以蕩滌其懷傷乎？其放情志而不自拘束奈何，莫若豔色新聲矣。燕趙之地多佳人，其尤者則有玉顏，且盛服當戶而理曲，其么絃促柱之悲音，一何動聽也。既目其如玉之顏，復耳其最悲之曲，而情爲之馳矣。巾，冠也；巾帶，冠纓也。凡人心慕其人，而欲動其人之親愛於我，必先自正其儀容，『馳情整巾帶』者，致我之敬，以希感動佳人也，正馳情之極也。沈吟心口，

爲之自忖自語;躑躅身足,爲之且前且卻。此是理欲交戰情形,以起下『思爲』云云一結。既而終以爲不可,因思身不得巢君之屋,惟燕子得以巢之,遂思爲飛燕也。此篇張氏以爲『燕趙』以下另是一首〔明張鳳翼《文選纂注》:「此以上是一首,下燕趙另一首,因韻同故誤爲一耳。」〕,且以重用『促』字韻爲據,細玩詞意亦是。但從前都作一首,陸平原〈擬古〉亦作一首擬,仍其舊可也。然必如是解方不牽強。即作兩首,即如是解亦可。」案:漢詩重韻非止此篇,不可爲據。此詩以說理句「蕩滌放情志,何爲自結束」帶出燕趙之遊,而烘托出主力句「思爲雙飛燕,銜泥巢君屋」作結,蕩氣迴腸,自有一彈三歎之慨。如遽以「何爲自結束」作結,則言盡意絕,且索然無味矣。

張庚又曰:「古人詩句句相生。如此詩起云『東城高且長』,下就『長』字接『逶迤相屬』句,以足『長』字之勢;就『逶迤』字生出『迴風動地』句;就『地』字生出『秋草』句;就『秋草』字生出『四時變化』句;就『時變』字生出『歲暮速』句;就『速』字生出『懷』、『傷』二句;就『懷』、『傷』二字生出『放情』二句;就『放情不拘』生出下半首。真一氣相承不斷,安得不移人之情?」

張玉穀曰:「此傷年華易逝、未得事君之詩,至篇末始揭作意,極難索解。首六即望中時物變遷,引起年華易逝意。『晨風』四句,賦中帶比,落出『蕩滌』勝於『結束』來,作開筆曲筆。『燕趙』六句,意轉合到學優不仕之可惜,然不便顯言,特借燕趙佳人、美顏華服、理瑟音悲,作一比擬,意境最超。絃急柱促又隱爲歲暮何速一兜。末四遙接『蕩滌』二句,收清思出

事君。巾帶既整，猶復沈吟，何等詳慎？點逗本意，卻又借燕爲比，總無實筆，故佳。」

此詩因東城而起興，攄發詩人欲事君濟世而不可得之鬱悶情懷。燕趙佳人用比，以喻憂國憂民之佳士。而以思與佳士俟命朝廷作結，亦致愛君之意。

其十三

驅車上東門，遙望郭北墓。
白楊何蕭蕭，松栢夾廣路。
下有陳死人，杳杳即長暮。
潛寐黃泉下，千載永不寤。
浩浩陰陽移，年命如朝露。
人生忽如寄，壽無金石固。
萬歲更相送，賢聖莫能度。
服食求神仙，多爲藥所悞。
不如飲美酒，被服紈與素。

語譯

驅車至上東門，
遠望城郭北的墳墓。
白楊樹在風中不停地搖動，
松柏夾着寬闊的道路。
其下有早已死去的人，

114

在幽暗中就如靠向長夜。

藏在黃泉之下長眠，

縱使千載之後也永不會醒來。

陰陽不斷轉移，既廣且遠，

年命就如朝露般短促。

人生匆匆，有如寄居，

壽命並沒有金石般牢固。

自古至今，人更遞相送，

賢聖也不能越過這個宿命。

服食丹藥以求成爲神仙，

卻多爲丹藥所誤。

倒不如多飲美酒，

穿上紈和素的衣服。

用韻

詩中「墓」、「路」、「暮」、「癠」、「露」、「固」、「度」、「誤」、「素」一韻到底，表列如下：

韻字	墓	路	暮	癠	露	固	度	誤	素
上古音韻部	鐸	鐸	鐸	魚	鐸	魚	鐸	魚	魚
《廣韻》韻目	暮	暮	暮	暮	暮	暮	暮	暮	暮（去）

「鐸」部是入聲韻，〈-k〉收音，上古「魚」、「鐸」對轉通叶，即此詩以上古音或中古音讀之俱有韻。然近中古則整齊，是有意爲之者，確乎其爲東漢之製。

注釋

「驅車」二句：《六臣注》：「善曰：『阮嗣宗〔阮籍〕〈詠懷〉詩曰：「步出上東門。」《河南郡圖經》曰：「東有三門，最北頭曰上東門。」應劭《風俗通》曰：「葬於郭北。北首，求諸幽之道也。」』濟曰：『上東門，東都〔洛陽〕門名。』」

郭北指北邙山。北邙又名北芒，在洛陽城北。《史記·秦始皇本紀》：「十二年，文信侯不韋死，竊葬。」〈索隱〉：「按：不韋飲鴆死，其賓客數千人竊共葬於洛陽北芒山。」《史記·呂不韋列傳》：「呂不韋自度稍侵，恐誅，乃飲酖而死。」〈集解〉：「駰案：《皇覽》曰：『呂不韋冢在河南洛陽北邙道西大冢是也。民傳言呂母冢。不韋妻先葬，故其冢名「呂母」也。』」《後漢書·光武郭皇后紀》：「二十八年，后薨，葬于北芒。」《後漢書·桓帝鄧皇后紀》：「立七年，葬於北邙。」晉張載〈七哀詩〉二首其一：「北芒〔《六臣注》：「五臣作『邙』字。」〕何壘壘，高陵有四五。」李善〈注〉：「北芒，山名也。壘壘，塚相次之皃也。」呂向〈注〉：「北邙，山名。壘壘，重也。陵即墓也。」

「白楊」四句：《六臣注》：「善曰：『《白虎通》曰：「庶人無墳，樹以楊柳。」《楚辭》曰：「風颻颻〔即「颯颯」〕兮木蕭蕭。」仲長子《昌言》〔仲長統《公理昌言》〕曰：「古之葬者，松栢梧桐以識〔即「誌」〕其墳也。」《莊子》曰：「人而無人道，是之謂陳人也。」郭象曰：「陳，久也。」《楚辭》曰：「去白日之昭昭，襲長夜之悠悠。」』向曰：『杳杳，幽暗也；即，就也。長暮謂墓

116

中長暗也。』」

蕭蕭，《楚辭・九歌・山鬼》：「雷填填兮雨冥冥，猨啾啾兮狖〔或作「又」，六臣注本作「狖」〕夜鳴。風颯颯兮木蕭蕭，思公子兮徒離憂。」〈章句〉：「言己在深山之中，遭雷電暴雨猨狖號呼，風木搖動〔釋「蕭蕭」〕，以言恐懼失其所也。」《史記・刺客・荊軻列傳》：「高漸離擊筑，荊軻和而歌，爲變徵之聲，士皆垂淚涕泣。又前而爲歌曰：『風蕭蕭兮易水寒，壯士一去兮不復還。』《戰國策・燕策三》所記幾全同。大抵木之蕭蕭狀風動木貌，風之蕭蕭狀風聲。

杳杳，《楚辭・九章・懷沙》：「眴兮杳杳，孔靜幽默。」〈章句〉：「眴，視貌也。杳杳，深冥貌也。」

「潛寐」二句：「潛寐」，《六臣注》：「五臣作『寐潛』。」《六臣注》：「善曰：『服虔〈左氏傳注〉曰：「天玄地黃，泉在地中，故言黃泉。」」銑曰：『寤，覺也。』」

「浩浩」二句：《六臣注》：「善曰：『《神農本草》曰：「春夏爲陽，秋冬爲陰。」《莊子》曰：「陰陽四時運行。」《漢書》：「李陵謂蘇武曰：『人生如朝露。』」』翰曰：『浩浩，流皃。陰陽流轉，人命如朝露之易乾。』」

「人生」二句：《六臣注》：「善曰：『《老萊子》曰：「人生於天地之間，寄也。寄者固歸。」』良曰：『忽忽〔若有所亡〕，不知所終，皆如寄住於時。固，堅也。』」

「萬歲」二句：《六臣注》：「濟曰：『萬歲謂自古也。自古于今，而生者送死，更遞爲之，雖賢聖不能度越此分也。』」

　　「服食」四句：《六臣注》：「善曰：『《范子》曰：「白紈素出齊。」』向曰：『服藥失性，反害生也。紈羅素帛也。』」

　　紈與素，《説文》：「紈，素也。」漢班婕妤〈怨歌行〉：「新裂齊紈素，鮮〔李善作「皎」〕絜如霜雪。」《文選》李周翰〈注〉：「紈素，細絹，出於齊國。」

綜論

　　劉履曰：「此驅車郭門，因所見而感悟，謂死者不可復作，生者豈能長存。人壽有限，雖往古聖賢，亦莫能過越於此者。與其逆理以求生，不若奉身以自養，斯亦不失順正俟命之義歟？」

　　張庚曰：「此達人自言其所得也。陰陽，氣也；浩浩，無窮盡也。『移』字妙甚，自古及今，生生死死，更迭相送，都在一『移』字中。即爲聖爲賢，亦莫能度此。若因莫能度而求神仙之術，則又謬矣。仙可求乎？求之未有不爲藥所悞而速其死也。然則如之何而可？莫若現前者足以樂矣。〈唐風〉云：『子有衣裳，弗曳弗婁；宛其死矣，他人是愉。』又曰：『子有酒食，何不日鼓瑟？宛其死矣，他人入室。』依此而言，不如飲美酒、被服紈與素之爲得也。」

朱筠《古詩十九首說》:「此詩另是一宗筆墨,一路噴溃,不可遏抑,韓潮蘇海,皆本於此。上東門在東北,故次句即接曰『遙望郭北墓』。因白楊松柏,想到黃泉死人;『陳』字妙,『永』字妙。此處越說得很,下文越感歎得透。『浩浩』二句,從上文詠嘆而出,言所以有生有死者,因陰陽換移所致,故危若朝露,不能固同金石,雖萬歲千秋,只是生者送死,生者復爲後生所送;即至聖賢,莫能逃度。言至此,將遙遙千古,茫茫四海,一掃淨光矣。意者其神仙乎?然服食求仙,多爲藥誤,夫復何益?飲美酒而被紈素,且樂現在罷了。」

張玉穀曰:「此警妄求長生之詩。首八即出門所見墓田景象蕭颯,以明人死不能復生,原自可憐。中六承上遞落,反覆申明人必有死之理。末四點清癡想求仙,俱爲藥誤之有損無益,一詩之骨,而以不如甘飲華服,取適目前收足之。」

陳湛銓先生曰:「此首乃憫亂悲生、抑塞窮愁、強自慰解之辭。結語與〈青青陵上柏〉之斗酒聊厚同風。又:起十數句與古樂府〈薤露〉、〈蒿里〉同工(〈薤露歌〉:『薤上露,何易晞。露晞明朝更復落,人死一去何時歸?』〈蒿里歌〉:『蒿里誰家地?聚斂魂魄無賢愚。鬼伯一何相催促,人命不得少踟躕。』)。」

其十四

去者日以疎,來者日以親。
出郭門直視,但見丘與墳。

古墓犁爲田，松栢摧爲薪。
白楊多悲風，蕭蕭愁殺人。
思還故里閭，欲歸道無因。

語譯

已過去的人日見疏遠，
已來到的人日見親近。
走出城門向前望，
但見山丘和墳塋。
古墓已犁而爲田，
墓旁的松柏則摧折作柴薪。
白楊的悲風特別多，
蕭蕭之聲使人憂愁極了。
我希望回到舊居故里，
雖欲歸去，卻找不到路徑。

用韻

詩中「親」、「墳」、「薪」、「人」、「因」押韻，表列如下：

韻字	親 墳 薪 人 因
上古音韻部	真 文 真 真 真
《廣韻》韻目	真 文 真 真 真 （平）

注釋

「去者」二句：兩「以」字，《六臣注》：「五臣作『已』。」
「來」，《六臣注》：「善作『生』。」《六臣注》：「善曰：『《呂氏春秋》曰：「死者彌久，生者彌疏。」』翰曰：『去者謂死也，來者謂生也。不見容兒故疏也，歡愛終日故親也。』」「疏」同「疏」。

「出郭」二句：《六臣注》：「善曰：『《白虎通》曰：「葬於城郭外何？死生異別〔別處〕，終始異居。」』」

「古墓」二句：《六臣注》：「銑曰：『薪，柴樵也。謂年代久遠，無主矣。』」

犂，《說文》：「犂，耕也。」俗省「犂」作「犂」。清段玉裁〈注〉：「按『耒』部『耕』訓『犂』，是『犂』、『耕』二字互訓，皆謂田器，今人分別，誤也。〈仲尼弟子列傳〉冉耕字伯牛、司馬耕字子牛，《論語》『司馬牛』孔〈注〉曰：『宋司馬犂也。』此可證司馬牛名耕、一名犂也。蓋其始人耕者謂之耕，牛耕者謂之犂，其後互名之。」

「白楊」四句：《六臣注》：「善曰：『《楚辭》曰：「哀江介之悲風〔〈哀郢〉：「哀州土之平樂兮，悲江介之遺風。」〕。」又曰：「秋風兮蕭蕭。」』翰曰：『或曰人事迫筆，或遭亂國故爾。』」

蕭蕭，《史記・刺客・荊軻列傳》：「風蕭蕭兮易水寒，壯士一去兮不復還。」《楚辭》王褒〈九懷・蓄英〉：「秋風兮蕭蕭，舒芳兮振條。」〈章句〉：「陰氣用事，天政急也。」風之蕭蕭狀

風急之聲。「愁殺」即「愁甚」或「使愁甚」。「殺」乃加強語勢之助辭。今則謂「愁得要死」或「令人愁得要死」。

故里閭，故，舊也。《說文》：「里，居也。」又：「閭，里門也。从門呂聲。《周禮》五家爲比，五比爲閭。閭，侶也，二十五家相羣侶也。」《廣雅·釋詁》：「里、亢、閭、衕、……尻也。」〈釋宮〉：「閈、閭、閈，里也。」《周禮·地官·遂人》：「五家爲鄰，五鄰爲里，四里爲酇，五酇爲鄙，五鄙爲縣，五縣爲遂。」〈地官·大司徒〉：「令五家爲比，使之相保；五比爲閭，使之相受；四閭爲族，使之相葬；五族爲黨，使之相救；五黨爲州，使之相賙；五州爲鄉，使之相賓。」〈天官·小宰〉：「一曰聽政役以比居，二曰聽師田以簡稽，三曰聽閭里以版圖，……」《呂氏春秋·仲夏紀》：「門閭無閉，關市無索。」高誘〈注〉：「門，城門；閭，里門也。」〈開春論·期賢〉：「魏文侯過段干木之閭而軾之。」〈注〉：「閭，里也。」《楚辭》劉向〈九歎·思古〉：「違郢都之舊閭兮，回湘沅而遠遷。」〈章句〉：「閭，里。」

「無因」即「無由」，「道無因」即「道無由」，謂不知由何道還歸也。《漢書·高五王傳》：「〔魏〕勃父以善鼓琴見秦皇帝。及勃少時，欲求見齊相曹參，家貧無以自通，乃常獨早埽齊相舍人門外。舍人怪之，以爲物〔鬼物也〕而司〔伺也〕之，得勃。勃曰：『願見相君無因，故爲子埽，欲以求見。』於是舍人見勃曹參，因以爲舍人。」

綜論

劉履曰：「此詩大概語與前篇相類，而此則客遊遐遠，思還故里，日與生者相親而不可得，故其悲愁感慨，見於詞氣，有不能自已者焉。按此亦在枚乘九篇之列，若與『憂傷終老』一篇合而觀之，信不虛矣。」

姜任脩《古詩十九首繹》云：「疾沒也。古往今來，大去者誰復與親哉？郭門外一望邱墳，其犁為田摧為薪者，殆日以疏矣。但有悲風日聞，使旅魂愁絕而已。歸路茫茫，故里安在耶？前篇哀其老死，此并哀其死後，更進一層，深於醒世語。淵明〈挽詩〉學之。或曰：『憫亂者思歸焉。』」

朱筠《古詩十九首說》：「此與前一首用意相同，前八句筆情亦似；至後二句，筆情宕漾，另是一種。起二句是『子在川上』道理。茫茫宇宙，『去』、『來』二字概之；穰穰人羣，『親』、『疏』二字括之。去者自去，來者自來。今之來者，得與未去者相親；後之來者，又與今之來者相親。昔之去者，已與未去者相疏；今之去者，又與將去者相疏。日復一日，真如逝波。『出郭門直視，但見邱與墳』，『但見』妙，無人不到這般田地，豈獨成墳。日復一日，即墳亦難保。試看古墓犁為田，松柏摧為薪，白楊蕭蕭，安得不愁？說至此，已可閣筆；末二句一掉，生出無限曲折來。日月易逝，歲不我與，不如早還鄉閭，幸向所親者未盡死去；安可蹉跎歲月，徒羈他鄉？無如欲歸雖切，仍多羈絆，不能自主，奈何奈何。此二句不說出所以不得歸之故，

但曰『無因』。凡羈旅苦況，欲歸不得者盡括其中，所以爲妙。」

張玉穀曰：「此客中經過墟墓，有感而思歸之詩。首二逆探下意，雙提而起，筆勢聳拔；言死而去世者固宜日疎，若生而與我相接者則宜日親也。中六申寫所見邱墓摧殘悲愁之況，本是觸緒之端，卻恰作日疎印證。末二點清欲歸不得。作詩之旨又恰從日親轉落，言何以宜親而不能親，是可慨也。轉接處純以神運，無怪乎閱者目迷。」

陳湛銓先生曰：「此首乃賢臣去國，不知所之，託之道無因者。孔子去魯，遲遲其行之意也（《孟子・盡心下》：『孔子之去魯，曰：「遲遲吾行也。」去父母國之道也。去齊，接淅而行，去他國之道也。』）。」

其十五

生年不滿百，常懷千歲憂。
晝短苦夜長，何不秉燭遊。
爲樂當及時，何能待來茲。
愚者愛惜費，但爲後世嗤。
仙人王子喬，難可與等期。

語譯

生年不滿百歲，
卻常懷千歲的憂慮。

白晝太短，黑夜長得令人懊惱，

爲何不持燭遊玩？

行樂應當及時，

爲何要等待來年？

愚者但喜貪惜貨財，

這樣只會爲後世哂笑。

仙人王子喬，

我們真的難以與他同壽。

用韻

詩中「憂」、「遊」、「時」、「茲」、「嗤」、「期」各韻字所在韻部，表列如下：

韻字	憂 遊	時 茲 嗤 期	
上古音韻部	幽 幽	之 之 之 之	
《廣韻》韻目	尤 尤（平）	之 之 之 之（平）	

上古音「幽」、「之」旁轉通叶，可視爲一韻到底。中古音「尤」、「之」不通叶，則視此爲轉韻之詩。今觀「時」字用於單句末，乃轉韻常法，故可斷此爲轉韻之詩。

注釋

「生年」二句：《六臣注》：「善曰：『《孫卿子》曰：「人生無百歲之壽，而有千歲之信士，何也？曰：以夫千歲之法自持者，

是乃千歲之信士矣。』」向曰：『人生不滿百年，而營千歲之計，常以爲憂也。』」

「晝短」二句：「遊」，《六臣注》：「五臣作『游』。」《六臣注》：「良曰：『秉，執也。』」

秉燭遊，曹丕〈與吳質書〉：「少壯真當努力，年一過往，何可攀援？古人思秉〔李善作「炳」〕燭夜遊，良有以也。」五臣李周翰〈注〉：「乃思少壯之時，真可努力以追宴樂，歲月一過，而往不可攀援而駐之，故秉燭夜遊，實有以也。」

「爲樂」二句：《六臣注》：「善曰：『《呂氏春秋》〔〈士容論‧任地篇〉〕曰：「今茲美禾，來茲美麥。」高誘曰：「茲，年。」』濟曰：『來茲，謂後期也。』」

「愚者」二句：《六臣注》：「善曰：『《説文》曰：「嗤，笑也。」』翰曰：『至愚之人，皆愛惜其財，不爲費用，一朝所滅，爲後世所笑。』」

惜費，《楚辭‧九章‧惜誦》：「惜誦以致愍兮，發憤以杼情。」〈章句〉：「惜，貪也。」《呂氏春秋‧孟冬紀‧安死》：「是故先王以儉節葬死也，非愛其費也，非惡其勞也，以爲死者慮也。」〈注〉：「費，財也。」《史記‧刺客‧聶政列傳》：「然至齊，竊聞足下義甚高，故進百金者，將用爲大人〔尊稱人母曰大人〕麤糲之費。」此謂愚者唯好積儲貨財，以貽後人，即懷千歲憂者。

「仙人」二句：「仙」，《六臣注》：「善作『小』。」「與」，《六臣注》：「五臣作『以』。」《六臣注》：「善曰：『《列仙傳》曰：「王子喬者，太子晉也。道人浮丘公接以上嵩高山。」』向曰：『難可與之同爲不死也。』」

舊題劉向《列仙傳》：「王子喬者，周靈王太子晉也。好吹笙，作鳳凰鳴。遊伊洛之間，道士浮丘公接以上嵩高山，三十餘年。後求之於山上，見桓良曰：『告我家，七月七日待我於緱氏山巔。』至時，果乘白鶴，駐山頭，望之不得到。舉手謝時人，數日而去。爲立祠於緱氏山下及嵩高首焉。」

綜論

劉履曰：「此勉人及時爲樂，且謂仙人難可與並，使之省悟。蓋爲貪吝無厭者發也。其亦〈唐風·山有樞〉之遺意歟？」

吳淇曰：「此詩重一『時』字，通篇止就『時』上寫來。年不滿百，人豈不知？憂及千歲者，爲子孫作馬牛耳。『愛惜費』乃憂之效，『後世』正指子孫。曰：『田舍翁得此已足矣。』乃是後世嗤也。」

張庚曰：「此教人及時爲樂也。吳氏曰：『通篇以「時」字爲主。生年不滿百，人皆知之；常懷千歲憂者，爲子孫作馬牛耳。』愚謂此二句大概言常人之情如此。『晝短』四句則作者之自得也。人生時日，晝夜各半，即日日爲樂，只得一半，何不繼之以夜，以紓我之生年乎？且在百年之內，又不知

七十六十，可不及現在之時行樂，而欲待不可必之『來茲』乎？因思懷千歲憂者，真愚者也。愚者只『愛惜費』，『愛惜費』憂之效也。『後世』雖泛指，而子孫亦在其中。祖父懷憂惜費以遺子孫，而子孫恣欲揮霍，不惟旁人嗤其愚，即子孫之揮霍亦是嗤其徒自苦耳。此二句緊頂『千歲憂』句講。結引王子喬而歎美之，一以喚醒懷憂者，一以自賢其所得也。」

朱筠曰：「此與前二首用意頗同，只起二句便令人擊碎唾壺。『生年不滿百』，把夭者且不必說，即以壽論，且不滿百，而所懷者乃有千歲之憂，營營逐逐，何時是了？計惟有拋開一切，游行自得方好。又苦晝短夜長，故喚醒一句曰：『何不秉燭遊？』嘗見世人白日忙碌，夜裏方得消閒，讀此不覺失笑。『爲樂』二句，承上文足二句。然人可樂而不樂者，大半是愚而惜費，窖金徒積，百年已滿，憂且不得，況於樂乎？亦徒爲後人嗤而已。末二句又用輕鬆之筆，將人喚醒，仙不可學，愈知費不可惜矣。當與〈蟋蟀〉、〈山樞〉同讀。」

陳湛銓先生曰：「此首立言曠達。士君子失其時則蓬累而行，無入而不自得。莊生云：『巧者勞而智者憂，無能者無所求。飽食而遨遊，汎若不繫之舟。』（〈列禦寇〉篇）此得其旨趣矣（《史記‧老莊申韓列傳》老子對孔子曰：「且君子得其時則駕，不得其時則蓬累而行。」）。」

其十六

凜凜歲云暮，螻蛄夕鳴悲。
涼風率已屬，游子寒無衣。
錦衾遺洛浦，同袍與我違。
獨宿累長夜，夢想見容輝。
良人惟古懽，枉駕惠前綏。
願得常巧笑，攜手同車歸。
既來不須臾，又不處重闈。
亮無晨風翼，焉能凌風飛。
眄睞以適意，引領遙相睎。
徙倚懷感傷，垂涕霑雙扉。

語譯

天氣寒冷，一年已到了盡頭，
螻蛄在夜間悲哀地鳴叫。
深秋的風都變得猛烈，
這麼寒冷，遊子卻沒有足夠的衣衫。
他把錦被送往洛水之濱，
我們有同袍之情，他卻離我而去。
在接連長夜中獨個兒睡，
在夢中仿佛見到他的面容。
良人思念昔日的歡愛，
竟屈就坐馬車來，還把登車繩遞給我。

真希望能永遠對着他開心地笑，

牽着手，同車歸去。

可是，他既來不到片刻，

又不進閨門逗留便走了。

我深知沒有晨風般的翅膀，

怎能乘風疾飛呢？

惟有左右顧盼使心境平伏，

但也不禁延頸遙望。

倚門低徊，懷着感傷，

淚落下來，沾濕了一雙門扇。

用韻

　　詩中「悲」、「衣」、「違」、「輝」、「綏」、「歸」、「闈」、「飛」、
「睎」、「扉」叶韻，表列如下：

韻字	悲 衣 違 輝 綏 歸 闈 飛 睎 扉
上古音韻部	微 微 微 微 微 微 微 微 微 微
《廣韻》韻目	脂 微 微 微 脂 微 微 微 微 微 （平）

注釋

　　「凜凜」二句：「螻」，《六臣注》：「〔音〕婁。」「蛄」，《六臣注》：「〔音〕孤。」「夕」，《六臣注》：「五臣作『多』。」《六臣注》：「善曰：『《說文》曰：「凜，寒也。」《毛詩》曰：「歲聿云

暮。」《方言》曰：「南楚或謂螻蛄爲螻。」《廣雅》曰：「螻，螻蛄也。」』銑曰：『螻蛄，寒吟蟲也。此喻婦人思夫也。』」

漢武帝太初改曆之前，夏曆九月即歲暮。

螻蛄似蟋蟀而大，黃褐色，頭大，呈圓錐形，爲稻麥害蟲。能飛，善挖地洞，晝伏夜出，雄蟲夕鳴。

《呂氏春秋・孟夏紀・四月紀》：「一曰孟夏之月，……螻蟈鳴，丘蚓出。」東漢高誘〈注〉：「螻蟈，蝦蟇也。是月陰氣動於下，故陰類鳴。蚯〔原文如是〕蚓，蝦蟇，從土中出。」《禮記・月令》：「孟夏之月，……螻蟈鳴，丘蚓出。」東漢鄭玄〈注〉：「螻蟈，蛙也。」《淮南子・時則訓》：「孟夏之月，……螻蟈鳴，丘螾出。」東漢許慎等〈注〉：「螻，螻蛄也。蟈，蝦蟇也。四月陰氣始動於下，故類應鳴也。丘螾，蚩蝡也。」《説文》：「螻，螻蛄也。」又：「蛄，螻蛄也。」又：「蟈，短狐也。似鼈三足，以气〔今作「氣」〕躰〔今作「射」〕害人。」又：「蟈，蟈又从國〔大徐本徐鉉曰：「今俗作『古獲切』，以爲蝦蟆之別名」〕。」又：「螾，側行者。」又：「蚓，螾或从引。」又：「蚩，蟲動也。」又：「蝡，動也。」又：「蝦，蝦蟆也。」又：「蟆，蝦蟆也。」又：「畫，蠹也。」又：「蠹，毒蟲也。」又：「蠹，蠹或从蚰。」

「涼風」二句：《六臣注》：「善曰：『《禮記》曰：「孟秋之月，涼風至。」杜預〈左氏傳注〉曰：「厲，猛也。」《毛詩》曰：「無衣無褐，何以卒歲？」』良曰：『厲，嚴也。』」

《詩・豳風・七月》：「七月流火，九月授衣。一之日觱發，二之日栗烈。無衣無褐，何以卒歲？」詩中言七月是夏曆七月，九月是夏曆九月。其時涼風已厲，故授家人以寒衣也。「一之日」指周正月之日，即夏曆十一月，「二之日」指周二月之日，即夏曆十二月，如無衣無褐，則難以過此歲暮也。古詩云「遊子寒無衣」，即承〈豳風・七月〉而云焉。

「錦衾」二句：《六臣注》：「善曰：『《毛詩》曰：「角枕粲兮，錦衾爛兮。」又曰：「豈曰無衣，與子同袍。」』濟曰：『遺，與也。洛浦宓妃，喻美人也。同袍，謂夫婦也。言錦被贈與美人，而同袍之情與我相違也。』」

洛浦，〈離騷〉：「吾令豐隆乘雲兮，求宓妃之所在。解佩纕以結言兮，吾令蹇脩以為理。」張衡〈思玄賦〉：「載太華之玉女兮，召洛浦之宓妃。」以錦被贈與洛浦之宓妃，是君心不在我也。

《詩・秦風・無衣》：「豈曰無衣，與子同袍〔即謂我袍即汝袍〕。」

「獨宿」四句：「懽」，《六臣注》：「五臣作『歡』。」《六臣注》：「善曰：『良人念昔之懽愛，故枉駕而迎己，惠以前綏，欲令升車也。故下云攜手同車。《孟子》曰：「齊人一妻一妾而處室者，其良人出，必饜酒肉。」《禮記》曰：「壻出，御婦車而壻授綏，御輪三周。」』翰曰：『婦人呼夫為良人，尊之也。惟，思；古，舊；惠，授也。獨宿累夜，夢想見夫思我，舊懽初合之日也。壻為婦駕車授綏，故云惠前綏。凡初婚之禮，

132

壻御婦車而婦授綏，與壻俱綏而上，同坐車中而御車。綏，條繩也。』」

「願得」二句：《六臣注》：「善曰：『《毛詩》曰：「巧笑倩兮。」古詩曰：「不念攜手好。」《毛詩》曰：「惠而好我，攜手同車。」又曰：「攜手同歸。」』向曰：『同車爲御，願得常愛巧笑，同車而歸。婦人謂嫁曰歸。』」

「既來」二句：《六臣注》：「善曰：『《楚辭》曰：「何須臾而忘反。」』銑曰：『既夢中見與同車，不經須臾之間乃去，又不處重闈之中也。闈，閨門也。』」

「亮無」二句：「凌」，《六臣注》：「五臣作『陵』。」《六臣注》：「善曰：『《爾雅》曰：「晨風，鸇也。」《莊子》曰：「鵲凌風而起。」』良曰：『亮，信也；晨風，鳥名；飛，疾也。信無此鳥疾翼，何能陵風而飛，以隨夫去。』」

《詩・秦風・晨風》：「鴥彼晨風，鬱彼北林。未見君子，憂心欽欽。如何如何，忘我實多。」魏文帝〈清河作〉：「願爲晨風鳥，雙飛翔北林。」

「眄睞」二句：《六臣注》：「濟曰：『眄睞，邪視也，言邪視以寬適其意。引領，遠相望也。睞，望也。』」

「徙倚」二句：《六臣注》：「翰曰：『徙倚於門，自懷傷感，垂涕淚以霑雙扉。扉，門扇也。』」

綜論

陳湛銓先生曰:「此亦是漢武帝太初未正曆前之詩也。太初以前,是以夏曆之十月爲歲首,故以九月爲歲暮。此詩是夏曆九月時作也。其云涼風厲,寒無衣,讀者或疑已是冬時矣;不知《禮記‧月令》云:『孟秋之月,涼風至。』『仲秋之月,盲風至。』鄭玄注云:『盲風,疾風也。』七月涼風至,八月涼風疾,則九月涼風可知矣。又九月而稱寒無衣者,《禮記‧月令》云:『季秋之月,……寒氣總至,民力不堪,其皆入室。』(《呂氏春秋‧季秋紀》及《淮南子‧時則訓》同)又《大戴禮‧夏小正》云:『九月,王始裘。王始裘者,何也?衣裘之時也。』觀此,九月寒氣總至,王已衣裘,則稱寒無衣,宜矣。又:此詩如非作於以十月爲歲首之時,則不得以九月爲歲暮。凡三百篇稱歲暮者,皆是歲終之月。周以十一月爲歲首,故以十月爲歲暮。〈唐風〉之〈蟋蟀〉、〈小雅〉之〈采薇〉及〈小明〉等篇可證。若謂此詩是改曆後之冬十二月作,則其時百蟲已蟄伏無聲久矣,尚有螻蛄之夕鳴耶?近人黃侃不察,其批《文選》此詩云:『此首後漢作,以洛浦知之。』噫!東漢以前人不能用洛浦耶?抑以爲用宓妃與洛水故事,至東漢人始連之耶?劉向《七諫‧愍命》云:『逐下袟(妾御)於後堂兮,迎宓妃於伊洛。』楊雄〈羽獵賦〉云:『鞭洛水之宓妃,餉屈原與彭胥。』則又何説?黃侃弟子駱鴻凱撰《文選學》,仍其師之誤説,亦以爲此是東漢詩,以『洛浦』一句爲證,謬矣。」

劉履曰:「此忠臣見棄,而其愛君憂國之心,不能自已,故

託婦人思念其夫，而作是詩。言歲暮蟲鳴，以比世道漸衰，而小人得時也。涼風厲而遊子無衣，以比陰邪既盛，而君無匡輔之者。且君雖有賢者而不能用，亦猶錦衾遺於洛浦，而不以御，如我夙昔與之同袍者，亦相違遠，使之獨宿。既久常於夢寐想見而不敢忘，其或精誠感通，君懷舊歡而枉顧我，願攜手以同歸。然皆夢中所遇，不久與處，徒虛美耳。於斯時也，既不能奮飛以相從，則惟瞻望自適，不免感傷而垂涕，此可見其愛之深，思之切，不自知其若此也。」

吳淇曰：「首四句俱敍時，『凜凜』句直敍，『螻蛄』句物，『涼風』句景，『遊子』句事，總以序時。勿認『遊子』句作實賦也。『錦衾』句引古以起下，言洛浦二女與交甫素昧生平者也，尚有錦衾之遺，何與我同袍者，反遺〔原文如是〕我而去也？獨宿難，獨宿長夜更難，況累長夜乎？『夢想』二字相黏得妙。『良人』二句，想耶夢耶？『願得』云云，夢耶想耶？因想而有夢，又因夢而有想。『願得』二句，夢中滿意之想；『既來』二句，夢中不滿意之想。『亮無』二句，夢中大不滿意之想也。『眄睞』句，從『又不』句來。既不處重闈，惟有眄睞以適意而已。既來不須臾，惟有引領遙睎而已。『徙倚』二句寫去後，『引領』寫臨去，『眄睞』寫來時。『既來』四句，就所夢者〔案：即良人〕寫，極其冷落；『眄睞』四句，就夢者〔案：即思婦〕寫，極其熱暍。此等光景，寫入真境已自難堪，況入夢境乎〔案：以「眄睞」四句爲述夢境之辭，誤甚〕？」

張庚曰：「吳氏曰：『首四句俱是敍時。「凜凜」句直敍，「螻

蚍」句物，「涼風」句景，「遊子」句事，「錦衾」句引古以起下，言洛浦二女與交甫素昧平生者也，尚有錦衾之遺；何與我同袍者反違我而去也。』此解『遊子』三句極得旨。同袍雖違我，我則深思而不能置也。獨宿已難堪矣，況長夜乎？況累長夜乎？於是情念極而憑諸夢想以見其容輝。『夢』字下粘一『想』字，極致其深情也，又含下慌惚無聊一段光景。『良人』四句，敍夢之得通而感其眷顧，更願其長顧不變而同歸也。曰『唯〔原義如是〕古懽』，言其原非今之輕浮可比，所謂極致其深情也。『既來』二句咎所夢之不明，『亮無』以下乃因夢而思愈深，悲愈促，恨不能奮飛，惟有眰睐引領、感傷極而垂涕泣耳。劉氏以『徙倚』二句爲夢覺景固非；吳氏通作夢境亦無味。蓋此詩之妙，在正醒後之一段無聊賴也。」

　　張庚謂「徙倚」二句非夢覺景，如是則詩筆往而不復，放而不收，豈其宜乎？且只說夢境，則現實爲何固不得而知矣。然夢飲酒者旦而哭泣，夢哭泣者旦而田獵，古有之也。詩中述夢，至良人不處重闈而止。「亮無晨風翼，焉能凌風飛」是或夢中或覺後所發之感歎。末四句述覺後所爲。蓋良人須臾而去，覺來意未能平，故顧盼以分其心，欲使意平；然亦不覺引領遙望，是雖覺而未忘其夢。至於低徊感傷，雖亦關乎夢境，則已回歸現實矣。

　　姜任脩曰：「惡媒絕路阻，不得已而託夢通精誠也。天寒袖薄，獨宿衾單。所思不見，惟有夢耳。然當古懽枉駕，以爲惠綏同車，得以永偕歡笑；乃其倏來倏逝，背我分飛，安能假翼

往來耶？相見雖博一歡，而目送翻滋涕淚。乃知夢裏良緣，人生亦不可多得。〈惜誦〉云：『昔予夢登天兮，魂中道而無杭。』此詩所本也。」

張玉穀曰：「此亦思婦之詩。首六就歲暮時物淒涼敍起，隨以彼之無衣禦寒，引入己之有衾空展，曲甚。中八蒙上『錦衾』，點明『獨宿』，撰出一初嫁來歸之夢，敍得情深義重，惚恍得神。中腰有此波瀾，便增多少氣色。後六則醒後實境也。既不能身到彼邊，而又望之不至，無聊無賴，徙倚涕垂，真寫得相思苦況出。」

陳湛銓先生曰：「此首逐臣思君之辭也。好色不淫，怨誹不亂，《詩》、〈騷〉之遺。」

其十七

孟冬寒氣至，北風何慘慄。
愁多知夜長，仰觀眾星列。
三五明月滿，四五蟾兔缺。
客從遠方來，遺我一書札。
上言長相思，下言久離別。
置書懷袖中，三歲字不滅。
一心抱區區，懼君不識察。

語譯

初冬，寒氣已經來到，

北風多麼慘慄。

愁多難寐，便知夜長，

舉頭看着眾星羅列。

十五之夜明月盈滿，

二十之夜蟾兔崩缺〔月已多次盈虧而行人不歸〕。

有客從遠方來〔此敍三年前事〕，

帶給我一束書簡。

開頭說長相思，

末了說久離別。

我把書簡放在懷中袖中，

過了三年而字跡不滅。

一心抱着敬愛之意，

恐怕您不知道、不察覺。

用韻

　　詩中「慄」、「列」、「缺」、「札」、「別」、「滅」、「察」叶入
聲韻，俱收〈-t〉韻尾。表列如下：

韻字	慄 列 缺 札 別 滅 察
上古音韻部	質　月　月　月　月　月　月
《廣韻》韻目	質　薛　屑　黠　薛　薛　黠　（入）〈-t〉

注釋

「孟冬」二句：「慄」，《六臣注》：「力失反。」《六臣注》：「善曰：『《毛詩》曰：「二之日栗冽。」毛萇曰：「栗冽，寒氣也。」』良曰：『慘慄，寒極也。此詩，婦人思夫也。』」

《禮・月令》：「孟冬之月，……水始冰，地始凍。」又：「季冬之月，……出土牛，以送寒氣。」

「愁多」二句：《六臣注》：「向曰：『愁多不眠，故知夜長。列，羅列也。』」

「三五」二句：「蟾」，《六臣注》：「善作『詹』。」《六臣注》：「善曰：『《禮記》曰：「地秉陰竅於山川，播五行於四時，和而后月生也。是以三五而盈，四五而闕。」《春秋元命苞》曰：「月之爲言，闕也。」兩說以詹諸與兔，然「詹」與「占」同，古字通。』銑曰：『三五謂十五日也，四五謂二十日。蟾兔，月中精形，至二十日缺。此感時月屢改，行人不至，喻人盛衰不常。』」

「客從」二句：《六臣注》：「善曰：『《說文》曰：「札，牒也。」』銑曰：『札，筆也，謂書也。』」

「上言」二句：《六臣注》：「翰曰：『上謂書初首，下謂書末後。』」

「置書」二句：《六臣注》：「善曰：『《韓詩外傳》曰：「趙簡子少子名無恤。簡子自爲書牘，使誦之。居三年，簡子坐青臺之上，問書所在。無恤出其書於左袂，令誦習焉。」』向曰：『言

置於懷袖，久而不滅，敬重之至。』」

「一心」二句：《六臣注》：「善曰：『李陵〈與蘇武書〉曰：「區區之心，竊慕此爾。」《廣雅》曰：「區區，愛也。」』銑曰：『識，知也。敬重之心，常抱區區，懼夫之不知察也。』」

區區，《左傳・襄公十七年》：「宋國區區，而有詛有祝，禍之本也。」《戰國策・齊策四》：「今君有區區之薛，不拊愛子其民，因而賈利之。」西漢賈誼〈過秦論〉：「然秦以區區之地，致萬乘之權，招八州而朝同列，百有餘年矣，然後以六合爲家，殽函爲宮；一夫作難而七廟隳，身死人手，爲天下笑者何也？」「區區」俱謂微小。

西漢李陵〈答蘇武書〉：「功大罪小，不蒙明察，孤負陵心區區之意。每一念至，忽然忘生。」又：「昔范蠡不殉會稽之恥，曹沫不死三敗之辱，卒復句踐之讎，報魯國之羞。區區之心，竊慕此耳。」「區區」謂己心與意之微小，故又直指心與意，尤指愛意。〈古詩爲焦仲卿妻作〉：「阿母謂府吏，何乃太區區。」又：「新婦謂府吏，感君區區懷。」「太區區」即過愛，「區區懷」即愛意。三國魏張揖《廣雅・釋訓》：「拳拳、區區、款款，愛也。」

綜論

陳湛銓先生曰：「此則漢武帝太初元年改曆後之詩也。然漢武太初元年至後元二年之崩，尚有十八年，而西漢自武帝至平

帝共有七帝，百一十二年，故不必是東漢人作也。」

劉履曰：「此君子憂世道之日衰，審出處之定分，以答或人之詞。託言孟冬北風愈寒，晝短而夜長，豈非陰盛陽微，君子道消、小人道長之時乎？觀羣小之在朝，而賢者退處，亦猶明月既缺，則眾星繁列也。所謂三五月滿者，乃是追思朝廷全盛氣象；歎當時猶及見之，今不然矣。蓋君子於此，則當卷而懷之可也。而故舊榮達之人，因遠來之客，寄遺我書，其言相思久別，殆有相招出任之意。我則非不感其勤厚而敬佩之，然於我區區所抱之懷，恐其終不能識察也。觀此則其持身之謹重，待物之溫恭，自可見矣。」

張庚曰：「此婦人以君子久役不歸而致其拳拳也。天寒夜永，愁人處之，何以為情？仰觀眾星，亦是愁極無聊。言『眾星列』，則是下浣之夕，非有月時也。而『三五』云云，是因見眾星列而追數從前之月圓月缺，不知經歷多少孤悽之夜矣，以見別離之久，起下『客從』云云。故『三五』、『四五』連敍，非真見月也。從前解者皆不見分曉。客從遠方遺書，亦是追憶昔日之事。書中所言如此，其情非不拳拳於我，因而珍之重之，以置諸懷袖中，見其書如見君子。三歲以來，字猶不滅，區區一心，所抱如此，而良人至今不歸，豈有中變耶？故曰『懼君不識察』。」

姜任脩曰：「懼交不忠而怨長也。寒更不寐，夜夜相思。步列星而極明，匪朝伊夕矣。所以然者，感君惠書恩情深重，中心藏之，無日忘之也。然而君不我見也，安知我之心乎君哉？

前篇但言寄情於彼，此則以情見寄，顧我則笑，信假爲真矣。第書至已言久別，而懷袖三歲，又加久焉。不蒙知遇，已至於今。區區一心，終身徒抱而已。〈惜往日〉云：『惜癰君之不識。』是也，而措辭卻微婉。」

朱筠曰：「此首前半與上首同意，至『客從遠方來』，別開境界，別訴懷抱，所謂無聊中無端懷舊，亦欲借以排遣也。『孟冬』二句，較前首深一層。『愁多知夜長』，非身試者道不出。夜不能寐，於是仰觀眾星。『三五明月滿，四五蟾兔缺』，可見夜夜如此，月月如此，非止一時不寐而已。寫至此，無可聊賴。夢境無憑，求之于實，人不可見，寄之於書，夫書札又何刻去懷哉？其書『上言長相思，下言久離別』，彼既關懷，我自珍重；因置書懷袖之中，雖三年之久，亦不使字少漫滅，是子之心我固能識察矣。但我之心抱此區區，與君遠隔，反懼不識察耳。懷袖置書是虛境，並遺我一書札亦是設想，總是無可奈何之詞。」

張玉穀曰：「此亦思婦之詩。首六只就冬夜之景敍起，『愁多』二字，已引詩情；月圓月缺，又隱爲昔合今離作比。中四忽追念彼邊曾有書來，其意可感，將遠方久別長思，借點明白。末四遞落己邊得書寶重，終恐區區之誠不蒙識察收住。『三歲』句用筆最妙，蓋置書懷袖，至三歲之久，而字猶不滅，既可以作區區之證，而書來三歲，人終不歸，又何能不起不能察識之懼？古詩佳處，一筆當幾筆用，可以類推。」

陳湛銓先生曰：「此首亦思君之辭。末四句情深之至，沈緜悱惻，我思古人。」

其十八

客從遠方來，遺我一端綺。
相去萬餘里，故人心尚爾。
文綵雙鴛鴦，裁爲合歡被。
著以長相思，緣以結不解。
以膠投漆中，誰能別離此。

語譯

有客從遠方來，
帶給我半匹有花紋的繒帛。
相隔萬餘里，
故人的心尚如此未變。
好一雙色彩美麗的鴛鴦，
我把繒帛裁爲合歡被。
給被裝上絲綿，藉以永遠相思，
給被縅邊，望兩情結而不解。
把膠投進漆中，
誰能把膠漆分開？

用韻

　　詩中「綺」、「爾」、「被」、「解」、「此」叶韻，表列如下：

韻字	綺　爾　被　解　此
上古音韻部	歌　脂　歌　錫　支
《廣韻》韻目	紙　紙　紙　蟹　紙（上）

　　上古音「歌」、「脂」旁轉通叶，「錫」、「支」對轉通叶，然「歌」、「脂」與「錫」、「支」不通叶。如以漢之「今音」度之，則「歌」部字或可與「支」部字通叶，西漢枚乘〈七發〉之「龍門之桐」數句，依次以「枝」（古「支」）、「離」（古「歌」）、「谿」（古「支」）、「之」（古「之」）為韻腳，即其一例。

注釋

　　「**客從**」二句：《六臣注》：「善曰：『《説文》曰：「綺，文繒也。」』翰曰：『綺羅之類。』」

　　《左傳・昭公二十六年》：「申豐從〔隨也〕女賈〔二人皆魯季氏家臣〕，以幣、錦二兩，縛一如瑱〔縛，卷也；瑱，充耳也，即今之耳塞。卷其錦使如瑱之形，易懷藏也〕，適齊師。」杜預〈注〉：「二丈爲一端，二端爲一兩，所謂匹也。二兩，二匹。」《説文》：「匹，四丈也。」

　　「**相去**」二句：《六臣注》：「善曰：『鄭玄〈毛詩箋〉曰：「尚，猶也。」《字書》曰：「爾，詞之終也。」』良曰：『相與雖遠，故心尚爾然也。』」

　　爾，此、如此也。《禮・檀弓上》：「孔子在衛，有送葬者，

而夫子觀之，曰：『善哉爲喪乎！足以爲法矣。小子識之。』子貢曰：『夫子何善爾也？』」東晉陶淵明〈飲酒〉二十首其五：「結廬在人境，而無車馬喧。問君何能爾，心遠地自偏。」南朝宋劉義慶《世說新語・任誕》：「阮仲容〔阮咸〕、步兵〔阮籍〕居道南，諸阮居道北。北阮皆富，南阮貧。七月七日，北阮盛曬衣，皆紗羅錦綺。仲容以竿挂大布犢鼻褌於中庭。人或怪之，答曰：『未能免俗，聊復爾耳。』」

「文綵」二句：《六臣注》：「濟曰：『綺上文綵爲鴛鴦文，合歡被以取同歡之意。』」

「著以」二句：《六臣注》：「善曰：『鄭玄〈儀禮注〉曰：「著，謂充之以絮也。」「著」，張慮切〔案：此或宋人所加，謂「著」讀去聲而非入聲〕。鄭玄〈禮記注〉曰：「緣，飾邊也。」「緣」，以絹切〔案：李善注本作「反」，然此或亦宋人所加，謂「緣」讀去聲而非平聲〕。』翰曰：『言被中著縣，謂長相思縣縣之意。緣彼四邊，綴以絲縷，結而不解之意。』」

緣，邊、衣邊、加邊、飾邊也。讀去聲。《爾雅・釋言》：「紕，飾也。」郭璞〈注〉：「謂緣飾。」〈釋器〉：「緣謂之純〔之閏切，去聲〕。」郭〈注〉：「衣緣飾也。」《説文》：「緣，衣純也。」《禮・玉藻》：「深衣三袪，縫齊倍要，衽當旁，袂可以回肘。長、中繼揜尺。袷二寸，袪尺二寸，緣廣寸半。」鄭玄〈注〉：「飾邊也。」〈深衣〉：「純袂、緣，純邊，廣各寸半。」鄭〈注〉：「純，謂緣之也。緣袂，謂其口也。緣，緆也〔此「緣」字是名詞，

飾裳，在下曰綃〕。緣邊，衣裳之側。廣各寸半，則表裏共三寸矣。」《漢書・公孫弘傳》：「於是上察其慎厚，辯論有餘，習文法吏事，緣飾以儒術。上說之，一歲中至左內史。」唐顏師古〈注〉：「緣飾者，譬之於衣，加純緣者。」《後漢書・皇后紀・明德馬皇后紀》：「常衣大練，裙不加緣。」唐李賢等〈注〉：「大練，大帛也。杜預注《左傳》曰：『大帛，厚繒也。』太后〔后後爲太后〕兄廖〔馬廖〕上書曰『今陛下〔稱太后〕躬服厚繒〔見〈馬援傳〉〕』是也。」「緣」，《廣韻》：「以絹切。」解云：「衣緣。」結，《說文》：「結，締也。」又：「締，結不解也。」

「以膠」二句：《六臣注》：「善曰：『《韓詩外傳》子夏曰：「實之與實，如膠與漆，君子不可不留意也〔《韓詩外傳》卷九作「夫實之與實，如膠如漆；虛之與虛，如薄冰之見晝日。君子可不留意哉」〕。」』向曰：『以膠和漆，堅而不別也。』」

膠，以動物之皮骨角甲煮成，黏附力甚強，用以黏合器物。《說文》：「膠，昵也，作之以皮。」漆乃漆樹之汁，有黏連加固之能，亦可作塗料。《說文》：「桼，木汁，可以髤物。象形，桼如水滴而下。」清段玉裁〈注〉：「木汁名桼，因名其木曰桼。今字作『漆』而『桼』廢矣。」《莊子・人間世》：「山木自寇也，膏火自煎也。桂可食故伐之，漆可用故割之。人皆知有用之用，而莫知無用之用也。」〈駢拇〉：「且夫待鉤繩規矩而正者，是削其性也；待繩約膠漆而固者，是侵其德也。」《戰國策・趙策三》：「夫膠漆至黏也，而不能合遠；鴻毛至輕也，而不能自舉。」《史記・范睢蔡澤列傳》：「然則君之主慈仁任忠，惇厚舊

故，其賢智與有道之士爲膠漆，義不倍功臣，孰與秦孝公、楚悼王、越王乎？」〈魯仲連鄒陽列傳〉：「感於心，合於行，親於膠漆，昆弟不能離，豈惑於眾口哉？」

別，分離，分解。《說文》：「刐，分解也。」

綜論

劉履曰：「此言朋友道合，不以相去之遠而有間。且即以其所遺之綺爲被者，蓋因其有雙鴛之文，而又製爲合歡，加以長相思之著，結不解之緣，如此則其情親義固，愈久而不能離矣。然此著此緣，皆託言相思不解，而虛標其名，非必實有是物也。」

張庚曰：「此感恩而自言其歷久不忘也。以『故人心尚爾』一句爲主，若謂從前千思萬想而不得一音，以分〔心服也〕棄我如遺矣。今有客遠來，遺我以綺，不覺兜底感切曰『故人心尚爾』也，我何爲自棄哉？蓋實見其綺之文采爲雙鴛鴦也。『尚爾』『爾』字不專指綺，指雙鴛鴦之綺也，此一句直是聲淚俱下。若先出『文采雙鴛鴦』，次寫『故人心尚爾』，豈不更明順，然不見目擊心驚之切；故先寫『故人心尚爾』，次出『文采雙鴛鴦』，是倒句之妙。綺爲雙鴛鴦，宜爲合歡所設，於是裁爲合歡被，以俟君子之歸。然又未卜即能歸止，故仍著以長相思，緣以結不解，以致深思極感之意。故人遺綺之心如此，是『漆』也；而我裁被之情如此，是『膠』也；故結以『以膠投漆中，誰能別離

此』。『別』字入聲，是『分別』之『別』；『離』是『離間』之『離』；『此』字指固結之情，非指膠漆。語益淺而情益深，篇彌短而氣彌長，自是絕調。試以此詩衡後人言情之作，曾有是真摯否？」

姜任脩曰：「美合志以止離心也，反爲恩倖之辭。前言萬里棄捐，此則初心不易；前言芳遠莫致，此則遺贈厚儀；前言相去無幾，一水脈脈，此則天涯猶接席也。離心既同，豈復同心能離？永矢綢繆，並不計其識察，較前情更深矣。愈忠厚，愈悲痛。朱止谿云：『先主孔明，如魚得水；管子言「生我父母，知我鮑子」，二者足以當之。』」

朱筠曰：「此首仍接上首而深言之。蓋單言書札，不足盡彼之心，即我之心有未盡也。總是設言，總是虛境。念及相去萬餘里，其間豈無浮雲障蔽，讒言間阻，故人竟從遠方而遺之。說到『心尚爾』，感慨淚下矣。因即『一端綺』暢言之。『文彩雙鴛鴦，裁爲合歡被』，於不能合歡時作合歡想，口裏是喜，心裏是悲。更『著以長相思，緣以結不解』，無中生有，奇絕幻絕。說至此，一似方成鸞交、未曾別離者。結曰『誰能』，形神俱忘矣，又誰知不能別離者現已別離。『一端綺』是懸想，『合歡被』乃烏有也。」

張玉穀曰：「此亦思婦之詩，通首只就得綺作被一事見意。首四以客來寄綺直敘起，即就路遠心誠，深致感激，十字中能寫出無窮驚喜之意。中四因綺文想到裁被，并將如何裝綿、如何緣邊之處，細細摹擬，嵌入『合歡』、『長相思』、『結不解』等

字面，著色敷腴。末二更算到同眠此被、永不相離之樂；而望其歸來意，絕不少露，已在其中。解此正筆反用，自然意境空靈。說到同眠，易於傷雅，以『膠投漆中』比出，亦極蘊藉。」

陳湛銓先生曰：「此首言二人本以道合，遠別而心益堅也。用之於君臣夫婦朋友均可通。所謂故人，不必專指舊友而言也。」

其十九

明月何皎皎，照我羅牀帷。
憂愁不能寐，攬衣起徘徊。
客行雖云樂，不如早旋歸。
出戶獨彷徨，愁思當告誰。
引領還入房，淚下霑裳衣。

語譯

明月多麼皎潔，
照着我羅牀上的帷幔。
我憂愁無法入睡，
挽着外衣，起牀徘徊。
客居外地，雖說有其樂處，
總不如早些返回故鄉。
走出門外，心神不定地獨自踱步，

滿腔愁思，向誰傾訴？

延頸遠望，終而回身返回睡房，

眼淚淌下了，沾溼了衣裳。

用韻

詩中「幃」、「徊」、「歸」、「誰」、「衣」叶韻，表列如下：

韻字	幃 徊 歸 誰 衣
上古音韻部	微　微　微　微　微
《廣韻》韻目	脂　灰　微　脂　微（平）

中古音「脂」、「微」韻與「灰」韻相去頗遠，上古音則諸韻字都在「微」部。觀此或可謂此詩爲漢世較早期之作，亦即西漢之製。

注釋

「**明月**」二句：《六臣注》：「善曰：『《毛詩》曰：「月出皎兮。」』銑曰：『羅綺爲幃，故曰羅牀幃。』」

皎皎，《詩·陳風·月出》：「月出皎兮，佼人僚兮，舒窈糾兮，勞心悄兮。」〈傳〉：「皎，月光也。」

「**幃**」，李善作「幬」，六臣注本無道及。《說文》：「幃，在旁曰幃。」又：「幕，幃在上曰幕。」又：「幬，襌也。」作「幃」是。

「**憂愁**」二句：《六臣注》：「善曰：『《毛詩》曰：「耿耿不

寐。」』濟曰：『徘徊，緩步於月庭也。』」

不能寐，《詩·邶風·柏舟》：「汎彼柏舟，亦汎其流。耿耿不寐，如有隱憂。微我無酒，以敖以遊。」〈毛詩序〉：「柏舟，言仁而不遇也。衛頃公之時，仁人不遇，小人在側。」

「客行」二句：《六臣注》：「善曰：『《毛詩》曰：「言旋言歸。」』翰曰：『夫之客行，雖以自樂，不如早歸，以解我愁。』」

旋歸，《詩·小雅·黃鳥》：「黃鳥黃鳥，無集于榖，無啄我粟。此邦之人，不我肯榖。言旋言歸，復我邦族。」孔穎達〈正義〉：「故我今迴旋，我今還歸，復反我邦國宗族矣。」五臣李周翰謂「不如早歸以解我愁」，即以此為閨婦之詩，恐未必是，詳見本章綜論。

「出戶」二句：《六臣注》：「善曰：『《毛詩·序》曰：「彷徨不忍去。」』良曰：『彷徨，行迴旋，心不安兒。』」

彷徨，《詩·王風·黍離序》：「〈黍離〉，閔宗周〔西周鎬京〕也。周〔東周〕大夫行役，至于宗周，過故宗廟，宮室盡為禾黍。閔周室之顛覆，彷徨不忍去，而作是詩也。」

「引領」二句：「淚下」，《六臣注》：「五臣作『下淚』。」《六臣注》：「善曰：『《左氏傳》穆叔〔魯大夫〕謂晉侯〔平公〕曰：「引領西望，曰庶幾乎。」』」

引領，《左傳·襄公十六年》：「穆叔曰：『以齊人之朝夕釋憾〔釋其怨恨〕於敝邑之地，是以大請。敝邑之急，朝不及夕，

引領西望，曰庶幾乎〔謂邑人引領西望，相謂庶幾晉來救我邑〕。』」魏文帝〈寡婦〉：「徒引領兮入房，竊自憐兮孤棲。」

綜論

張庚曰：「此寫離居之情。以客行之樂對照獨居之愁，極有精思。古人作詩固先有主意，然亦必有所因；有所因然後主意緣之以出。如此詩以憂愁爲主，以明月爲因；始而攬衣徘徊，既而出戶徬徨，終而入房泣涕，都因明月而然；而憂愁之苦況，遂以切著。若無明月，亦惟是『癖擗有摽』而已。起句之不泛設，於此益見。」又曰：「因憂愁而不寐，因不寐而起，既起而徘徊，因徘徊而出戶，既出戶而徬徨，因徬徨無告而仍入房。十句中層次井井，而一節緊一節，直有千迴百折之勢，百讀不厭。」又曰：「『入房』上著『引領』二字妙。引領猶言延頸，當茲無可告語而入房，猶不遽入而延頸若有所望，又著一『還』字，言終無告矣，只得入房也。其愁情苦致如畫。若此一句不如是極寫，接〔《集釋》作「下接」〕『淚下』句便少力。」

姜任脩曰：「傷末路，計無復之也。阮公『薄帷鑒明月』同調。彼爲河清不可俟，此爲遇主終無期。故以月興，日生憎明月，偏照愁眠，久客無褌，終竟何樂？悔不旋歸矣。計之不早，歸尚無期，不忍此心之長愁，而陳志無路也，能不悲哉？〈九辯〉云：『車既駕兮揭而歸，不得見兮心傷悲。倚結軨兮長太息，涕潺湲兮下霑軾。』此詩情景似之。」

朱筠曰：「此首起四句與『孟冬寒氣至』數句用意頗同，神

情在『徘徊』二字。把客中苦樂，思想殆遍。把苦且不提，『雖云樂』亦是『客』，不如早旋歸之爲樂也。審之又審，自當決絕，莫可猶疑。一鞭明月，歸來非遲，則向之徘徊者不必徘徊矣。然而或爲名利，或爲君友，欲歸不得，有無限愁思，難以告人。所以念及歸而引領，念及不能歸而還入房，至於淚下霑衣，何其憊也。與第一首不必一人作，而神迴氣合。即中間十七首，不必盡出一手，盡出一時，而迴環讀之，無不筋搖脉動。觀止矣！雖有他詩，不必説也已。」

陳湛銓先生曰：「元劉履〈古詩十九首旨意〉曰：『舊注，李周翰以此爲婦人之詩，謂「其夫客行不歸，憂愁而望思之也」（五臣本在『不如早旋歸』下，翰曰：『夫之客行，雖以自樂，不如早歸，以解我愁。』劉氏用其大意）。曾原一以爲「獨醒之人，忤世無儔，撫時興悲之作」。今詳味其辭氣，大概類婦人，當以前説爲是。』案：『客行』二句，當是作者自道之辭，與王粲〈登樓賦〉『雖信美而非吾土兮，曾何足以少留』同意。《玉臺》以爲是枚乘雜詩，則是游梁既久，思歸淮陰之作也。語氣全不類婦人，不得以羅牀帷爲婦人獨有之物也。乘爲梁園上客，豈無之乎？明陸時雍《古詩鏡》云：『隱隱裏，澹澹語，讀之寂歷自恢（寬也）。』方廷珪《文選集成》云：『爲久客思歸而作。凡商賈仕宦，俱可以類相求。』吳淇〈古詩十九首定論〉：『無甚意思，無甚思藻，只是平常口頭，卻字字句句用得合拍，便爾音節響亮，意味深遠，令人千讀不厭。』張庚《古詩十九首解》：『此寫離居之情。以客行之樂，對照獨居之愁，極有精思。』方東樹《昭昧詹言‧論古詩

十九首》:『客子思歸之作,語意明白。』吳闓生評方東樹《昭昧詹言》云:『此亦感慨不得意之作。思歸,託詞耳。』姜任脩《古詩十九首繹》:『傷末路,計無復之也。阮公「薄帷鑒明月」同調(阮籍〈詠懷〉八十二首第一首云:『夜中不能寐,起坐彈鳴琴,薄帷鑒明月,清風吹我衿。孤鴻號外野,翔鳥鳴北林。徘徊將何見?憂思獨傷心。』)。彼爲河清不可俟,此爲遇主終無期。』李白〈靜夜思〉『牀前明月光』、晏殊〈清平樂〉詞『雙燕欲歸時節,銀屏昨夜微寒』及歐陽修〈青玉案〉詞『買花載酒長安市,又爭似、家山見桃李?不枉東風吹客淚。相思難表,夢魂無據,惟有歸來是』,皆此意。」

此乃久客思歸之詩,當無可疑。張玉穀曰:「此亦思婦之詩。」誤也。

唐五言古體詩三首

唐五言古體詩三首

月下獨酌　李白

花間一壺酒，獨酌無相親。

舉杯邀明月，對影成三人。

月既不解飲，影徒隨我身。

暫伴月將影，行樂須及春。

我歌月徘徊，我舞影凌亂。

醒時同交歡，醉後各分散。

永結無情遊，相期邈雲漢。

（據《四部叢刊》本《分類補注李太白詩》）

語譯

在花叢中提着一壺酒，

自斟自飲，沒有相親愛的人。

舉杯向明月相邀，

面對自己的影子，恰好成爲三個人。

月既然不領會飲酒的樂趣，

影子與我相伴也是徒然。

暫且跟月和影作伴，

行樂須趁及青春。

我唱着歌，月隨着我往復移動，

我跳着舞，我的影子顯得零亂。

醒時一起歡樂，

醉後各自分散。

永遠和你結爲無情之交，

與遠在天河上的你相期會。

體式

此轉韻五言古體詩共七韻，先押平聲韻，後押去聲韻。詩中韻字（即「用韻字」、「押韻字」、「壓韻字」、「韻腳」、「韻腳字」）及其所屬韻目，表列如下：

韻字	親 人 身 春	亂 散 漢
《廣韻》韻目	真 真 真 諄	換 翰 翰
聲調	平	去

此詩末三聯押仄韻，固與近體異。至於首四聯押平韻，則用「無相親」、「成三人」三平及「隨我身」、「須及春」平仄平，又末二聯出句「同交歡」、「無情遊」亦三平，都倍覺響亮，異乎近體；而「月既不解飲」用五仄，更覺質樸，深有古意。

作者簡介

《全唐詩》小傳：「李白字太白，隴西成紀〔此隴西泛指隴右，蓋成紀縣屬秦州（天水郡），不屬渭州（隴西郡）。二州俱屬隴右道，在今甘肅省〕人，涼〔西涼，十六國之一〕武昭王暠九世孫。或曰山東〔泛指太行山以東〕人，或曰蜀人。白少有逸才，志氣宏放，飄然有超世之心。初隱岷山，益州長史〔高宗龍朔二年升劍南道益州爲大都督府，長史從三品。玄宗天寶元年改益州爲蜀郡，依舊大都督府。肅宗至德二載改蜀郡爲成都府，長史爲尹〕蘇頲〔玄宗開元四年，許國公（從一品爵）蘇頲遷紫微侍郎（正四品上）、同紫微黃門平章事（宰相）。八年，除禮部尚書（正三品），罷政事，俄知益州大都督府長史事。在外政聲甚隆〕見而異之，曰：『是子天下英特，可比相如〔前漢司馬相如，蜀人〕。』天寶初，至長安，往見賀知章，知章見其文，歎曰：『子謫仙人也。』言於明皇。召見金鑾殿，奏頌一篇，帝賜食，親爲調羹，有詔供奉翰林。白猶與酒徒飲於市。帝坐沈香亭子〔當是沈香子亭，見《新唐書》本傳〕，意有所感，欲得白爲樂章，召入而白已醉。左右以水頮面，稍解，援筆成文，婉麗精切。帝愛其才，數〔入聲〕宴見。白常〔嘗〕侍帝，醉，使高力士脫靴。力士素貴，恥之，摘其詩以激楊貴妃。帝欲官白，妃輒沮止。白自知不爲親近所容，懇求還山，帝賜金放還，乃浪跡江湖，終日沈飲。永王璘都督江陵，辟爲僚佐。璘謀亂，兵敗，白坐長流夜郎〔太宗貞觀十六年置珍州，後爲夜郎郡，屬江南道，玄宗開元二十一年分江南道爲江南東道、江南西道

及黔中道，夜郎郡改屬黔中道，在今貴州省〕，會赦得還。族人
陽冰〔李陽冰工篆書，官至將作少監（從四品下）爲當塗令〔當
塗縣屬江南西道宣州，在今安徽省。當塗縣令從六品上〕，白往
依之。代宗立，以左拾遺〔從八品上〕召，而白已卒。文宗時，
詔以白歌詩、裴旻劍舞、張旭草書爲『三絕』云。集三十卷，今
編詩二十五卷。」

題解

《分類補注李太白詩》卷二十三載〈月下獨酌四首〉，上所引
爲「其一」。「其二」云：

> 天若不愛酒，酒星不在天。
> 地若不愛酒，地應無酒泉。
> 天地既愛酒，愛酒不愧天。
> 已聞清比聖，復道濁如賢。
> 賢聖既已飲，何必求神仙。
> 三杯通大道，一斗合自然。
> 但得酒中趣，勿爲醒者傳。

「其三」云：

> 三月咸陽城，千花畫如錦。
> 誰能春獨愁，對此徑須飲。
> 窮通與脩短，造化夙所稟。
> 一樽齊死生，萬事固難審。

醉後失天地，兀然就孤枕。
不知有吾身，此樂最爲甚。

「其四」云：

窮愁千萬端，美酒三百杯。
愁多酒雖少，酒傾愁不來。
所以知酒聖，酒酣心自開。
辭粟臥首陽，屢空飢顏回。
當代不樂飲，虛名安用哉。
蟹螯即金液，糟丘是蓬萊。
且須飲美酒，乘月醉高臺。

此三詩俱頌酒德，與月下獨酌無涉，「其四」之末二句亦非詠月。疑此三首與所謂「其一」本無關連，強合之耳。《全唐詩》仍之，固不得已。

唐寫本「唐人選唐詩」敦煌殘卷則載李白〈月下對影獨酌〉一首云：

花間一壺酒，獨酌無相親。
舉盃邀明月，對影成三人。
月既不解飲，影徒隨我身。
蹔伴月將影，爲樂須及春。
我哥月俳佪，我舞影凌亂。
醒時同交歡，醉後各分散。

160

永結無情遊，相期邈雲漢。

天若不飲酒，酒星不在天。

地若不愛酒，地應無酒泉。

天地既愛酒，愛酒不愧天。

三盃通大道，一升合自然。

但得酒中趣，勿爲醒者傳。

上下扞格，尤覺不倫。當是傳抄者誤合兩詩爲一，而後者即宋本「其二」十四句中之十句。唐人或一詩而添十句，宋人或一題而分四首，則自中晚唐來，〈月下獨酌〉一詩已不獨存。唐選本或已有宋之「其一」、「其二」，而傳抄者誤合之。然細觀文義，獨「花間」十四句能當「月下獨酌」之名。

注釋

　　「花間」二句：「獨酌」，自酌也，酌即斟酒飲之。《説文解字》：「酌，盛酒行觴也。」晉陶淵明〈歸去來〉：「引壺觴以自酌，眄〔或作「盼」〕庭柯以怡顏。」劉宋劉義慶《世説新語・任誕》：「諸阮皆能飲酒，仲容〔阮咸〕至宗人〔即諸阮〕間共集，不復用常柸斟酌，以大甕盛酒，圍坐相向大酌。」《藝文類聚》卷十九〈人部三・謳謠〉：「陳沈炯〈獨酌謠〉曰：『獨酌謠，獨酌獨長謠。智者不我顧，愚夫余不要〔平聲〕。不愚復不智。誰當余見招。所以成獨酌，一酌傾一瓢。生涯本漫漫，神理暫超超。一酌矜許史，再酌傲松喬。頻煩四五酌，不覺凌丹霄。倏忽厭五鼎，俄然賤九韶。彭殤無異葬，夷跖可同朝。龍蠖非不

屈，鵬鷃但逍遙。寄語號呶侶，無乃大塵囂。』」

「相親」即相親愛，或相親愛者。《戰國策・中山策》：「臣聞之：同欲者相憎，同憂者相親。」《禮記・經解》：「發號出令而民說〔即「悅」〕謂之和，上下相親謂之仁，民不求其所欲而得之謂之信，除去天地之害謂之義。義與信，和與仁，霸王之器也。」

「舉杯」二句：「舉」，《廣韻》分爲「舁」與「舉」兩字，《廣韻》：「舁，對舉〔《說文解字》：「舁，共舉也。」《玉篇》：「舁，与居切，兩人共舉也。」〕。舉，上同。」即謂「舉」即「舁」之別體。「舁」讀「以諸切」，平聲，與「余」、「餘」、「輿」同音。又：「舉，擎也。又立也，言也，動也。《說文》作『舁』。」讀「居許切」，上聲。又：「擎，舉也〔《廣雅・釋詁一》：「……擎、……輿、舁，舉也。」〕。」

案《廣韻》之「舉」，今大徐（徐鉉）本《說文解字》作「舁」，云：「舁，對舉也。從手舁聲。」又：「舉，對舉也。從手與聲。」今小徐（徐鍇）《說文解字繫傳》則云：「舁，對舉也，從手舁声〔即「聲」〕。」又：「舉，對舉也，從手與声。一曰輿也。」

清段玉裁《說文解字注》則以「舁」爲「擧」之訛字，云：「此篆〔《說文》各字都用篆體〕各本作『舁』，云：『對舉也，從手舁聲，以諸切。』下文出『揚』、『敭』二篆〔《說文》「舁」字後即「揚」字及其古文「敭」字，其後是「舉」字〕，即出『舉』篆，云：『對舉也。居許切。』不特義同，形聲亦皆不甚異，讀許〔此字

疑衍〕者往往疑焉。今按《玉篇》列字次弟，『拴』下『揚』上作『攑，丘言切，舉也。』〔今本《玉篇》「攑」在「揚」上，然「拴」在「揚」後第七十四位，並非如段氏所云之「拴下揚上」。《玉篇》：「攑，丘言切，力夅也。」「夅」，「舉」之俗字〕《説文》『拴』下『揚』上則作『擧』，顯是「攑」篆之譌。葢希馮〔梁陳人顧野王字希馮〕作《玉篇》時所據《説文》未誤也。《説文》本有『擧』無『擧』，後人自譌舛耳。《廣韵》廿二元亦曰『攑，舉也』。」案段説並無確證，聊備一説可也。

《説文》無「攑」字，《玉篇》不收「擧」字，云：「舉，居汝切，對舉也。又：「擎，渠京切，持高也，撐也。」《廣韻》謂「擎」即「舉」，即「舉」乃持高之謂。段玉裁注「擧，對舉也」云：「對舉謂以兩手舉之，故其字从手與𠂇〔即「左」〕手與又〔即「右」〕手也。」案「擧」與「舉」本是一字，今強分之，而以「擧」爲兩手舉，然則「舉」是單手擧耶？《説文》：「丵寸，膺無方也。」「對」是或體。「對」即相應、相對，又觀「舁」字諸釋，「對」亦有「兩人共」意，故「對舉」乃是相對而舉或兩人共舉而非兩手舉明矣。

北周庾信〈答王司空餉酒〉全詩：「今日小園中，桃花數樹紅。開君一壺酒，細酌對春風。未能扶畢卓，猶足舞王戎。仙人一捧露，判不及盃中。」亦獨酌也。子山細酌對春風，太白舉杯邀明月，脈理一致。然子山心中有人，太白則無，此其所以異也。北宋蘇軾〈念奴嬌〉：「我醉拍手狂歌，舉杯邀月，對影成三客。」又〈木蘭花令〉：「與余同是識翁〔歐陽修〕人，惟有西湖波底月。」蓋變化「舉杯」二句而成。

「舉杯」二句乃極無奈之儁語，既曠達，亦悽惻。

「月既」二句：陶淵明〈雜詩〉十二首其二：「欲言無予和，揮杯勸孤影。」

「徒」，但也，空也。《孟子・離婁上》：「徒善不足以爲政，徒法不能以自行。」東漢趙岐〈注〉：「但有善心而不行之，不足以爲政。但有善法度而不施之，法度亦不能獨自行也。」陶淵明〈詠貧士〉七首其三：「賜〔子貢〕也徒能辯，乃不見吾心。」《北齊書・李元忠傳》：「元忠表求賑貸，俟秋徵收。被報，聽用萬石。元忠以爲萬石給人，計一家不過升斗而已，徒有虛名，不救其弊，遂出十五萬石以賑之。事訖表陳，朝廷嘉而不責。」

二句謂月既已不解飲矣，然猶在遠也；而影亦不解飲，則雖隨我身復何用？故唯獨酌也。

「暫伴」二句：將，與也。《説苑・辨物》：「子貢問孔子：『死人有知無知也？』孔子曰：『吾欲言死者有知也，恐孝子順孫妨生以送死也。欲言無知，恐不孝子孫棄不葬也。賜〔子貢姓端木名賜〕欲知死人有知將無知也，死徐自知之，猶未晚也。』」庾信〈春賦〉：「眉將柳而爭綠，面共桃而競紅。」

「我歌」二句：「徘徊」，謂不進也，疊韻詞。「徘」，《廣韻》：「薄回切。」「灰」韻；「徊」，《廣韻》：「戶恢切。」「灰」韻。亦作「俳個」、「裴回」。《廣雅・釋訓》：「俳個，便旋也。」「便旋」即「盤旋」。東漢張衡〈西京賦〉：「祖褐戟手，奎踽盤桓。」《文選》李善引薛綜曰：「蹕踽，開足也；盤桓，便旋也。」〈西

164

京賦〉:「便旋閭閻,周觀郊遂。《文選》五臣呂延濟曰:「便旋,猶迴轉也。」《廣雅・釋訓》:「般桓,不進也。」「般桓」即「盤桓」。東漢班固〈幽通賦〉:「承靈訓其虛徐兮,佇盤桓而且俟。」《文選》李善引曹大家〔班昭〕曰:「靈,神靈也;虛徐,狐疑也。佇,立也;盤桓,不進也;俟,待也。」《史記・呂太后本紀》:「呂產不知呂祿已去北軍,迺入未央宮,欲爲亂。殿門弗得入,裵回往來。」《漢書・高后紀》:「產不知祿已去北軍,入未央宮欲爲亂。殿門弗內〔即「納」〕,徘徊往來。」唐顏師古〈注〉:「徘徊猶傍偟,不進之意也。『徘』音『裴』。」劉宋鮑照〈舞鶴賦〉:「躑躅徘徊,振迅騰摧。驚身蓬集,矯翅雪〔一作「雲」〕飛。」南梁江淹〈雜體詩〉之〈休上人〉:「露彩方泛豔,月華始徘徊。」南梁庾肩吾〈和徐主簿望月〉:「樓上徘徊月,窗中愁思人。照雪光偏冷,臨花色轉春。」

「凌亂」,謂雜亂也,雙聲詞。「凌」,《廣韻》:「力膺切。」「來」母;「亂」,《廣韻》:「郎段切。」「來」母。亦作「陵亂」。《史記・天官書》:「而皋、唐、甘、石〔尹皋、唐眛、甘公、石申,古之傳天數者〕因時務論其書傳,故其占驗凌雜米鹽。」唐張守節〈正義〉:「凌雜,交亂也;米鹽,細碎也。言皋、唐、甘、石等因時務論其書傳中災異所記錄者,故其占驗交亂細碎。」劉宋謝惠連〈秋懷〉:「賓至可命觴,朋來當染翰。高臺驟登踐,清淺〔一作「波」〕時陵亂。」劉宋鮑照〈舞鶴賦〉:「長揚緩騖,並翼連聲。輕迹凌亂,浮影交橫。」《文選》李善〈注〉:「相凌而交橫。」

此二句謂我歌而月徘徊不忍去,我舞而影爲之雜亂。詩中以月、我、影三人爲辭至此凡四見。

「醒時」二句:交歡,結好也。《史記・酈生陸賈列傳》:「臣常欲謂太尉絳侯,絳侯與我戲,易吾言。君何不交驩太尉,深相結?」《孔子家語・好生》:「曾子曰:『狎甚則相簡,莊甚則不親。是故君子之狎足以交歡,其莊足以成禮。』孔子聞斯言也,曰:『二三子志之,孰謂參〔曾子名參〕也不知禮乎?』」魏嵇康〈兄秀才公穆入軍贈詩〉十九首其十六:「旨酒盈尊,莫與交歡。琴瑟在御,誰與鼓彈?」陳徐陵爲陳主作〈答周主論和親書〉:「若二境交歡,俱饗多福。八荒期乂,良副所懷。」唐陳子昂〈秋日遇荊州府崔兵曹使讌〉:「江湖一相許,雲霧坐交歡。」

「永結」二句:結,締也,交也。劉宋王僧達〈答顏延年〉:「結游略年義,篤顧棄浮沈。」李善注:「《莊子》曰:『忘年忘義,振於無境。』鄭玄〈毛詩箋〉曰:『顧,念也。』高誘〈淮南子注〉曰:『浮沈,猶盛衰也。』」五臣劉良注:「結游,謂結交游。略謂簡略,取年德道義之人也。篤,厚也。相顧盼者,亦去浮薄,取沈深。」遊即交遊。《莊子・山木》:「孔子曰:『善哉。』辭其交遊,去其弟子,逃於大澤,衣裘褐,食杼栗,入獸不亂羣,入鳥不亂行。鳥獸不惡,而況人乎?」《荀子・君道》:「其待上也,忠順而不懈;其使下也,均徧而不偏;其交遊也,緣義而有類;其居鄉里也,容而不亂。」《管子・權修》:「審其所好惡,則其長短可知也;觀其交游,則其賢不肖可察也。二者不失,

則民能可得而官也。」《禮記・曲禮上》:「夫爲人子者,三賜不及車馬。故州閭鄉黨稱其孝也,兄弟親戚稱其慈也,僚友稱其弟也,執友稱其仁也,交遊稱其信也。」《史記・滑稽列傳》:「若朋友交遊,久不相見,卒然相覩,歡然道故,私情相語,飲可五六斗徑醉矣。」陶淵明〈歸去來〉:「歸去來兮,請息交以絕游。」交遊亦喻朋友,《禮記・曲禮上》云:「父之讎弗與共戴天,兄弟之讎不反兵,交遊之讎不同國。」交遊即朋友。

無情,謂自適而不爲人情所係也。《莊子・德充符》:「惠子謂莊子曰:『人故無情乎?』莊子曰:『然。』惠子曰:『人而無情,何以謂之人?』莊子曰:『道與之貌,天與之形,惡〔音「烏」〕得不謂之人?』惠子曰:『既謂之人,惡得無情?』莊子曰:『是非吾所謂情也。吾所謂無情者,言人之不以好惡內傷其身,常因自然而不益生也。』惠子曰:『不益生,何以有其身?』莊子曰:『道與之貌,天與之形,無以好惡內傷其身。今子外乎子之神,勞乎子之精,倚樹而吟,據槁梧而瞑。天選子之形,子以堅白鳴。』」《世說新語・言語》:「衛洗馬〔衛玠〕初欲渡江,形神慘顇,語左右云:『見此芒芒,不覺百端交集。苟未免有情,亦復誰能遣此。』」〈傷逝〉:「王戎喪兒萬子,山簡往省之,王悲不自勝。簡曰:『孩抱中物,何至於此?』王曰:『聖人忘情,最下不及情。情之所鍾,正在我輩。』簡服其言,更爲之慟。」

《說文解字》:「期,會也。」《詩・鄘風・桑中》:「期我乎桑中,要我乎上宮,送我乎淇之上矣。」《國語・周語中》:

「火〔心星〕之初見，期于司里〔里宰〕。」韋昭〈注〉：「期，會也。」《史記・留侯世家》：「五日平明，良〔張良〕往。父〔上聲〕已先在，怒曰：『與老人期，後，何也？』去，曰：『後五日早會。』」

邈，《説文・新附》作「邈」，解云：「遠也。」《廣韻》：「邈，遠也。亦作『邈』。」讀「莫角切」，入聲。《莊子・逍遙遊》：「藐姑射之山，有神人居焉。」「藐」是「邈」之假借字。《廣韻》：「藐，紫草。」讀「莫角切」。《説文》作「藐」，解云：「茈艸也。」《楚辭・九章・懷沙》：「湯禹久遠兮，邈而不可慕。」王逸〈注〉：「慕，思也，言殷湯夏禹聖德之君，明於知人，然去久遠，不可思慕而得事之也。」

《詩・大雅・棫樸》：「倬彼雲漢，爲章于天。」毛〈傳〉：「倬，大也。雲漢，天河也。」〈雲漢〉：「倬彼雲漢，昭回于天。」鄭〈箋〉：「雲漢，謂天河也。昭，光也。倬然，天河水氣也。精光轉運於天，時旱渴雨，故宣王夜仰視天河，望其候焉。」張衡〈思玄賦〉：「乘天潢之汎汎兮，浮雲漢之湯湯〔式羊切〕。」

此二句謂己與月永作無情之交，各自適而不爲人情所拘係。己雖在人間，而月則遠在天漢，然舉頭可見，故不礙人月相會也。

集評

明高棅《唐詩品彙》卷六引宋劉辰翁云：「古無此奇〔「對影

成三人」句下〕。」又云:「凡情俗態終以此,安得不爲改觀〔末句下〕。」

明鍾惺、譚元春《唐詩歸》卷十五「盛唐十」鍾惺云:「從無可奈何中,卻想出佳境、佳事、佳言〔「對影成三人」句下〕。」又云:「似嘲月,實喜之,妙!妙〔「影徒隨我身」句下〕!」又云:「『無情遊』三字近道。」

清沈德潛《唐詩別裁集》卷二云:「脫口而去,純乎天籟,此種詩,人不易學。」

清高宗等《御選唐宋詩醇》卷八云:「千古奇趣,從眼前得之。爾時情景,雖復潦倒,終不勝其曠達。陶潛云:『揮杯勸孤影。』白意本此。」

〈月下獨酌〉託興高遠,清幽脫俗,道是無情而情在其中。欲狀其雖孤獨而不孤獨,則更顯其孤獨。

玉華宮　杜甫

溪回松風長,蒼鼠竄古瓦。
不知何王殿,遺構絕壁下?
陰房鬼火青,壞道哀湍瀉。
萬籟真笙竽,秋色正蕭灑。
美人爲黃土,況乃粉黛假?
當時侍金輿,故物獨石馬。

憂來藉草坐，浩歌淚盈把。

冉冉征途間，誰是長年者？

（據《四部叢刊》本《分門集注杜工部詩》）

「灑」，《四部叢刊》本作「洒」。案《廣韻》「洒」字讀上聲同「洗」，「洒埽」之「洒」則讀去聲，音「曬」，都非「馬」韻，合依他本改正。《說文》：「洒，滌也。……古文爲〔清段玉裁〈注〉依全書通例在「爲」字前補一「以」字〕灑埽字。」「滌，洒也。」「灑，汛也。」「汛，灑也。」至於「蕭灑」則近乎連綿詞，「灑」字當無「汛」、「洒」之義。

語譯

溪水迂迴，松風悠長，

灰鼠在破舊的屋瓦上亂竄。

不知是哪位君王的殿宇？

這些棄置的建築仍倚在絕壁之下。

陰暗的房間閃着青色的鬼火，

殘破的道路上，哀鳴的急流正傾瀉而下。

萬籟真個是笙和竽，

秋天的景色多麼清爽。

真美的人已經成爲黃土，

何況只靠粉黛虛飾的？

當時侍候黃金乘輿的

一切舊物，只剩下石雕的馬。

憂愁來襲，我找了些茅草來墊坐，

唱着長歌，眼淚流了一把。

在征路之間，日漸衰老，

路上有誰是長壽的人？

體式

此五言古體詩八韻，全詩押上聲韻，一韻到底。詩中韻字及其所屬韻目，表列如下：

韻字	瓦 下 瀉 灑 假 馬 把 者
《廣韻》韻目	馬 馬 馬 馬 馬 馬 馬 馬
聲調	上

此詩「溪回松風長」用五平，「況乃粉黛假」、「故物獨石馬」用五仄；「當時侍金輿」用四平，「蒼鼠竄古瓦」、「遺構絕壁下」連用四仄；餘則「真笙竽」、「征途間」乃三平，「藉草坐」乃三仄，都見古風。

作者簡介

《全唐詩》小傳云：「杜甫字子美，其先襄陽〔在今湖北省〕人。曾祖依藝爲鞏令〔河南道洛州（河南府）鞏縣，在今河南省。鞏是畿縣，據《唐六典》，其縣令正六品上，《新唐書・百官志》亦作正六品上。《舊唐書・職官志》作正六品下，恐誤〕，因居鞏。甫天寶初應進士不第，後獻〈三大禮賦〉，明皇奇之，召試文章，授京兆府兵曹參軍〔正七品下〕。安祿山陷京師，肅宗即

位靈武〔在今寧夏回族自治區〕，甫自賊中邐赴行在，拜左拾遺〔新舊書本傳作「右拾遺」。拾遺，從八品上〕。¹以論救房琯，出爲華州司功參軍〔從七品下。華州屬關內道，在今陝西省〕。關輔饑亂，寓居同州同谷縣〔案同州誤。《舊唐書》本傳：「時關畿亂離，穀食踴貴，甫寓居成州同谷縣。」《新唐書》：「關輔饑，輒棄官去，客秦州。」案西魏廢帝改南秦州爲成州，在今甘肅省，唐世秦、成二州都屬隴右道。玄宗天寶元年改成州爲同谷郡，肅宗乾元元年復爲成州，同谷縣在焉。至若同州則屬關內道〕，身自負薪采梠，餔糒不給〔宋葛立方《韻語陽秋》卷六：「老杜當干戈騷屑之時，間關秦隴，負薪采梠，餔糒不給，困躓極矣。」《舊唐書》本傳：「自負薪採梠。」《新唐書》本傳：「負薪採橡栗自給。」〕。久之，召補京兆府功曹〔正七品下〕，道阻不赴。嚴武鎮成都，奏爲參謀、檢校工部員外郎〔從六品上〕，賜緋〔視五品〕。武與甫世舊，待遇甚厚，乃於成都浣花里種竹植樹，枕江結廬，縱酒嘯歌其中。武卒，甫無所依，乃之東蜀就高適，既至而適卒。是歲，蜀帥相攻殺，蜀大擾，甫

1　案：《舊唐書》本傳：「甫自京師宵遁赴河西，謁肅宗於彭原郡，拜右拾遺。」《新唐書》本傳：「至德二年，亡走鳳翔上謁，拜右拾遺。」然元稹〈唐故工部員外郎杜君墓係銘〉則云：「京師亂，步謁行在，拜左拾遺。」南宋孝宗隆興年間葛立方《韻語陽秋》卷二十：「甫爲右拾遺，會琯罷相，上疏力救琯。」南宋蔡夢弼《杜工部草堂詩話》卷二則云：「葛常之《韻語陽秋》曰：『子美爲左拾遺，會房琯以陳濤之戰敗，罷相，甫上疏力救琯。』」卷二末附「杜氏譜系」，亦依元稹云：「〔杜〕閑生甫，左拾遺、尚書工部員外郎。」觀杜甫詩題有〈宣政殿退朝晚出左掖〉、〈春宿左省〉、〈晚出左掖〉，岑參詩題則有〈寄左省杜拾遺〉，而杜甫〈紫宸殿退朝口號〉則有「宮中每出歸東省」句，甫是左拾遺無疑。

攜家避亂荊楚，扁舟下峽，未維舟而江陵〔此但指江陵一帶，非獨江陵府下之江陵縣也。江陵府即荊州，在今湖北省〕亦亂，乃泝沿湘流，遊衡山，寓居耒陽〔衡州耒陽縣在今湖南省〕，卒，年五十九。元和〔憲宗年號〕中，歸葬偃師〔河南府偃師縣〕首陽山，元稹志其墓。天寶間，甫與李白齊名，時稱『李杜』。然元稹之言曰：『李白壯浪縱恣，擺去拘束，誠亦差肩子美矣。至若鋪陳終始，排比聲韻，大或千言，次猶數百，詞氣豪邁而風調清深，屬對律切而脫棄凡近，則李尚不能歷其藩翰，況堂奧乎？』〔見元稹〈唐故工部員外郎杜君墓係銘敍〉〕白居易亦云：『杜詩貫穿古今，盡工盡善，殆過於李。』〔見白居易〈與元九書〉〕元、白之論如此，蓋其出處勞佚、喜樂悲憤、好賢惡惡，一見之於詩，而又以忠君憂國、傷時念亂爲本旨，讀其詩可以知其世，故當時謂之詩史。舊集詩文共六十卷，今編詩十九卷。」

題解

玉華宮在關內道坊州宜君縣，即今陝西省銅川市北部。

唐李吉甫《元和郡縣圖志〔卷三〕·關內道·坊州·宜君縣》：「前秦苻堅於祋祤縣故城置宜君護軍，後魏太武帝改爲宜君縣，文帝大統五年又移於今華原縣北。貞觀十七年廢縣，地入雍州。二十年置玉華宮，仍於宮所置宜君縣，屬雍州。永徽二年，與宮同廢。龍朔三年，坊州刺史竇師倫奏再置。」又〈玉華宮〉：「在縣北四里，貞觀二十年奉敕營造。其地本縣人

秦小龍宅，太宗云：『小龍出，大龍入。』當時以爲清涼勝於九成宮。永徽二年，有詔廢宮爲寺，便以玉華爲名。寺內有肅成殿，永徽中奉敕令玄奘法師於此院譯經，每言此寺即閻浮之兜率天也。」

《冊府元龜〔卷十四〕‧帝王部‧都邑二》：「〔唐高祖武德〕七年五月，置仁智宮於宜州宜君縣。」又：「〔唐太宗貞觀〕二十一年，……七月，建玉華宮於方州宜君縣之鳳凰谷。」又：「宮既成，正門謂之南風門，殿覆瓦，餘皆葺之以茅。帝以意在清涼，務從儉約。匠人以爲層崿峻谷，玄覽遐長，於是疏泉抗殿，包山通苑，皇太子所居南風門之東正門謂之嘉禮門，殿名暉和殿，其官曹寺署並皆創立微事，營造庶物，亦優市取供，而折番和僱之費以巨億計矣。及帝遊幸，勅奉御王孝積於顯道門內起紫微殿十三間，文甍重基，高敞宏壯，帝見之甚悦。」

《舊唐書‧太宗紀》曰：「〔貞觀二十一年〕秋七月庚子，建玉華宮於宜君縣之鳳凰谷。」又：「〔貞觀二十二年〕二月，……乙亥，幸玉華宮〔《冊府元龜〔卷一百十三〕‧帝王部‧巡幸二》：「二十二年……二月乙亥，行幸玉華宮，三月丙戌，至玉華宮。」〕。乙卯，賜所經高年篤疾粟帛有差。己卯，蒐〔狩獵〕于華原〔華原縣去宜君縣不遠〕。……十月癸亥，至自玉華宮。」舊書載太宗幸玉華宮只此一次，離京凡八月。貞觀二十三年五月己巳，太宗崩，年五十二〔《新唐書‧太宗紀》：「己巳，皇帝崩于含風殿，年五十三。」《冊府元龜〔卷一〕‧帝王部‧帝系》：「太宗母曰竇皇后，在位二十三年，年五十七。」〕。玉華

宮建成之前，太宗屢幸九成宮以避暑濕，據舊書本紀，太宗貞觀六年三月幸九成宮，十月至自九成宮，離京凡七月；七年五月幸九成宮，十月至自九成宮，離京凡五月；八年三月幸九成宮，十月至自九成宮，離京凡七月；十三年四月幸九成宮，十月至自九成宮，離京凡六月；十八年四月幸九成宮，八月至自九成宮，離京凡四月。

《舊唐書‧高宗紀》曰：「〔永徽二年〕九月癸巳，改九成宮為萬年宮，廢玉華宮以為佛寺。」又：「〔乾封二年〕二月……辛丑，改萬年宮依舊名九成宮。」高宗亦屢幸九成宮。故幸玉華宮者，只太宗而已。時高宗為太子，亦隨而往。時武后為才人，當亦隨而往也。

太宗於玉華宮視事凡六閱月，其間宮內經歷人事之大者三。舊書本紀云：「〔貞觀二十二年〕五月庚子，右衛率長史王玄策擊帝那伏帝國，大破之，獲其王阿羅那順及王妃、子等，虜男女萬二千人、牛馬二萬餘以詣闕。使方士那羅邇娑婆於金飈門造延年之藥。吐蕃贊普擊破中天竺國，遣使獻捷。六月癸酉，特進、宋國公蕭瑀薨。秋七月癸卯，司空、梁國公房玄齡薨。」

《舊唐書‧西戎‧天竺傳》：「玄策乃挺身宵遁，走至吐蕃，發精銳一千二百人，幷泥婆羅國七千餘騎，以從玄策。玄策與副使蔣師仁率二國兵進至中天竺國城，連戰三日，大破之，斬首三千餘級，赴水溺死者且萬人，阿羅那順棄城而遁，師仁進

擒獲之。虜男女萬二千人，牛馬三〔原文如是〕萬餘頭匹。於是天竺震懼，俘阿羅那順以歸。二十二年至京師，太宗大悅，命有司告宗廟，……拜玄策朝散大夫。是時就其國得方士那羅邇娑婆寐〔原文如是〕，自言壽二百歲，云有長生之術。太宗深加禮敬，館之於金颷門內〔金颷即西風，玉華宮正門名南風門〕，造延年之藥。令兵部尚書崔敦禮監主之，發使天下，採諸奇藥異石，不可勝數。延歷歲月，藥成，服竟不効，後放還本國。」而太宗於二十三年大行矣。

《舊唐書・蕭瑀傳》:「〔貞觀〕二十一年，徵授金紫光祿大夫，復封宋國公。從幸玉華宮，遘疾薨於宮所，年七十四。太宗聞而輟膳，高宗為之舉哀，遣使弔祭。」使陪葬昭陵。

《舊唐書・房玄齡傳》:「〔貞觀〕二十二年，駕幸玉華宮，時玄齡舊疾發，詔令臥總留臺。及漸篤，追赴宮所，乘擔輿入殿，將至御座乃下。太宗對之流涕，玄齡亦感咽不能自勝。敕遣名醫救療，尚食每日供御膳。若微得減損，太宗即喜見顏色；如聞增劇，便為改容悽愴。」玄齡尋薨於玉華宮，年七十，陪葬昭陵。以上皆當時大事也。

《舊唐書・方伎・僧玄奘傳》:「後以京城人眾競來禮謁，玄奘乃奏請逐靜翻譯，敕乃移於宜君山故玉華宮。〔高宗顯慶〕六年卒，時年五十六，歸葬於白鹿原，士女送葬者數萬人。」此後玉華寺漸荒廢，終毀於安史之亂。

杜甫在鳳翔行在時，肅宗詔放歸鄜州省家。〈玉華宮〉當在

途中作。杜甫〈北征〉首云：「皇帝二載秋，閏八月初吉。杜子將北征，蒼茫問家室。」時肅宗至德二載（757），《元和郡縣圖志・坊州・八到》：「東至上都三百五十里，東至東都九百里，東南至同州二百五十里，西南至邠州三百一十里，東北至丹州二百六十里，北至鄜州一百五十里。」杜甫省家途中先成〈九成宮〉詩，繼成〈玉華宮〉詩，俱覽古諷刺之作。時玉華宮已久廢爲寺，猶云宮者，蓋欲言太宗、武氏之事也。

注釋

「溪回」二句：西漢枚乘〈七發〉：「麥秀蔪兮雉朝飛，向虛壑兮背槁槐，依絕區兮臨迴溪。」迴溪即曲折之溪流。劉宋顏延之〈拜陵廟作〉：「松風遵〔繞也〕路急，山煙冒壠〔冒，覆蓋；壠，塚〕生。」松風乃來自松林之風。戰國楚國宋玉〈高唐賦〉：「長風至而波起兮，若麗〔即「䍦」，附着也〕山之孤畝。」

「瓦」指屋上之瓦。《史記・廉頗藺相如列傳》：「秦軍軍武安西，秦軍鼓譟勒兵，武安屋瓦盡振。」《冊府元龜・帝王部・都邑二》：「〔玉華〕宮既成，正門謂之南風門，殿覆瓦，餘皆葺之以茅。」

「不知」二句：「構」，指架屋，又指屋。《說文解字》：「構，蓋也。」《玉篇》：「構，……架屋也，造也。」西晉潘岳〈傷弱子辭〉：「仰崇堂之遺構，若無津而涉川。」西晉陸雲〈歲暮賦〉：「悲山林之杳藹兮，痛華構之丘荒。」唐陳子昂〈感遇〉三十八

首其十九：「雲構山林盡，瑤圖珠翠煩。鬼功尚未可，人力安能存？」

「**陰房**」二句：西晉陸雲〈登臺賦〉：「遊陽堂而冬溫兮，步陰房而夏涼。」陰房乃陽光不至之房間。

《説文解字》：「粦，兵死及牛馬之血爲粦。粦，鬼火也。」鬼火即今所謂磷火。《楚辭・九思・哀歲》：「神光兮熲熲，鬼火兮熒熒。」東漢王逸自注：「神光，山川之精，能爲光者也。熒熒，小火也。」

《説文解字》：「湍，疾瀨也。」即急水、急流。《楚辭・九章・抽思》：「長瀨湍流，泝江潭兮。」西漢枚乘〈七發〉：「龍門之桐，高百尺而無枝。中鬱結之輪菌，根扶疏以分離。上有千仞之峯，下臨百丈之谿。湍流遡波，又澹淡之。」《廣韻》：「湍，急瀨也。他端切。」讀「端」之送氣音，粵讀「團」之陰平聲。東晉陶淵明〈己酉歲九月九日〉：「哀蟬無歸響，叢鴈鳴雲霄。」

「**萬籟**」二句：萬籟，萬物之聲響。南齊謝朓〈答王世子〉：「蒼雲暗九重，北風吹萬籟。」隋姚察〈遊明慶寺悵然懷古〉：「含風萬籟響，裛露百花鮮。」唐常建〈題破山寺後禪院〉：「萬籟此都寂，但餘鐘磬音。」

「**笙竽**」，《荀子・富國》：「故必將撞大鐘，擊鳴鼓，吹竽笙，彈琴瑟，以塞其耳。」三國魏國曹植〈仙人篇〉：「湘娥拊琴瑟，秦女吹笙竽。」西晉左思〈吳都賦〉：「鳴條律暢，飛音響

亮。蓋象琴筑并奏，笙竽俱唱。」《説文解字》：「笙，十三簧，象鳳之身也。」又：「竽，管三十六簧也。」

「蕭灑」，豁脱無拘束之貌。南齊孔稚珪〈北山移文〉：「夫以耿介拔俗之標，蕭灑出塵之想，度白雪以方絜，干青雲而直上，吾方知之矣。」《南史・隱逸・漁父傳》：「俄而漁父至，神韻蕭灑，垂綸長嘯。」

「美人」二句：美人指有內美之人，即真美者，屈原以此喻楚懷王，杜甫則以此喻太宗。「粉黛」暗指武后。「假」者，謂彼但以粉黛修飾，非真有內美也。唐陳子昂〈感遇〉三十八首其二十二：「微霜知歲晏，斧柯始青青。況乃金天夕，浩露霑羣英。」「況乃」即「何況」。杜甫〈北征〉：「粉黛亦解苞，衾裯稍羅列。瘦妻面復光，癡女頭自櫛。」《説文解字》：「假，非真也。」二句謂昔真美者已化爲黃土，何況非真美者哉。此一時感憤之言，猶《詩・鄘風・相鼠》所謂「人而無儀，不死何爲」也。蓋有內美非必長壽，而無內美亦非必不長壽也。

《楚辭・離騷》：「惟草木之零落兮，恐美人之遲暮。」東漢王逸〈注〉：「遲，晚也。美人，謂懷王也。人君服飾美好〔此強解耳〕，故言美人也。言天時運轉，春生秋殺，草木零落，歲復盡矣。而君不建立道德，舉賢用能，則年老耄，晚暮而功不成、事不遂也。」〈九章・抽思〉：「結微情以陳詞兮，矯以遺夫美人。」王逸〈注〉：「舉與懷王，使覽照也。」〈九章・思美人〉題下王逸〈注〉：「此章言己思念其君，不能自達；然反觀初志，

不可變易，益自脩飭，死而後已也。」首句「思美人兮」後王逸〈注〉：「言己憂，思念懷王也。」王逸〈離騷經章句〉：「靈脩美人，以媲於君；宓妃佚女，以譬賢臣。」

《楚辭·大招》：「粉白黛黑，施芳澤只。」王逸〈注〉：「言美女又工妝飾，傅著脂粉，面白如玉，黛畫眉鬢，黑而光淨，又施芳澤，其芳香鬱渥也。」《韓非子·顯學》：「故善毛嬙西施之美，無益吾面；用脂澤粉黛，則倍其初。言先王之仁義，無益於治；明吾法度，必吾賞罰者，亦國之脂澤粉黛也。」《後漢書·陳蕃傳》：「又比年收斂，十傷五六，萬人飢寒，不聊生活。而采女數千，食肉衣綺，脂油粉黛，不可貲計。」《樂府詩集·清商曲辭五》古無名氏〈採桑度〉七首其二：「冶遊採桑女，盡有芳春色。姿容應春媚，粉黛不加飾。」《北史·周本紀下·宣帝》：「又令天下車皆渾成爲輪，禁天下婦人皆不得施粉黛，唯宮人得乘有輻車、加粉黛焉。」

《舊唐書·則天皇后紀》：「初，則天年十四時，太宗聞其美容止，召入宮，立爲才人。及太宗崩，遂爲尼，居感業寺。大帝〔高宗〕於寺見之，復召入宮，拜昭儀。時皇后王氏、良娣蕭氏頻與武昭儀爭寵，互讒毀之，帝皆不納，進號宸妃。永徽六年，廢王皇后而立武宸妃爲皇后。高宗稱天皇，武后亦稱天后。后素多智計，兼涉文史。帝自顯慶已後，多苦風疾，百司表奏，皆委天后詳決。自此內輔國政數十年，威勢與帝無異，當時稱爲『二聖』。」

唐駱賓王〈代李敬業以武后臨朝移諸郡縣檄〉：「僞周武氏

者，人非溫潤，地實寒微，昔充太宗下陳，曾以更衣入侍。洎乎晚節，穢亂春宮，密隱先帝之私，陰圖後房之嬖。入門見嫉，娥〔蛾〕眉不肯讓人，掩袂攻讒，狐媚偏能惑主。陷元后於翬翟，致吾君於聚麀。加以虺蜴爲心，豺狼成性，近狎邪佞，殘害忠良。殺姊屠兄，弑君鴆母，人神之所共嫉，天地之所不容。猶復包藏禍心，窺竊神器。君之愛子，幽在別宮；城之宗盟，委之重任〔據《四部叢刊》本《駱賓王文集》〕。」

《新唐書・后妃・則天武皇后傳》：「太后雖春秋高，善自塗澤，雖左右不悟其衰。」

「美人爲黃土」二句乃陳子昂〈感遇〉之遺。子昂字伯玉，乃有唐詩文之祖。昔高宗昏童，武氏移國，唐宗室戕殺殆盡，國人哀之。伯玉〈感遇〉諸作，多譏刺武氏而不忘唐，故杜工部謂其足以立忠義於終古。李白〈贈僧行融〉云：「梁有湯惠休，常從鮑照遊〔鮑，湯俱南朝宋人〕。峨眉史懷一，獨映陳公出。卓絕二道人，結交鳳與麟。」杜甫〈陳拾遺故宅〉云：「位下曷足傷？所貴者聖賢。有才繼騷雅，哲匠不比肩。公生揚馬後，名與日月懸。」又云：「終古立忠義，〈感遇〉有遺編。」故工部以美人喻太宗，以粉黛刺武后，實深得陳伯玉〈感遇〉之旨。

唐中興以後，去古日遠，而憂患日新。時宦官竊政，黨爭不絕，國運陵遲，比興之作已鮮言高武事，詩人但諷刺時弊而已。然元白言諷諭，韓柳論文體，都宗子昂。韓愈〈薦士〉五古云：「國朝盛文章，子昂始高蹈。」柳宗元〈楊評事文集後序〉云：「文之用，辭令褒貶，導揚諷諭而已，雖其言鄙野，足

以備於用，然而闕其文采，固不足以竦動其聽，夸示後學。立言而朽，君子不由也。故作者抱其根源，而必由是假道焉。作於聖故曰經，述於才故曰文。文有二道，辭令褒貶，本乎著述者也；導揚諷諭，本乎比興者也。著述者流，蓋出於《書》之謨訓、《易》之象系、《春秋》之筆削，其要在於高壯廣厚，詞正而理備，謂宜藏於簡冊也。比興者流，蓋出於虞夏之詠歌、殷周之風雅，其要在於麗則清越，言暢而意美，謂宜流於謠誦也。茲二者，考其旨義，乖離不合，故秉筆之士，恆偏勝獨得而罕有兼者焉。厥有能而專美，命之曰藝成。雖古文雅之盛世，不能並肩而生。唐興以來，稱是選而不作者，梓潼陳拾遺〔陳子昂〕。其後燕文貞〔張說〕以著述之餘攻比興而莫能極，張曲江〔張九齡〕以比興之隙窮著述而不克備。其餘各探一隅，相與背馳於道者，其去彌遠。文之難兼，斯亦甚矣。」無異乎以子昂爲有唐作者第一人。

在此之前，李華〈唐揚州功曹蕭穎士文集序〉云：「君以爲六經之後，有屈原、宋玉，文甚雄壯而不能經。厥後有賈誼文辭最正，近於理體。枚乘、司馬相如亦瑰麗才士，然而不近風雅。揚雄用意頗深，班彪識理，張衡宏曠，曹植豐贍，王粲超逸，嵇康標舉，此外皆金相玉質，所尚或殊，不能備舉。左思詩賦有雅頌遺風，干寶著論近王化根源，此後復絕無聞焉。近日陳拾遺子昂文體最正。以此而言，見君之述作矣。」可見蕭、李對陳君文體推崇備至。

元稹〈敍詩寄樂天書〉云：「吏緣其端，剽奪百貨，勢不可

禁。僕時孩騃，不慣聞見，獨於書傳中初習理亂萌漸，心體悸震，若不可活，思欲發之久矣。適有人以陳子昂〈感遇〉詩相示，吟翫激烈，即日爲〈寄思玄子〉詩二十首。」白居易〈初授拾遺〉五古云：「奉詔登左掖，束帶參朝議。何言初命卑，且脫風塵吏。杜甫陳子昂，才名括天地。當時非不遇，尚無過斯位。」又〈傷唐衢〉五古二首其二云：「致吾陳杜間，賞愛非常意。」又〈與元九書〉云：「唐興二百年，其間詩人不可勝數。所可舉者，陳子昂有〈感遇〉詩二十首〔原文如是〕，鮑魴〔鮑防，字子慎〕有〈感興〉詩十五首。」以其詩長於諷諭故也。

泊乎晚唐，顧雲序杜荀鶴《唐風集》云：「〔唐昭宗〕大順初，皇帝命小宗伯〔禮部侍郎〕河東裴公〔裴贄〕掌邦貢。次二年，遠者來，隱者出，異人雋士，大集都下。於羣進士中，得九華山人杜荀鶴，拔居上第。諸生謝恩日，列坐既定，公揖生謂曰：『聖上歎文教未張，思得如高宗朝〔避言武后朝〕射洪拾遺陳公，作詩出沒二〈雅〉，馳騁建安，削苦澁僻碎，晷淫靡淺切，破艷冶之堅陣，擒雕巧之酋帥，皆摧撞折角，崩潰解散，埽蕩詞場，豁清文祲，然後有戴容州〔戴叔倫〕、劉隨州〔劉長卿〕、王江寧〔王昌齡〕率其徒，揚鞭按轡，相與呵樂來朝于正道矣。以生詩有陳體，可以潤國風，廣王澤，故擢以塞詔，竟免〔勉〕爲中興詩宗。』」可見中晚唐文士皆賞愛子昂諷諭之能與文體之正，然未若杜甫感其忠義而效之也。

明陸時雍《唐詩鏡》卷三：「阮籍〈詠懷〉，出自深衷；子昂〈感遇〉，情已虛設，言復不文，雖云不乏風骨，然此是頑骨不

靈也。其詩三十八首，余謂首首俱可省得。」皮相目論，真淺
人也。

貞觀二十二年，太宗居玉華宮數月，武才人必隨侍。及後
武氏革命，唐祚幾斬。今則真假美人俱爲黃土矣，故有是嘆。

「當時」二句：金輿，飾以金之車駕。《史記・禮書》：「人
體安駕乘，爲之金輿錯衡以繁其飾；目好五色，爲之黼黻文章
以表其能；耳樂鐘磬，爲之調諧八音以蕩其心；口甘五味，爲
之庶羞酸鹹以致其美；情好珍善，爲之琢磨圭璧以通其意。」
梁江淹〈恨賦〉：「若乃趙王〔戰國趙王遷信讒而亡國〕既虜，遷
於房陵；薄暮心動，昧旦神興。別豔姬與美女，喪金輿及玉乘。
置酒欲飲，悲來填膺。千秋萬歲，爲怨難勝〔平聲〕。」太宗車
駕幸玉華宮時，武才人當隨行。今皆物化矣。

〈古詩〉十九首之〈迴車駕言邁〉：「所遇無故物，焉得不
速老。」

「憂來」二句：東漢秦嘉〈留郡贈婦詩〉三首其一：「憂來如
循環，匪席不可卷。」魏文帝曹丕〈善哉行〉二首其一：「高山
有崖，林木有枝。憂來無方，人莫之知。」又〈燕歌行〉二首其
一：「賤妾煢煢守空房，憂來思君不敢忘。」

藉，《說文解字》：「藉，祭藉也。」祭藉即祭祀時用以承置
祭器之草墊，此「藉」作名詞用。《易・大過》：「初六，藉用白
茅，无咎。」即謂以白茅爲藉。《左傳・成公二年》：「若苟有以

184

藉口而復於寡君，君之惠也，敢不唯命是聽？」晉杜預〈注〉：「藉，薦；復，白也。」唐孔穎達〈疏〉：「藉是承薦之言，故爲薦也。復者，報命於君，故爲白也。言無物則空口以爲報，少有所得，則與口爲藉，故曰藉口。」此「藉」作動詞用。劉宋孫綽〈遊天台山賦〉：「藉萋萋之纖草，蔭落落之長松。覿翔鸞之裔裔，聽鳴鳳之嗈嗈。」《文選》唐李善〈注〉：「以草薦地而坐曰藉。」

「浩歌」，大歌也。《楚辭·九歌·少司命》：「望美人兮未來，臨風怳兮浩歌。」王逸〈注〉：「怳，失意兒。言己思望司命而未肯來，臨疾風而大歌，冀神聞之而來至也。」杜子美用此典，蓋亦冀得見文皇帝之靈歟？

「盈把」，盈握也。《韓詩外傳》卷五：「傳曰：『驕溢之君寡忠，口惠之人鮮信。』故盈把之木，無合拱之枝；榮澤之水，無吞舟之魚。」《藝文類聚》卷八十一〈菊〉引劉宋檀道鸞《續晉陽秋》：「陶潛無酒，坐宅邊菊叢中，採摘盈把。望見王弘遣送酒，即便就酌。」杜子美痛極呼天，故其淚盈把。

「冉冉」二句：《楚辭·離騷》：「老冉冉其將至兮，恐脩名之不立。」王逸〈注〉：「冉冉，行貌。」又：「言人年命冉冉而行，我之衰老將以來至，恐脩身建德而功不成、名不立也。」《廣雅·釋訓》：「冉冉，進也。」又：「冉冉、……行也。」西晉陸機〈歎逝賦〉：「悲夫！川閱水以成川，水滔滔而日度。世閱人而爲世，人冉冉而行暮。」《文選》五臣呂延濟〈注〉：「冉冉，人

老兒。言摠眾人而成于世，終日老謝而後人相繼。」東晉陶淵明〈飲酒二十首〉其十九：「冉冉星氣流，亭亭復一紀。」唐白居易〈感時〉：「勿言身未老，冉冉行將至。」又〈歲晚〉：「冉冉歲將晏，物皆復本源。」「冉冉」都有漸進之意，尤指由盛轉衰。

「征途」，征，行也。《爾雅・釋言》：「征，邁行也。」《說文解字》：「延，行也。」《詩・召南・小星》：「肅肅宵征，夙夜在公，寔命不同。」〈傳〉：「征，行。」《楚辭・離騷》：「濟沅湘以南征兮，就重華而陳〔即「陳」〕詞。」王逸〈注〉：「征，行也。」征途即征路，南朝陳徐陵〈秋日別庾正員〉：「征途愁轉旆，連騎慘停鑣。」杜甫〈龍門〉：「相閱征途上，生涯盡幾回。」

「長年者」即「長壽者」。《管子・中匡》：「公曰：『請問爲身。』對曰：『道血氣以求長年、長心、長德，此爲身也。』」陸機〈歎逝賦〉：「嗟人生之短期，孰長年之能執？時飄忽其不再，老晼晚其將及。」陶淵明〈讀山海經〉十三首其五：「在世無所須，惟酒與長年。」此處「長」字讀平聲。若以「長年」稱老者，或以之作「增年」、「添歲」解，則「長」字讀上聲。際此艱虞之時，生民顛沛憂懼，得不速老？從老得終，能享長壽者鮮矣。

集評

南宋郭知達《九家集注杜詩》卷三引南宋趙彥材曰：「有隨輦而死葬者矣，惟公相去之近能知之。」

南宋闕名《分門集注杜工部詩》卷六引北宋梅聖俞曰：「潘

岳：『美人歸重泉〔南朝梁江淹〈雜體詩〉之〈潘黃門（述哀）岳〔李善注本《文選》「述哀」作「悼亡」〕〉：「美人歸重泉，悽愴無終畢。」〕。』《列子》：『粉白黛黑，佩環雜芷若〔《列子‧周穆王》：「施芳澤，正蛾眉，設笄珥，衣阿錫，曳齊紈，粉白黛黑，佩玉環雜芷若以滿之，奏承雲六瑩九韶晨露以樂之。」〕。』」

　　南宋劉辰翁批點、元高楚芳編《集千家注批點杜工部詩集》卷三〈玉華宮〉詩後劉辰翁曰：「起結淒黯，讀者殆難爲情。」繼引諸家解釋云：「梅聖俞〔北宋梅堯臣〕曰：『玉華宮近有晉符〔原文如是〕堅墓，前有溪曰釃醿，蓋取溪色如酒色之碧也。溪回言回遠也，惟回遠故松風不歇。』夢弼〔南宋蔡夢弼字傅卿，寧宗時人〕曰：『《淮南子》：「人血爲燐。」許慎注：「兵死之血爲鬼火，燐者，鬼火之名。」』洙〔北宋王洙〕曰：『《莊子》：「子綦曰：『汝聞人籟而未聞地籟，汝聞地籟而未聞天籟。』子游曰：『地籟則眾竅是已，人籟則比竹是已，敢問天籟。』子綦曰：『夫吹万〔萬〕不同，而使其自已也。』」注：「籟，簫也。」』夢弼曰：『美人，言殉葬木俑也。公詩未〔本〕意蓋傷符〔苻〕堅安在，美人已化爲黃土，是以憂來浩歌，揮淚盈把，又自傷在征途間豈能長久者乎。』」

　　案趙彥材強謂杜詩中「美人」指隨輦而死葬之宮人，已肇誤解之始。而蔡夢弼謂此詩傷前秦苻堅，又以美人爲殉葬木俑而非人，尤其荒誕，似未爲後世注家所取。

　　清康熙世仇兆鰲《杜少陵集詳注》卷五釋〈玉華宮〉之「美

人」句至詩末曰：「此撫遺迹而增慨也。即觀美人物化，孰是長年住世者，乃冉冉征途間乎？所以有感而歎息耳。上章〔〈九成宮〉〕以傷亂作結，本章以憂老作結。」又引趙彥材注曰：「當時必有隨輦美人歿葬宮旁，故及之。」

雍正世浦起龍《讀杜心解》卷一之一云：「趙曰：『當時必有隨輦美人歿葬宮旁。』」

乾隆世楊倫《杜詩鏡銓》卷四引明末清初邵長蘅注「粉黛」句曰：「謂殉葬木偶人也。」

近人錢鍾書《容安館札記》789則：「〈玉華宮〉：『美人爲黃土，況乃粉黛假。當時侍金輿，故物獨石馬。……冉冉征途間，誰是長年者？』仇〈注〉：『趙云：「必有隨輦美人歿葬宮傍，故及之。」』按『粉黛假』語必指宮中所塑侍女泥像，謂真美人已化黃土，泥偶破碎剝落，亦固所宜，唯建宮時石馬尚無恙，以石馬、土偶相形耳。否則真馬早成朽骨，豈得曰當時故物乎？『冉冉』二句，即東坡〈石鼓歌〉結語『人生安得似〔原文如是〕汝壽』也。李義山〈房中曲〉：『憶得前年春，未語含悲辛。歸來已不見，錦瑟長於人。』亦此旨，物在人亡也。」

可見自宋以還，注此詩者多誤以「美人」爲宮人，如此則「粉黛假」不可解矣。謂必有隨輦美人歿葬宮旁，即謂杜甫以爲宮人之死重於名臣之死，蓋蕭瑀、房玄齡俱薨於宮所也。謂「粉黛假」指木偶土偶，更以「況乃」一詞突顯其要，即謂杜甫以小事入詩中主句耳。棄恢宏而務瑣碎，果詩聖所當爲乎？後之注

家無不知唐詩重興寄，然真能以興寄解唐詩者鮮矣。若不從興寄處釋此詩，而泥於宮人土偶，則未可謂知音也。

南宋洪邁《容齋隨筆》卷十五：「『溪迴松風長，蒼鼠竄古瓦。不知何王殿，遺構〔原文如是〕絕壁下。陰房鬼火青，壞道哀湍瀉。萬籟真笙竽，秋色正蕭灑。美人爲黃土，況乃粉黛假。當時侍金輿，故物獨石馬。憂來藉草坐，浩歌淚盈把。冉冉征途間，誰是長年者。』此老杜〈玉華宮〉詩也。張文潛〔北宋張耒〕暮年在宛丘，何大圭〔字晉之，徽宗政和八年十八歲進士及第〕方弱冠，往謁之，凡三日，見其吟哦此詩不絕口。大圭請其故，曰：『此章乃風雅鼓吹〔「吹」讀去聲〕，未易爲子言。』大圭曰：『先生所賦，何必減此。』曰：『平生極力模寫，僅有一篇稍似之，然未可同日語。』遂誦其〈離黃州〉詩，偶同此韻，曰：『扁舟發孤城，揮手謝送者。山回地勢卷，天豁江面瀉。中流望赤壁，石腳插水下。昏昏煙霧嶺，歷歷漁樵舍。居夷實三載，鄰里通假借。別之豈無情，老淚爲一灑。篙工起鳴鼓，輕櫓健於馬。聊爲過江宿，寂寂樊山夜。』此其音響節奏，固似之矣。讀之可默諭也。」觀張耒此詩，殆未會〈玉華宮〉之旨。所謂「風雅鼓吹未易爲子言」者，是不得其解而含糊其辭耳。

舊題明李攀龍《唐詩選》〔此乃單行本《唐詩選》，非李氏《古今詩刪》中之唐詩選〕卷一「五古」收杜甫〈後出塞〉及〈玉華宮〉兩首，以後者有奇語，非真知詩中興寄者。清翁方綱《石洲詩話》卷一譏之，云：「〈奉先詠懷〉一篇，〈羌邨〉三篇，皆與〈北征〉相爲表裏。此自周〈雅〉降〈風〉以後所未有也。迹熄詩亡，

所以有《春秋》之作；若詩不亡，則聖人何爲獨憂耶？李唐之代，乃有如此大制作，可以真接六經矣。滄溟〔李攀龍號滄溟〕首先選次唐詩，而此等皆所不取，乃獨取〈玉華宮〉一篇，蓋以『萬籟笙竽』、『秋色瀟灑』，爲便於掇拾裝門面耳。」更是淺人之言。

明李東陽《懷麓堂詩話》曰：「五、七言古詩仄韻者，上句末字類用平聲，惟杜子美多用仄，如〈玉華宮〉、〈哀江頭〉諸作，概亦可見。其音調起伏頓挫，獨爲遒健，似別出一格。回視純用平字者，便覺萎弱無生氣。自後則韓退之、蘇子瞻有之，故亦健於諸作。此雖細故末節，蓋舉世歷代而不之覺也。偶一啟鑰，爲知音者道之。若用此太多，過於生硬，則又矯枉之失，不可不戒也。」茲錄之以備參考。

清吳紹淇《聲調譜說》卷上評〈玉華宮〉云：「字字從脣齒中稱量而出，音調極響。」錄此語以殿後。

長安遇馮著　韋應物

客從東方來，衣上灞陵雨。
問客來何爲，采山因買斧。
冥冥花正開，颺颺燕新乳。
昨別今已春，鬢絲生幾縷。

（據《四部叢刊》本《韋江州集》）

「來何爲」，《文苑英華》卷二百十八作「何謂來」，「謂」字

後注云：「《集》作『爲』。」《全唐詩》作「何爲來」，注云：「一作『來何爲』。」若一、三句都以「來」字收，立傷格調。且第五句「開」字與「來」字同韻部，更覺俳諧不經，大失傷感之意矣。

「開」，《全唐詩》注：「一作『滿』。」音義俱遜。

詩題，《文苑英華》卷二百十八作「長安遇馮著作」。蓋前所引詩題爲〈廣陵遇孟雲卿作〉，傳鈔者復於「著」字後加一「作」字耳。

語譯

客人從東方來，
衣衫上沾着灞陵的雨。
我問他來幹甚麼，
他要上山伐木，因此先買一柄斧頭。
百花正在這幽暗時節盛開，
飛翔不歇的燕子剛生下雛燕。
當天一別，如今又是春天了，
我們的兩鬢已多了好幾縷如絲的白髮。

體式

此乃四韻五言古體詩，通首押上聲韻，不轉韻。詩中各韻字及其所屬韻目，表列如下：

韻字	雨 斧 乳 縷
《廣韻》韻目	麌 麌 麌 麌
聲調	上

詩中單句平收，第三字全用平，「東方來」、「來何爲」用平平平，「花正開」、「今已春」用平仄平，俱是唐古體詩常用體式。

作者簡介

《全唐詩》小傳：「韋〔《廣韻》上平「微」韻「幃」、「韋」、「闈」、「圍」、「違」同音〕應物，京兆長安〔今陝西省西安市〕人〔唐人丘丹撰韋應物墓志銘，序云：「君諱應物，字義博，京兆杜陵人也。」墓志石於 2007 年 11 月在陝西省西安市長安區出土，現藏於西安碑林博物館〕。少以三衛郎〔親衛、勳衛、翊衛謂之三衛。墓志云：「以蔭補右千牛，改羽林倉曹。」左、右羽林軍衛置倉曹參軍事各一人，正八品下〕事明皇〔唐玄宗〕，晚更折節讀書。〔代宗〕永泰中，授京兆功曹，遷洛陽丞〔京兆府功曹參軍事正七品下，京縣丞從七品上。墓志云：「授高陵尉、廷評、洛陽丞、河南兵曹、京兆功曹。」是任洛陽丞在前，任京兆功曹在後〕。〔代宗〕大曆十四年〔779〕自鄠令〔畿縣令正六品上〕制除櫟〔音「藥」〕陽令〔畿縣令正六品上〕，以疾辭不就。〔德宗〕建中三年〔782〕拜比部員外郎〔從六品上。案《全唐詩》韋應物〈始除尚書郎別善福精舍〉題下自注：「建中二年〔781〕四月十九日，自前櫟陽令除尚書比部員外郎。」小

傳疑誤〕，出爲滁州刺史〔下州刺史正四品下〕。[1] 久之，調江州〔中州刺史正四品上〕，追赴闕，改左司郎中〔從五品上。墓志云：「優詔賜封扶風縣開國男，食邑三百戶，徵拜左司郎中，總轄六官。」〕。復出爲蘇州刺史〔上州刺史從三品。墓志云：「尋領蘇州刺史。」即以尚書左司郎中領蘇州刺史。墓志又云：「方欲陟明，遇疾終於官舍。」又云：「以貞元七年〔791〕十一月八日窆於少陵原，禮也。」其卒年五十餘〕。應物性高潔，所在焚香埽地而坐〔唐人李肇《國史補》卷下：「韋應物立性高潔，鮮食寡欲，所至焚香掃地而坐。其爲詩馳驟建安以還，各得其風韵。」〕，唯顧況、劉長卿、丘丹、秦系、皎然之儔得廁賓客，與之酬倡。其詩閑澹簡遠，人比之陶潛，稱『陶韋』云。集十卷，今編詩十卷。」

題解

《韋江州集》存韋應物與馮著詩四首。其〈寄馮著〉云：「春雷起萌蟄，土壤日已疎。胡能遭盛明，才俊伏里閭？偃仰遂真性，所求惟斗儲。披衣出茅屋，盥漱臨清渠。吾道亦自適，退

---

1 《唐六典》卷三：「四萬戶已上爲上州，三萬戶已上爲中州，不滿爲下州。」然卷三十「上州」下注云：「凡戶滿四萬已上爲上州。」「中州」下注云：「戶二萬已上。」「下州」下注云：「戶不滿二萬者爲下州。」中州戶數前後抵牾，疑「三」是「二」之訛。《舊唐書・地理志》以滁州爲下州，以江州爲中州，以蘇州爲上州；《新唐書・地理志》則以滁州爲上州，以江州爲上州，以蘇州爲雄州。案天寶初滁州戶二萬六千四百八十六，江州戶二萬九千二十五（《新唐書》「萬」前脫「二」字），蘇州戶七萬六千四百二十一，而《唐六典》卷三言及六雄州並無蘇州，故當以《舊唐書》所記爲是。

身保玄虛。幸無職事牽,且覽案上書。親友各馳騖,誰當訪弊廬?思君在何夕?明月照廣除。」此詩謂馮著安貧樂道,不與世爭,而己亦自閑適。當是應物早歲以疾辭官閑居時作。

其〈送馮著受李廣州〔唐宗室李勉於大曆四年〔769〕至十年任廣州刺史兼嶺南節度觀察使,見《舊唐書》本傳。杜甫有〈衡州送李大夫七丈勉赴廣州〉五律〕署爲錄事〔從九品上〕〉有云:「送君灞陵岸,糾郡南海湄。」又云:「州伯荷天寵,還當翊丹墀。子爲門下生,終始豈見遺。」即應物在長安送別馮著,並期其高舉。著或終亦見遺也,然後應物乃有〈贈馮著〉之作。

〈贈馮著〉云:「契闊仕兩京,念子亦飄蓬。方來屬追往,十載事不同。歲晏乃云至,微褐還未充。慘悽遊子情,風雪自關東。華觴發懽顏,嘉藻播清風。始此盈抱恨,曠然一夕中。善縕豈輕售,懷才希國工。誰當念素士?零落歲華空。」云飄蓬,云遊子情,則馮著應已自廣州回。又云衣褐,則著似已無官職。時值歲晏,故有歲華空之嘆。至於〈長安遇馮著〉則或作於翌年春,時著當已歸隱山中矣。

《全唐詩》存馮著古體詩四首,並附小傳云:「馮著,韋應物同時人。嘗受李廣州署爲錄事,應物有詩以送其行。」近世有學者重訂小傳云:「馮著,生卒年不詳,排行十七,河間人。代宗大曆三年至七年間曾任廣州錄事。德宗建中中攝洛陽尉,興元元年至貞元初任緱氏尉。貞元中官至左補闕。事跡散見《元和姓纂》卷一、韋應物〈送馮著受李廣州署爲錄事〉、盧綸〈臥病寓居龍興觀枉馮十七著書知罷攝洛陽赴緱氏因題十四韻寄馮

生并贈喬尊師〉。與韋應物交善，唱酬頗多。《全唐詩》存詩四首。」

案《全唐詩》錄盧綸臥病詩，詩題於「馮十七著」後有「作」字，斷句則爲「臥病寓居龍興觀，枉馮十七著作〔著作佐郎從六品上〕書，知罷攝洛陽，赴緱氏，因題十四韻寄馮生，并贈喬尊師」。該學者不察，遂以「馮著作」爲「馮著」，故有此誤。盧綸別有〈秋夜寄馮著作〉五律，蓋即彼馮著作也。至於唐人林寶《元和姓纂》卷一有「河間：監察御史馮師古孫著、魯，著左補闕，魯兼監察御史」數語，而盧綸詩有〈酖春因寄馮衛二補闕戲呈李益〉七絕，該學者遂益信此馮補闕即與韋應物相友之馮著也。不慎一至於是。

韋集中有〈張彭州前與緱氏馮少府各惠寄一篇多故未答張已云沒因追哀敍事兼遠簡馮生〉及〈東林精舍見故殿中鄭侍御題詩追舊書情涕泗橫集因寄呈閬澧州馮少府〉，若此馮少府即盧綸所稱之馮十七、馮著作、馮生，則此馮生或於著作佐郎秩滿後外補縣尉。此馮生固非馮著也。

注釋

「客從」二句：長安在國之西，故來者多自東。《詩·豳風·東山》：「我來自東，零雨其濛。」〈古詩〉十九首之〈客從遠方來〉：「客從遠方來，遺我一端綺。」

長安東南有霸水，又稱「灞水」，漢文帝陵寢在焉。因稱「霸

陵」，又書「灞陵」。

「問客」二句：「采山」或謂開採山中礦產，或謂上山打柴採藥。此詩之「采山」指後者。

《史記・吳王濞列傳》：「吳有豫章郡銅山，濞則招致天下亡命者盜鑄錢，煮海水爲鹽，以故無賦，國用富饒。」晉左思〈吳都賦〉：「煮海爲鹽，採山鑄錢。國稅再熟之稻，鄉貢八蠶之縣。」《史記・吳王濞列傳》唐司馬貞〈索隱述贊〉：「富因採山，釁成提局。」此「採山」謂開山採礦。

舊題東漢蔡邕《琴操・箕山操》：「〔許由〕以清節聞於堯，堯大其志，乃遣使以符璽禪爲天子。於是許由喟然歎曰：『匹夫結志，固如盤石，采山飲河，所以養性，非以求祿位也。放髮一優遊，所以安己不懼，非所以貪天下也。』」此「采山」謂上山伐木爲柴，或謂摘果採藥。北宋梅堯臣〈田家四時〉四首其三：「荒村人自樂，頗足平生心。朝飯露葵熟，夜春雲谷深。採山持野斧，射鳥入煙林。誰見秋成事，愁蟬復怨碪。」

「冥冥」二句：《說文解字》：「冥，幽也。」《廣雅・釋訓》：「蒙蒙、冥冥、昧昧、晻晻，暗也。」《詩・小雅・無將大車》：「無將大車，維塵冥冥。」東漢鄭玄〈箋〉：「冥冥者，蔽人目明，令無所見也。」《楚辭・九歌・山鬼》：「雷填填兮雨冥冥，猿啾啾兮狖夜鳴。」《文選》五臣呂延濟〈注〉：「填填，雷聲；冥冥，雨貌。」《楚辭・九章・涉江》：「深林杳以冥冥兮，乃猿狖之所居。」《文選》五臣劉良〈注〉：「冥冥，暗貌。」《禮記・月令》：

「仲冬行夏令,則其國乃旱,氛霧冥冥,雷乃發聲。」冥冥花開,謂花開於此霧雨時節。

《說文解字》:「颺,風所飛揚也。」「颺」,《廣韻》讀「與章切」,音「揚」,解云:「風所飛颺。」又讀「餘亮切」,音「漾」,解云:「風飛。」颺颺即飄揚、飛揚。

《後漢書・呂布傳》記陳登語呂布曰:「登見曹公,言養將軍譬如養虎,當飽其肉,不飽則將噬人。公曰:『不如卿言。譬如養鷹,飢即為用,飽則颺去。』其言如此。」颺去即飛揚而去。颺颺燕飛,覓食哺雛也。

乳,《說文解字》:「乳,人及鳥生子曰乳,獸曰產。」《禮記・月令》:「仲春之月,⋯⋯玄鳥〔燕也〕至。⋯⋯季冬之月,⋯⋯鴈北鄉〔向也〕,鵲始巢,雉雊,雞乳。」

「昨別」二句:「昨」此處指往日,與「昔」同。晉陶淵明〈歸去來〉:「實迷途其未遠,覺今是而昨非。」

梁范雲〈當對酒〉:「方悅羅衿解,誰念髮成絲?」唐李白〈上三峽〉五古:「三朝又三暮,不覺鬢成絲。」謂其色如絲也。唐盧綸〈白髮嘆〉五絕:「髮白曉梳頭,女驚妻淚流。不知絲色後,堪得幾回秋。」白居易〈初著刺史緋答友人見贈〉七律:「徒使花袍紅似火,其如蓬鬢白成絲。」又〈久不見韓侍郎戲題四韻以寄之〉五律:「還有愁同處,春風滿鬢絲。」

《說文解字》:「縷,綫也。」末句亦可視為疑問句,即不知

白髮已添幾縷也。

集評

唐白居易〈自吟拙什因有所懷〉五古有云:「時時自吟詠,吟罷有所思。蘇州〔韋應物〕及彭澤〔陶潛〕,與我不同時。此外復誰愛?唯有元微之〔元稹〕。」可見樂天思慕韋應物之切。

白居易〈吳郡詩石記〉云:「韋在此州歌詩甚多,有郡宴詩〔〈郡齋雨中與諸文士燕集〉〕云:『兵衛森畫戟,燕寢凝清香。』最爲警策。今刻此篇于石,傳貽將來。」

宋蘇軾〈和孔周翰二絕〉其二〈觀靜觀堂效韋蘇州〉云:「弱羽巢林在一枝,幽人蝸舍兩相宜。樂天長短三千首,卻愛韋〔平聲〕郎五字詩。」

金元好問〈濟南雜詩〉五絕十首其五云:「石刻燒殘讌集辭,雄樓傑觀想當時。只應畫戟清香地,多欠韋〔平聲〕郎五字詩〔即未見有好句如應物郡宴詩句也〕。」

宋葛立方《韻語陽秋》卷一云:「韋應物詩平平處甚多,至于五字句則超然出於畦逕之外,如〈遊溪〉詩『野水煙鶴唳,楚天雲雨空』、〈南齋〉詩『春水不生煙,荒崗筠礙石』、〈詠聲〉詩『萬物自生聽,太空常寂寥』,如此等句,豈下於『兵衛森畫戟,燕寢凝清香』哉?故白樂天云:『韋蘇州五言詩高雅閒淡,自成一家之體。』東坡亦云:『樂天長短三千首,卻愛韋郎五字詩。』」

宋周紫芝《竹坡詩話》云：「古今詩人多嘉效淵明體者，如和陶詩非不多，但使淵明愧其雄麗耳。韋蘇州云：『霜露悴百草，而菊獨妍華。物性有如此，寒暑其奈何。掇英泛濁醪，日入會田家。盡醉茅簷下，一生豈在多。』〔此〈效陶彭澤〉五古，「而菊」，原詩作「時菊」，是〕非唯語似，而意亦太似。蓋意到而語隨之也。」

明楊慎《升菴詩話》卷八「韋應物螢火詩」條云：「『月暗竹亭幽，螢光拂席流。還如故園夜，又度一年秋。暫愜觀書興，何慚秉燭遊。府中徒冉冉，明發好歸休。』此二詩〔此〈夜對流螢作〉五律是一詩，非二詩。又原詩「還如」作「還思」，「暫愜」作「自愜」〕絕佳，予愛之。比之杜子美，則杜似太露。」

明陸時雍《詩鏡總論》云：「詩之所貴者，色與韻而已矣。韋蘇州詩，有色有韻，吐秀含芳，不必淵明之深情、康樂之靈悟，而已自佳矣。『白日淇上沒，空閨生遠愁。寸心不可限，淇水長悠悠。』〔〈擬古詩〉十二首其十二〕『還應有恨誰能識，月白風清欲墮時。』〔此陸龜蒙〈白蓮〉詩，「誰能識」作「無人覺」，「白」作「曉」〕此語可評其況。」又曰：「盈盈秋水，淡淡春山，將韋詩陳對其間，自覺形神無間。」

清施補華《峴傭說詩》云：「韋公古澹，勝於右丞，故於陶為獨近。如『貴賤雖異等，出門皆有營。』〔〈幽居〉首聯〕『微雨夜來過，不知春草生。』〔〈幽居〉第三聯〕『寧知風雨〔雪〕夜，復此對牀眠。』〔〈示全真元常〉〕『不覺朝已晏，起來望青天。』

〔〈園林晏起寄昭應韓明府盧主簿〉〕如出五柳先生口也。」

〈長安遇馮著〉五古造語平淡而不掩感慨,是韋詩本色。詩中首言長安陰雨中遇此失意故人。時春花復開,燕又新乳,別後更添華髮,能無感觸?今故人歸隱山中,而己尚營營,則來日復見不易矣,能不傷神?淡淡道出,其情益顯。南宋陸游〈漁家傲〉末數語云:「行徧天涯真老矣,愁無寐,鬢絲幾縷茶煙裏。」真韋公之知音者。《須溪先生校點韋蘇州集》劉辰翁評〈長安遇馮著〉云:「但不能詩者,亦知是好。」然《唐詩三百首》外,選本多不收此詩,今起而薦於讀者。

唐七言古體詩三首

唐七言古體詩三首

八月十五夜贈張功曹　韓愈

纖雲四卷天無河，清風吹空月舒波。

沙平水息聲影絕，一盃相屬君當歌。

君歌聲酸辭且苦，不能聽終淚如雨。

洞庭連天九疑高，蛟龍出沒猩鼯號。

十生九死到官所，幽居默默如藏逃。

下牀畏蛇食畏藥，海氣濕蟄熏腥臊。

昨者州前捶大鼓，嗣皇繼聖登夔皋。

赦書一日行萬里，罪從大辟皆除死。

遷者追迴流者還，滌瑕蕩垢朝清班。

州家申名使家抑，坎軻祇得移荊蠻。

判司卑官不堪說，未免捶楚塵埃間。

同時輩流多上道，天路幽險難追攀。

君歌且休聽我歌，我歌今與君殊科。

一年明月今宵多，人生由命非由他，

有酒不飲奈明何？

（據《四部叢刊》本《朱文公校昌黎先生集》）

語譯

纖細的雲向四方收捲，天上沒有銀河，

清風在空中吹着，月亮舒發着光波。

沙洲平闊，水流止息，人聲和人影都消失了，

我們各舉一杯相接，你當先唱歌寄意。

你唱的歌聲調悲切，歌辭淒苦，

未及聽完，我已經淚如雨下：

「洞庭遼闊，與天相連，九疑山是多麼的高，

那裏只有蛟龍出沒，只有猩猩和鼯鼠嚎叫。

我冒着十佔其九的貶死宿命到官所〔即貶所〕，

整日閉門隱居，不言不語，就像匿藏着的在逃者。

下床怕被蛇咬，進食怕吃着毒藥，

海風潮濕，使昆蟲滋生，又散發着腥臊氣味。

當日州衙前擂起大鼓，

原來嗣皇繼承了聖帝的大位，要起用夔、皋陶一般的賢人。

赦書一日傳至萬里之遙，

由大辟死罪開始都獲減刑。

左遷〔即貶謫〕的追回，流放的召還，

使他們洗滌瑕疵，蕩析污垢，置身清明的朝班之中。

州刺史把名字遞上去，觀察使把名字壓下來，

我命舛運蹇，內徙仍然在荊蠻之地。

擔當的是判司卑官，不值一提，

卻免不了在佈滿塵埃的地上被杖責。

與我同時出仕的那批人多已在道途前端，

這條登天之路幽暗凶險，很難追趕和攀附。」
你暫且不要唱你的歌，不如聽我唱我的歌，
今天我的歌和你的不同調：
「一年明月以今宵的最豐滿光亮，
人生由命運安排，並不由其他力量左右，
有酒不飲，怎對得起明亮的月色？」

作者簡介

　　《全唐詩》小傳：「韓愈，字退之，南陽〔鄧州南陽〕人〔《舊唐書》本傳：「昌黎人。」韓愈祖籍昌黎，故云。昌黎縣屬河北道營州上都督府之崇州〕。少孤，刻苦爲學，盡通六經百家。貞元八年〔792〕擢進士第。才高，又好直言，累被黜貶。初爲監察御史〔正八品上〕，上疏極論時事，貶陽山令〔中下縣令從七品上〕。元和中再爲博士〔愈於元和初爲國子博士，正五品上；遷都官員外郎，從六品上，隸刑部，權責轉重；以妄論復爲國子博士〕，改比部郎中〔從五品上〕、史館脩撰〔兼職無品〕，轉考功〔考功郎中從五品上〕、知制誥〔兼要職〕，進中書舍人〔正五品上〕，又改庶子〔被讒，改太子右庶子，正四品下〕。裴度討淮西，請爲行軍司馬，以功遷刑部侍郎〔正四品下〕。諫迎佛骨，謫刺史潮州〔下州刺史正四品下〕，移袁州〔下州刺史正四品下〕。[1] 穆宗即位，召拜國子祭酒〔從三品〕、兵部侍郎〔正

---

[1]　《舊唐書・地理志》以袁州爲下州，《新唐書・地理志》以袁州爲上州。觀袁州天寶初有戶二萬七千九十一（舊書作「一」，新書作「三」），而《唐六典》卷三謂「四萬戶已上爲上州」，袁州非上州明矣。

四品下〕。使王廷湊歸〔鎮州亂，殺田弘正，立王廷湊，愈奉
詔往宣撫，諭以逆順，廷湊畏重之〕，轉吏部〔吏部侍郎正四品
上〕。爲時宰所搆，罷爲兵部侍郎〔自吏部改京兆尹兼御史大
夫，旋罷尹爲兵部侍郎。時京兆尹及御史大夫俱從三品〕。尋
復吏部。卒〔《舊唐書》本傳：「長慶四年〔824〕十二月卒，時年
五十七。」〕，贈禮部尚書〔正三品〕，謚曰文。愈自比孟軻，闢
佛老異端，篤舊邮孤，好誘進後學，以之成名者甚眾。文自魏
晉來，拘偶對，體日衰，至愈一返之古。而爲詩豪放不避虀險，
格之變亦自愈始焉。集四十卷，內詩十卷；外集遺文十卷，內
詩十八篇。今合編爲十卷。」

體式

　　此七言古體詩共二十九句，轉韻，以「歌」、「戈」韻起，復
以「歌」、「戈」韻收。平聲用韻句，第五字多用平以提其氣，
末三字則以用「平平平」爲主。「天無河」、「君當歌」、「猩鼯
號」、「如藏逃」、「熏腥臊」、「登夔皋」、「朝清班」、「移荊蠻」、
「塵埃間」、「難追攀」、「君殊科」、「今宵多」、「非由他」俱三平
腳；「流者還」、「聽我歌」用平仄平。諸平韻句只「清風吹空月
舒波」、「洞庭連天九疑高」、「有酒不飲奈明何」句第五字用仄，
然「清風吹空」是四平聲，而此句二、四、六俱平，「有酒不飲」
是四仄聲，「洞庭連天」二、四用平，而此句二、四、六俱平，
都不類近體詩句，故絕不流於婉約。末五句用柏梁體，句句韻，
單句收，更覺其千鈞之力。

詩中各韻字及其所屬韻目，表列如下：

韻字	河波歌	苦雨	高號逃臊皋	里死	還班蠻間攀	歌科多他何
《廣韻》韻目	歌戈歌	姥麌	豪豪豪豪豪	止旨	刪刪刪山刪	歌戈歌歌歌
聲調	平	上	平	上	平	平

題解

通行本詩題下有一小字「署」字，謂張功曹即張署。按《四部叢刊》本《朱文公校昌黎先生集》卷三有韓愈〈洞庭湖阻風贈張十一署〉，題後錄朱熹〈韓文考異〉云：「永正〔永貞，避宋仁宗趙禎諱作「永正」〕元年，自陽山徙掾江陵，十月過洞庭湖作。或云赴陽山時，非也。公〈江陵途中〉詩敍初赴陽山云：『春風洞庭浪。』而此詩首云：『十月陰氣盛。』可知其非矣。」繼則有〈李花贈張十一署〉，首云：「江陵城西二月尾，花不見桃惟見李。」同卷之末則有〈憶昨行和張十一〉而不名。然三詩都在〈八月十五夜贈張功曹〉後，故注者於題下注一「署」字以明之，《四部叢刊》作「著」，誤。

韓愈〈唐故河南令張君墓誌銘〉云：「自京兆武功尉拜監察御史〔正八品上〕，爲幸臣所讒，與同輩韓愈、李方叔三人俱爲縣令南方〔下縣，從七品下〕。三年，逢恩俱徙掾江陵。」其後云：「公卿欲其一至京師，君以再不得意於守令，恨曰：『義不可更辱，又奚爲於京師間？』竟閉門死，年六十。」《舊唐書·韓愈傳》：「〔憲宗〕元和十二年〔817〕八月，宰臣裴度爲淮西宣慰處置使兼彰義軍節度使，請愈爲行軍司馬，仍賜金紫〔金紫

光祿大夫，文散官，正三品〕。淮、蔡平，十二月隨度還朝，以功授刑部侍郎。」而張署卒於韓愈行軍之際，年六十。韓愈卒於長慶四年（824）十二月，時年五十七。即張署長於韓愈十年。

韓愈〈祭郴州李使君文〉：「維年月日，將仕郎守江陵府法曹參軍韓愈謹以清酌庶羞之奠，敬祭于故郴州李使君之靈。」又〈祭河南張員外文〉：「維年月日，彰義軍行軍司馬守太子右庶子兼御史中丞韓愈謹遣某乙以庶羞清酌之奠，祭于亡友故河南縣令張十一員外之靈。」又云：「彼婉變者，實憚吾曹。側肩帖耳，有舌如刀。我落陽山，以尹鼯猱。君飄臨武，山林之牢。」又云：「余出嶺中，君竦州下。偕掾江陵，非余望者。」又云：「丞相南討，余辱司馬。議兵大梁，走出洛下。哭不憑棺，奠不親牢；不撫其子，葬不送野。望君傷懷，有隕如瀉。」可作參考之用。

據《舊唐書》德宗、順宗、憲宗諸紀，貞元二十一年（805）正月，德宗崩，年六十四，順宗繼位，二月，大赦天下。順宗為皇太子時，於貞元二十年九月中風，不能言。貞元二十一年八月，詔傳位皇太子，自稱太上皇，其制稱誥。翌日誥改貞元二十一年為永貞元年，又自貞元二十一年八月五日以前，天下死罪降從流，流以下遞減一等。同月，憲宗受內禪，旋即位。元和元年（806）正月，順宗崩，年四十六。《舊唐書》本傳云：「愈發言真率，無所畏避，操行堅正，拙於世務。調授四門博士，轉監察御史。德宗晚年，政出多門，宰相不專機務，宮市之弊，諫官論之不聽。愈嘗上章數千言極論之，不聽，怒貶為

連州陽山令，量移江陵府掾曹。」據此，韓愈〈八月十五夜〉詩即作於貞元二十一年八月。蓋二月大赦後，韓愈與張署俱量移，於郴州俟命。愈授江陵府法曹參軍，署授江陵府功曹參軍，愈八月十五夜在郴州作是詩，時年三十八。詩中並無提及順宗禪位事，蓋非主旨所在。

江陵府乃故荊州地，在今湖北省，隋爲南郡，唐高祖武德四年改爲荊州。唐肅宗上元元年九月置南都，以荊州爲江陵府，以長史爲尹，見《舊唐書‧地理志二》。江陵府曾爲南都，是大都督府（見《唐六典》卷三），都督從二品，長史從三品，司馬從四品下，六曹參軍事正七品下，參軍事正八品下（見《唐六典》卷三十）。

注釋

「洞庭」二句：唐元結〈九疑圖記〉云：「九疑山方二千餘里，四州各近一隅，世稱九峯相似，望而疑之，謂之『九疑』。亦云舜登九峯，疑禹而悲，從臣有作九悲之歌，因謂之『九疑』。九峯殊極高大，遠望皆可見也。」又云：「實有九水，出於中山。四水流灌於南海，五水北注，合爲洞庭。若度其高卑，比洞庭南海之岸，直上可二、三百里，不知海內之山如九疑者幾焉。」

「昨者」二句：「昨者」，昔日也。唐杜甫〈入衡州〉：「昨者間瓊樹，高談隨羽觴。」唐韓愈〈歸彭城〉：「昨者到京城，屢陪高車馳。」

「搥大鼓」，《新唐書·百官志三》：「少府，……中尚署，……赦日，……擊搥鼓千聲，集百官、父老、囚徒。」

「嗣皇」指順宗。《舊唐書·順宗紀》：「貞元二十一年正月癸巳，德宗崩，丙申，即位於太極殿。」又云：「〔二月〕甲子，御丹鳳樓，大赦天下。」又云：「〔夏四月〕戊申，詔以冊太子禮畢，赦京城繫囚，大辟降從流，流以下減一等。」

「登」，登用、升用也。《書·堯典》：「疇咨若時登庸。」「登庸」即「升用」。夔皋喻賢能。《書·舜典》：「帝曰：『夔，命女〔即「汝」〕典樂。』」又云：「帝曰：『皋陶〔「陶」音「瑤」〕，女作士。』」

「州家」二句：「使家」指楊憑。《舊唐書·德宗紀》：「〔貞元〕十八年〔802〕……九月乙卯朔，以太常少卿楊憑爲潭州刺史、湖南觀察使。」〈憲宗紀〉：「〔順宗〕永貞元年〔805〕十月……甲申，以湖南觀察使楊憑爲洪州刺史、江西觀察使，以虢州刺史薛苹爲潭州刺史、湖南觀察使。」據《舊唐書》本傳，楊憑於憲宗元和四年（809）拜京兆尹，旋爲御史中丞李夷簡劾奏其爲江西觀察使贓罪及他不法事，敕付御史臺覆按，貶賀州臨賀縣尉同正（即「員外置同正員」，雖爲員外官，而其俸祿與正員同）。

「坎軻」即「坎坷」，《說文解字》：「坷，坎坷也。」《漢書·揚雄傳上》：「濊〔即「穢」〕南巢之坎坷兮，易豳岐之夷平〔〈河東賦〉語〕。」唐顏師古〈注〉：「坎坷，不平貌。『坎』音『口紺

反』，『坷』音『口賀反』。」即以「坎坷」爲去聲雙聲形容詞。《廣韻》「坎」讀「苦感切」，「坷」、「軻」讀「枯我切」，俱上聲。「苦」、「枯」都屬「溪」母，即以「坎坷」爲上聲雙聲形容詞。

「判司」二句：判司指司批判文牘之官，州郡之佐吏亦通稱判司。《舊唐書・職官志一》：「從第七品下階：……鎮軍滿二萬人以上諸曹判司、……正第八品上階：……鎮軍不滿二萬人以上諸曹判司、……」唐白居易〈自吟拙什因有所懷〉：「謫向江陵府，三年作判司。」

唐杜甫〈送高三十五書記十五韻〉：「脫身簿尉中，始與捶楚辭。」唐杜牧〈贈小姪阿宜〉：「參軍與簿尉，塵土動劬勞。一語不中治，鞭笞滿身瘡。」

《舊唐書・酷吏・侯思止傳》：「時恆州刺史裴貞杖一判司。則天將不利王室，羅反之徒已興矣，判司教思止說游擊將軍高元禮，因請狀乃告舒王元名及裴貞反，周興按之，並族滅。授思止游擊將軍。」

《舊唐書・憲宗紀》：「〔元和〕五年春正月壬寅朔。己巳，浙西觀察使韓皋以杖決安吉令孫澥致死，有乖典法，罰一月俸料。」韓皋杖卑官致死，但罰俸錢，似無損其仕途。據《舊唐書》帝紀及〈韓滉傳〉，皋於穆宗長慶元年拜尚書右僕射，長慶二年轉左僕射（皆從二品），長慶四年正月穆宗崩後兩日卒於官，年七十九。

南宋陸游〈送子龍赴吉州掾〉:「判司比唐時，猶幸免笞篫。」

「同時」二句:「天路」暗喻能達君側之路。舊題西漢枚乘〈雜詩〉之〈蘭若生春陽〉:「美人在雲端，天路隔無期。」美人喻君。三國魏曹植〈雜詩〉之〈轉蓬離本根〉:「高高上無極，天路安可窮？」

集評

南宋朱熹〈韓文考異〉云:「言張之歌詞酸苦，而己直歸之於命，蓋〈反騷〉之意。而其詞氣抑揚頓挫，正一篇轉換用力處也〔「我歌今與君殊科」句下〕。」此條見《朱文公校昌黎先生集》卷三。

南宋黃震《黃氏日抄》卷五十九云:「〈八月十五夜贈張功曹〉感慨多興。」

清翟翬《聲調譜拾遺》云:「純用古調，無一聯是律者；轉韻亦極變化。」

清方東樹《昭昧詹言》卷十二云:「一篇古文章法。前敘，中間以正意苦語重語作賓，避實法也。一線言中秋，中間以實爲虛，亦一法也。收應〔呼應〕起，筆力轉換。」

舊題清末民初程學恂《韓詩臆說》卷一云:「此詩料峭悲涼，源出楚〈騷〉。入後換調，正所謂一唱三歎有遺音者矣。」

謁衡嶽廟遂宿嶽寺題門樓　韓愈

五嶽祭秩皆三公，四方環鎮嵩當中。

火維地荒足妖怪，天假神柄專其雄。

噴雲泄霧藏半腹，雖有絕頂誰能窮。

我來正逢秋雨節，天氣晦昧無清風。

潛心默禱若有應，豈非正直能感通。

須臾靜掃眾峯出，仰見突兀撐青空。

紫蓋連延接天柱，石廩騰擲堆祝融。

森然魄動下馬拜，松柏一逕趨靈宮。

粉牆丹柱動光彩，鬼物圖畫填青紅。

升階傴僂薦脯酒，欲以菲薄明其衷。

廟令老人識神意，睢盱偵伺能鞠躬。

手持杯珓導我擲，云此最吉餘難同。

竄逐蠻荒幸不死，衣食纔足甘長終。

侯王將相望久絕，神縱欲福難爲功。

夜投佛寺上高閣，星月掩映雲朣朧。

猿鳴鐘動不知曙，杲杲寒日生於東。

（據《四部叢刊》本《朱文公校昌黎先生集》）

語譯

天子祭祀五嶽都用三公官秩。

四嶽在四方環繞坐鎮，嵩嶽居中。

這個屬火的角落，地方荒僻，充斥着妖邪鬼怪，

212

天把權柄借給嶽神，使祂能獨顯雄威。

衡嶽噴雲泄霧，自山腰以上都隱藏着，

雖然有絕高的山頂，誰能盡見？

我來到這裏，正遇上秋雨時節，

只有陰氣帶來的昏暗，沒有清風。

我潛心默禱，天好像有回應，

豈非正直能互相感通？

不一會，天空被靜靜地掃乾淨，羣峯出現了，

舉頭看見它們突兀地撐着青空。

紫蓋峯連延不斷，與天柱峯相接，

石廩峯飛騰跳躍，堆積出祝融峯。

我不禁身冷魄動，下馬向天膜拜，

然後沿着兩旁種滿松柏的徑路，直趨神靈之宮。

但見粉白的牆和丹紅的柱光彩飛動，

殿中繪了鬼物的形象，填上青、紅等顏色。

我拾級而上，微彎着身軀，薦上乾肉和酒，

希望以菲薄之物明我心衷。

廟令老人明白神的意思，

在神的威懾和伺察之下，能敬慎做事。

他拿着兩片杯珓，指導我如何投擲，

又說我擲出的形狀最吉，非其餘可比。

我被貶逐到南方，幸而沒有死去，

衣食勉強足夠，我倒甘於長此終老。

做侯王將相的企望早已斷絕了，

神縱使要降福於我也難以成功。

晚上到這間佛寺投宿，走上高閣，

星光和月光明暗不定，雲色微亮。

猿猴在啼叫，鐘已敲動過，我還不知早晨來到，

醒來看見呆呆寒日在東邊誕生了。

體式

此七言古體詩共三十二句，押平聲韻，一韻到底。用韻句之末三字用「平平平」或「平仄平」，並無例外。「皆三公」、「嵩當中」、「專其雄」、「誰能窮」、「無清風」、「撐青空」、「趨靈宮」、「填青紅」、「明其衷」、「餘難同」、「甘長終」、「難爲功」、「雲朣朧」、「生於東」用平平平，「能感通」、「堆祝融」、「能鞠躬」用平仄平。

詩中各韻字及其所屬韻目，表列如下：

韻字	公 中 雄 窮 風 通 空 融 宮 紅 衷 躬 同 終 功 朧 東
《廣韻》韻目	東 東 東 東 東 東 東 東 東 東 東 東 東 東 東 東 東
聲調	平

題解

朱熹〈韓文考異〉云：「公兩謫南方，初自揚州比〔北〕還過衡，在永正〔永貞，避宋仁宗趙禎諱作「永正」〕元年，八月過潭，適當殘秋。〈陪杜侍御遊湘西寺〉詩云『是時秋向殘』是也。

214

今云『我來正逢秋雨節』，故知此詩自山陽〔陽山〕還時作。後自潮州還，移刺袁州，則元和十五年十月，蓋未嘗過衡。據〈袁州謝表〉云『去年正月，貶授潮州刺史，其年十月，準例量移』云云，即自潮徑當來袁，又未嘗遇秋雨節時也。蘇東坡〈觀海市〉詩云：『潮陽太守南遷歸，喜見石廩堆祝融。』牴言之耳。」此據《四部叢刊初編》本《朱文公校昌黎先生集》。

韓愈〈祭河南張員外文〉云：「余出嶺中，君竢州下。偕搋江陵，非余望者。郴山奇變，其水清寫。泊砂倚石，有遷無捨。衡陽放酒，熊咆虎嗥。不存令章，罰籌蝐毛。委舟湘流，往觀南嶽。雲壁潭潭，穹林攸攉。避風太湖，七日鹿角。鈎登大鮎，怒煩豕狗。嚛盤炙酒，羣奴餘啄。」述己與張署徙搋江陵後共覽衡山等名勝，故謁衡嶽廟時，張署當同行。

注釋

「五嶽」二句：《尚書・虞書》有四岳之説，曰：「舜讓于德弗嗣。正月上日，受終于文祖，在璿璣玉衡，以齊七政。肆類于上帝，禋于六宗，望于山川，徧于羣神。輯五瑞，既月，乃日覲四岳羣牧，班瑞于羣后。歲二月，東巡守，至于岱宗，柴，望秩于山川，肆覲東后，協時月正日，同律度量衡。修五禮，五玉三帛二生一死贄，如五器卒乃復。五月，南巡守，至于南岳，如岱禮。八月，西巡守，至于西岳，如初。十有一月，朔巡守，至于北岳，如西禮。歸格于藝祖，用特。五載一巡守。」無言及何山爲南、西、北嶽。

《史記·封禪書》增減〈虞書〉曰：「《尚書》曰，舜在〔察也〕璇璣玉衡，以齊七政。遂類于上帝，禋于六宗，望山川，徧鬼神。輯五瑞，擇吉月日，見四嶽諸牧，還瑞。歲二月，東巡狩，至于岱宗。岱宗，泰山也〔張守節〈正義〉引《括地志》云：「泰山，一曰岱宗，東岳也，在兗州博城縣西北三十里。《周禮》云兗州鎮曰岱宗。」〕。柴〔焚柴祭天〕，望秩于山川，遂覲東后。東后者，諸侯也。合時月正日，同律度量衡，修五禮，五玉三帛二生一死贄。五月，巡狩至南嶽。南嶽，衡山也〔〈正義〉引《括地志》云：「衡山，一名岣嶁山，在衡州湘潭縣西四十里。」〕。八月，巡狩至西嶽。西嶽，華山也〔〈正義〉引《括地志》云：「華山在華州華陰縣南八里，古文以爲敦物。《周禮》云豫州鎮曰華山。」〕。十一月，巡狩至北嶽。北嶽，恆山也〔〈正義〉引《括地志》云：「恆山在定州恆陽縣西北百四十里。《周禮》云幷州鎮曰恆山。」〕。皆如岱宗之禮。中嶽，嵩高也〔司馬貞〈索隱〉云：「獨不言『至』者，蓋以天子所都也。」〈正義〉引《括地志》云：「嵩山，亦名曰太室，亦名曰外方也。在洛州陽城縣西北二十三里。」〕。五載一巡狩。」於是乃有五嶽山名，漢初人有是説。

《漢書·郊祀志上》斟酌《史記·封禪書》而爲言，大同而小異，五嶽山名則全同。顏師古於「五載一巡狩」後注云：「此以上皆〈舜典〉所載。」斯大誤矣。

《史記·孝武本紀》：「其明年冬，上巡南郡〔裴駰〈集解〉引徐廣曰：「元封五年。」〕，至江陵而東。登禮潛之天柱山，號

曰南嶽〔〈集解〉引應劭曰：「灊縣屬廬江〔在安徽〕。南嶽，霍山也。」引文穎曰：「天柱山在灊縣南，有祠。」〕。」〈封禪書〉「灊」作「濳」、「嶽」作「岳」，餘同。此乃以天柱山爲南嶽之實錄，天柱山即霍山。漢武前之文獻雖未嘗見以衡山爲南嶽者，然漢武既號灊縣之霍山爲南嶽，則在此之前，南嶽必非霍山。太史公謂「南嶽，衡山也」，蓋即此矣。

《漢書·郊祀志下》云：「明年冬，上巡南郡，至江陵而東。登禮濳之天柱山，號曰南嶽〔顏師古〈注〉：「濳，廬江縣也，天柱山在焉。武帝以天柱山爲南嶽。濳音潛。」〕。」又云：「自是〔宣帝時〕五嶽、四瀆皆有常禮。東嶽泰山於博〔即立祠於博縣〕，中嶽泰室〔即太室山〕於嵩高，南嶽濳山於濳〔元封五年，武帝號灊之天柱山爲南嶽〕，西嶽華山於華陰，北嶽常山〔避漢文帝劉恆諱〕於上曲陽〔顏師古〈注〉：「上曲陽，常山郡之縣也。」〕；河於臨晉，江於江都，淮於平氏，濟於臨邑界中，皆使者持節侍祠。唯泰山與河歲五祠，江水四，餘皆一禱而三祠云。」武帝既號濳山爲南嶽，宣帝乃因循以濳爲南嶽矣。

《周禮·春官·大宗伯》：「以血祭祭社稷、五祀、五嶽。」東漢鄭玄〈注〉：「五嶽，東曰岱宗，南曰衡山，西曰華山，北曰恆山，中嶽曰嵩高山。」此說同於史遷。

《周禮·春官·大司樂》：「凡月食、四鎮五嶽崩、大傀異裁、諸侯薨，令去樂。」鄭玄〈注〉：「四鎮，山之重大者，謂揚州之會稽，青州之沂山，幽州之醫無閭，冀州之霍山。五嶽，

岱在兗州，衡在荊州，華在豫州，嶽在雍州，恆在幷州。傀猶怪也，大怪異哉，謂天地奇變，若星辰奔霣及震裂爲害者，去樂藏之也。」鄭玄以嶽山爲五嶽之一，無嵩高，異乎其〈大宗伯〉注所言。鄭說當本於《爾雅・釋山》之「河南華，河西嶽，河東岱，河北恆，江南衡」，然〈釋山〉並無明言此乃五嶽，此或亦當時五嶽之一說。至於鄭玄明言此乃五嶽，而又異乎其〈大宗伯〉注之五嶽，固是自相矛盾，然亦可見上古五嶽之說非一。

　　《周禮・夏官・職方氏》：「東南曰揚州，其山鎮曰會稽〔鄭玄〈注〉：「會稽在山陰。」〕。」又：「正南曰荊州，其山鎮曰衡山〔鄭〈注〉：「衡山在湘南。」〕。」又：「河南曰豫州，其山鎮曰華山〔鄭〈注〉：「華山在華陰。」〕。」又：「正東曰青州，其山鎮曰沂山〔鄭〈注〉：「沂山，沂水所出也，在蓋。」〕。」又：「河東曰兗州，其山鎮曰岱山〔鄭〈注〉：「岱山在博。」〕。」又：「正西曰雍州，其山鎮曰嶽山〔鄭〈注〉：「嶽，吳嶽也。」〕。」又：「東北曰幽州，其山鎮曰醫無閭〔鄭〈注〉：「醫無閭在遼東。」〕。」又：「河內曰冀州，其山鎮曰霍山〔鄭〈注〉：「霍山在彘。」〕。」又：「正北曰幷州，其山鎮曰恆山〔鄭〈注〉：「恆山在上曲陽。」〕。」此文言山鎮九，華、嶽、岱、恆、衡乃《爾雅》五山，嵩高不與焉。鄭玄〈注〉：「鎮，名山安地德者也。」唐賈公彥〈疏〉：「九州皆有鎮，所以安地德。」即九州都有具代表性之山爲其山鎮。山鎮又稱鎮山，《舊唐書・禮儀志三》引玄宗〈紀太山銘〉曰：「《爾雅》曰：『泰山爲東岳。』《周官》曰：『兗州之鎮山。』」五嶽固爲其州郡之鎮山，然州非止五，故鎮

非必爲嶽，是以古則嶽鎮並稱，如《隋書・禮儀志二》云：「五方上帝、地祇、五星、列宿、蒼龍、朱雀、白獸、玄武、五人帝、五官之神、岳鎮海瀆、山林川澤、丘陵墳衍原隰，各分其方，合祭之。」非岳屬之山鎮，亦有禮待，如《隋書・禮儀志二》云：「開皇十四年閏十月，詔東鎮沂山，南鎮會稽山，北鎮醫無閭山，冀州鎮霍山，並就山立祠。東海於會稽縣界，南海於南海鎮南，並近海立祠。及四瀆、吳山〔西鎮〕，並取側近巫一人，主知灑掃，並命多蒔松柏。其霍山，雩祀日遣使就焉。十六年正月，又詔北鎮於營州龍山立祠。東鎮〔沂山〕、晉州〔古冀州，春秋時屬晉〕霍山鎮，若修造，並準西鎮吳山造神廟。」

隋以霍山爲鎮山，是五鎮之一，無復以霍山爲南嶽。

《爾雅・釋山》：「河南華〔郭璞〈注〉：「華陰山。」〕，河西嶽〔郭〈注〉：「吳嶽。」〕，河東岱〔郭〈注〉：「岱宗泰山。」〕，河北恆〔郭〈注〉：「北岳恆山。」〕，江南衡〔郭〈注〉：「衡山南岳。」〕。」又：「泰山爲東嶽，華山爲西嶽，霍山爲南嶽〔郭〈注〉：「即天柱山，潛水所出。」〕，恆山爲北嶽〔郭〈注〉：「常山。」漢文帝諱恆〕，嵩高爲中嶽〔郭〈注〉：「大室山也。」〕。」《爾雅》云「河南華、河西嶽、河東岱、河北恆、江南衡」，無霍山，而東晉郭璞注《爾雅》，明以衡山爲南岳。〈釋山〉後段「泰山爲東嶽」云云，則以漢武所號爲準，可能晚出，是漢人所加。「河南華」五句則早出，雖無言及江南衡山等是岳山，亦庶幾矣。「衡山南岳」乃郭璞語，宗史遷、鄭玄南嶽之説。

至於《書・虞書・舜典》關乎四岳之文，僞孔〈傳〉亦遵司馬遷之説，注之甚明。《書》云：「歲二月，東巡守，至于岱宗，柴。」僞孔〈傳〉曰：「諸侯爲天子守土，故稱守。巡，行之〔往也〕。既班瑞之明月〔翌月〕，乃順春東巡。岱宗，泰山爲四岳所宗，燔柴祭天告至。」《書》曰：「望秩于山川。」〈傳〉曰：「東岳，諸侯竟〔境也〕內名山大川，如其秩次望祭之。謂五岳牲禮視三公，四瀆視諸侯，其餘視伯子男。」《書》曰：「肆覲東后。」〈傳〉曰：「遂見東方之國君。」《書》曰：「協時月正日，同律度量衡。」〈傳〉曰：「合四時之氣節，月之大小，日之甲乙，使齊一也。律，法制，及尺丈斛斗斤兩皆均同。」《書》曰：「修五禮，五玉。」〈傳〉曰：「修吉凶賓軍嘉之禮五等。諸侯執其玉。」《書》曰：「三帛，二生，一死贄。」〈傳〉曰：「三帛，諸侯世子執纁，公之孤執玄，附庸之君執黃。二生，卿執羔，大夫執雁。一死，士執雉。玉、帛、生、死，所以爲贄以見之。」《書》曰：「如五器卒乃復。」〈傳〉曰：「卒，終；復，還也。器謂圭璧，如五器禮終則還之。三帛、生、死則否。」《書》曰：「五月，南巡守，至于南岳，如岱禮。」〈傳〉曰：「南岳衡山，自東岳南巡，五月至。」《書》曰：「八月，西巡守，至于西岳，如初。」〈傳〉曰：「西岳華山。初，謂岱宗。」《書》曰：「十有一月，朔〔北也〕巡守，至于北岳，如西禮。」〈傳〉曰：「北岳恆山。」《書》曰：「歸格于藝祖，用特。」〈傳〉曰：「巡守四岳，然後歸告至文祖〔帝堯〕之廟。藝，文也。言祖則考著。特，一牛。」僞孔〈傳〉即本司馬遷東南西北嶽之説。

唐孔穎達〈尚書正義〉曰：「〔《爾雅》〕〈釋山〉云：『河南華，河東岱，河北恆，江南衡。』李巡〔東漢末宦官，以博學清正名於世〕云：『華，西岳華山也。岱，東岳泰山也。恆，北岳恆山也。衡，南嶽衡山也。』郭璞云：『恆山一名常山。』避漢文帝諱。〈釋山〉又云：『泰山爲東岳，華山爲西岳，霍山爲南岳，恆山爲北岳。』岱之與泰，衡之與霍，皆一山而有兩名也。張揖〔《廣雅》〕云：『天柱謂之霍山。』《漢書・地理志》云：『天柱在廬江灊縣。』則霍山在江北，而與江南衡爲一者。郭璞〈爾雅注〉云：『霍山今在廬江灊縣，潛水出焉，別名天柱山。』漢武帝以衡山遼曠，故移其神於此。今其彼土俗人，皆呼之爲南岳。南岳本自以兩山爲名，非從近來也，而學者多以霍山不得爲南岳，又云漢武帝來，始乃名之，即如此言，謂武帝在《爾雅》前乎？斯不然矣。是解衡霍二名之由也。書傳多云五岳，以嵩高爲中岳，此云四岳者，明巡守至於四岳故也。《風俗通》云：『泰山，山之尊者；一曰岱宗，岱，始也；宗，長也。萬物之始，陰陽交代，故爲五岳之長。王者受命，恆封禪之。衡山一名霍山，言萬物霍然大也。華，變也，萬物變由西方也。恆，常也，萬物伏北方有常也。』」孔君堅信《爾雅》爲周、孔之作，故有「謂武帝在《爾雅》前乎」之問。實則《爾雅》乃小學家綴輯舊文而成，歷代迭有增補，以至於東漢，《四庫提要》亦有言矣。故《爾雅》因武帝號霍山爲南岳而補「霍山爲南嶽」之語，非不可能。是則〈釋山〉之「河南華，河西嶽，河東岱，河北恆，江南衡」古已有之，而「泰山爲東嶽，華山爲西嶽，霍山爲南嶽，恆山爲北嶽，嵩高爲中嶽」分明與「江南衡」捍格，恐是漢武後所增補。

邢昺疏《爾雅・釋山》，多抄襲孔穎達語，終更云：「案《書》傳、虞夏傳及《白虎通》、《風俗通》、《廣雅》並云霍山爲南嶽，豈諸文皆誤？明是衡山一名霍也。」邢昺釋郭璞「即天柱山，潛水所出」云：「此據作注時霍山爲言，此山本名天柱，漢武帝移江南霍山之祀於此，故又名霍山。其經〔即《爾雅》〕之霍山，即江南衡是也。故上注云『衡山南嶽』也。」然霍山在安徽，衡山在湖南，《周禮・職方氏》以衡、霍爲二山，東漢鄭玄亦以衡、霍爲二山，而以衡爲嶽，霍爲鎮。孔穎達與邢昺強合二爲一，乃惑於《爾雅・釋山》所言者也。

至若衡山，《隋書・禮儀志一》述南梁北郊之祭（冬至祀圓丘於南郊，夏至祭方澤於北郊），有云：「五官之神、先農、五岳、沂山、嶽山、白石山、霍山、無閭山、四海、四瀆、松江、會稽江、錢塘江、四望，皆從祀。」故知南朝並不以霍山爲五岳之一，以之爲鎮山而已。〈禮儀志一〉述北齊（後齊）方澤之祭，有云：「其神州之神、社稷、岱岳、沂鎮、會稽鎮、云云山、亭亭山、蒙山、羽山、嶧山、崧岳、霍岳、衡鎮、荊山、內方山、大別山、敷淺原山、桐柏山、陪尾山、華岳、太岳鎮、積石山、龍門山、江山、岐山、荊山、嶓冢山、壺口山、雷首山、底柱山、析城山、王屋山、西傾朱圉山、鳥鼠同穴山、熊耳山、敦物山、蔡蒙山、梁山、岷山、武功山、太白山、恆岳、醫無閭山鎮、陰山、白登山、碣石山、太行山、狼山、封龍山、漳山、宣務山、闕山、方山、苟山、狹龍山、……並從祀。」此則以霍山爲岳，餘尚有岱岳、崧岳、華岳、恆岳，衡山則爲鎮而已。

南北有別，於此畧見。

　　總而言之，五嶽之稱遠自上古，然南嶽由何山當之，則《史記》以前之文獻未足徵。〈虞書〉但云「至于南岳」，《周禮》統言五嶽，亦不臚列其名。《史記・封禪書》云：「五月，巡狩至南嶽。南嶽，衡山也。」乃知漢初以衡山爲南嶽。

　　〈孝武本紀〉謂漢武帝始號今安徽省之天柱山爲南嶽，天柱山即霍山，而宣帝乃仍武帝之舊，見《漢書・郊祀志》。然則漢武之前，何山稱南嶽耶？司馬遷、鄭玄俱以荆州衡山爲南嶽，以其近古，當必有據。東晉郭璞注《爾雅・釋山》，亦曰「衡山南岳」，從史遷、鄭玄也。據《隋書・禮儀志》，南梁北郊之祀，以霍山爲鎮，在五嶽之外，此祖鄭玄所述；北齊方澤之祭，在北之霍山稱岳，在南之衡山稱鎮，此即漢武之遺。至隋一統，以霍山爲冀州鎮，自是衡山爲南嶽，未嘗改易。唐孔穎達堅信《爾雅》之文必在漢武前，遂以衡與霍爲一山，都爲南嶽，獨不疑〈釋山〉前後文矛盾，當不同時，蓋前文早而後文晚也。

　　《舊唐書・禮儀志四》：「五嶽、四鎮、四海、四瀆，年別一祭，各以五郊迎氣日祭之。東嶽岱山，祭於兗州；東鎮沂山，祭於沂州；東海，於萊州；東瀆大淮，於唐州。南嶽衡山，於衡州；南鎮會稽，於越州；南海，於廣州；南瀆大江，於益州。中嶽嵩山，於洛州。西嶽華山，於華州；西鎮吳山，於隴州；西海、西瀆大河，於同州。北岳恆山，於定州；北鎮醫無閭山，於營州；北海、北瀆大濟，於洛州。其牲皆用太牢，籩、豆各

四。祀官以當界都督、刺史充。」

〈禮儀志四〉又云:「玄宗先天二年,封華嶽神爲金天王。開元十三年,封泰山神爲天齊王。天寶五載,封中嶽神爲中天王,南嶽神爲司天王,北嶽神爲安天王。六載,河瀆封靈源公,濟瀆封清源公,江瀆封廣源公,淮瀆封長源公。十載正月,四海並封爲王。遣國子祭酒嗣吳王祗祭東嶽天齊王,太子家令嗣魯王宇祭南嶽司天王,秘書監崔秀祭中嶽中天王,國子祭酒班景倩祭西嶽金天王,宗正少卿李成裕祭北嶽安天王;衛尉少卿李澣祭江瀆廣源公,京兆少尹章恆祭河瀆靈源公,太子左諭德柳偡祭淮瀆長源公,河南少尹豆盧回祭濟瀆清源公;太子率更令嗣道王鍊祭沂山東安公,吳郡太守趙居貞祭會稽山永興公,大理少卿李積祭吳嶽山成德公,潁王府長史甘守默祭霍山應聖公,范陽司馬畢炕祭醫無閭山廣寧公;太子中允李隨祭東海廣德王,義王府長史張九章祭南海廣利王,太子中允柳奕祭西海廣潤王,太子洗馬李齊榮祭北海廣澤王。取三月十七日一時禮冊。」此引文尤其明確,時五嶽神並爲王,五鎮爲公;四海爲王,四瀆爲公。霍山爲應聖公,異乎衡山之爲司天王矣。

〈禮儀志四〉又云:「肅宗至德二載春,在鳳翔,改汧陽郡吳山爲西嶽〔《唐會要》卷四十七:「至德二年十二月十五日敕:吳山宜改爲吳嶽,祠享官屬,幷準五嶽故事。」故本志校勘者謂「西嶽」當作「吳嶽」〕,增秩以祈靈助。及上元二年,聖躬不康,術士請改吳山爲華山,華山爲泰山,華州爲泰州,華陽縣爲太陰縣。寶應元年,復舊。」並不涉及南嶽。

224

杜甫有〈望岳〉五古，首云：「南岳配朱鳥，秩禮自百王。」中云：「泊吾隘世網，行邁越瀟湘。渴日絕壁出，漾舟清光旁。祝融五峯尊，峯峯次低昂。紫蓋獨不朝，爭長嶪相望。」都寫衡山景色。

又關乎祭秩者，《禮記・王制》：「天子祭天下名山大川，五嶽視三公，四瀆視諸侯。」鄭玄〈注〉：「視，視其牲器之數。」《説苑・辨物》：「五嶽者何謂也？泰山東嶽也，霍山南嶽也，華山西嶽也，常山北嶽也，嵩高山中嶽也。五嶽何以視三公？能大布雲雨焉，能大斂雲雨焉，雲觸石而出，膚寸而合，不崇朝而雨天下，施德博大，故視三公也。四瀆者何謂也？江河淮濟也。四瀆何以視諸侯？能蕩滌垢濁焉，能通百川於海焉，能出雲雨千里焉，爲施甚大，故視諸侯也。」《漢書・郊祀志上》：「天子祭天下名山大川，懷柔百神，咸秩無文〔顏師古〈注〉：「秩，序也。舊無禮文者，皆以次序而祭之。」〕。五嶽視三公，四瀆視諸侯。」

又關乎嵩山者，《史記・孝武本紀》：「三月，遂東幸緱氏，禮登中嶽〔〈集解〉引文穎曰：「崧高山也，在潁川陽城縣。」〕太室〔〈集解〉引韋昭曰：「崧高山有太室、少室之山，山有石室，故以名之。」〕。從官在山下聞若有言『萬歲』云。問上，上不言；問下，下不言。於是以三百戶封太室奉祠，命曰崇高邑〔〈正義〉引顏師古云：「以崇奉嵩高山，故謂之崇高也。」〕。」《後漢書・孝靈帝紀》：「〔熹平五年夏四月〕復崇高山名爲嵩高山。」

《舊唐書・禮儀志三》:「則天證聖元年,將有事於嵩山,先遣使改祭以祈福助,下制號嵩山爲神岳,尊嵩山神爲天中王,夫人爲靈妃。嵩山舊有夏啓及啓母、少室阿姨神廟,咸令預祈祭。至天冊萬歲二年臘月〔十二月〕甲申,親行登封之禮。禮畢,便大赦,改元萬歲登封,改嵩陽縣爲登封縣,陽成縣爲告成縣。粵三日〔甲申後三日〕丁亥,禪于少室山。又二日己丑,御朝覲壇朝羣臣,咸如乾封〔高宗年號〕之儀。則天以封禪日爲嵩岳神祇所祐,遂尊神岳天中王爲神岳天中皇帝,靈妃爲天中皇后,夏后啓爲齊聖皇帝;封啓母神爲玉京太后,少室阿姨神爲金闕夫人;王子晉爲昇仙太子,別爲立廟。」

「火維」二句:維,角也。《廣雅・釋言》:「維,隅也。」又:「隅、陬,角也。」《廣韻》:「隅,角也,陬也。」《說文》:「火,燬也,南方之行,炎而上。」「妖」是「祅」之假借字。《說文》:「祅,地反物爲祅也。」俗省作「祅」。又:「媄,巧也。一曰,女子笑皃。《詩》曰:『桃之媄媄。』」俗省作「妖」。又:「枖,木少盛皃,从木夭聲。《詩》曰:『桃之枖枖。』」《廣韻》「妖」、「祅」、「枖」俱讀「於喬切」,清聲母平聲。「假」是「叚」之假借字。《說文》:「叚,借也。」又:「假,非真也。」

「噴雲」二句:絕頂,山之最高峯。梁沈約〈早發定山〉:「傾壁忽斜豎,絕頂復孤圓。」唐杜甫〈望嶽〉「會當凌絕頂,一覽眾山小。」窮,極也。《說文》:「竆,極也。」俗作「窮」。《禮記・樂記》:「窮高極遠而測深厚。」〈疏〉:「窮,盡也。」齊鮑照〈代陽春登荊山行〉:「極眺入雲表,窮目盡帝州。」

「我來」二句：晦昧，暗黑也。梁吳均〈送柳吳興〉：「躑躅牛羊下，晦昧崦嵫色。」

「潛心」二句：禱，《說文》：「禱，告事求福也。」正直，《說文》：「正，是也。」又：「是，直也。」又：「直，正見也。」《左傳・莊公三十一年》：「史嚚曰：『神，聰明正直而壹者也。』」韓愈謂己正直，能與正直之神相感通。《詩・小雅・小明》末二章：「嗟爾君子，無恆安處。靖共爾位，正直是與。神之聽之，式穀以女。嗟爾君子，無恆安息。靖共爾位，好是正直。神之聽之，介爾景福。」《易・繫辭上》：「《易》无思也，无爲也，寂然不動，感而遂通天下之故。」《三國志・魏書・陳思王植傳》：「王援古喻義備悉矣，何言精誠不足以感通哉？」

「須臾」二句：須臾，時不久也。《荀子・勸學》：「吾嘗終日而思矣，不如須臾之所學也。」《禮記・中庸》：「道也者，不可須臾離也。」《玉篇》：「須臾，俄頃也。」

突兀，高貌。《世說新語・品藻》：「劉尹目庾中郎，雖言不愔愔似道，突兀差可以擬道。」杜甫〈茅屋爲秋風所破歌〉：「嗚呼，何時眼前突兀見此屋，吾廬獨破受凍死亦足。」韓愈〈送僧澄觀〉七古：「清淮無波平如席，欄柱傾扶半天赤。火燒水轉掃地空，突兀便高三百尺。」

「紫蓋」二句：清初胡渭《禹貢錐指》卷十一下：「〔六朝佚名〕《長沙記》云：『衡山軒翔，聳拔九千餘丈，尊卑差次七十二峯，最大者五：芙蓉、紫蓋、石廩、天柱、祝融。祝融爲最

高。』」杜甫〈望岳〉五古:「祝融五峯尊,峯峯次低昂。紫蓋獨不朝,爭長嶪相望。」

騰擲,跳躍、飛躍。魏賈岱宗〈大狗賦〉:「時頻伸而振迅,若應龍之騰擲。」

「森然」二句:靈宮,後漢王延壽〈魯靈光殿賦〉:「亂〔理也,古賦之結尾〕曰:彤彤靈宮,巋巋穹崇,紛厖鴻〔同「澒」,胡孔切,上聲〕兮。」魏何晏〈景福殿賦〉:「既窮巧於規摹,何彩章之未殫?爾乃文以朱綠,飾以碧丹;點以銀黃,爍以琅玕。光明熠爚,文彩璘斑;清風萃而成響,朝日曜而增鮮。雖崑崙之靈宮,將何以乎侈侅?」

「粉牆」二句:粉牆,白壁也。王延壽〈魯靈光殿賦〉:「於是乎乃歷夫太階,以造〔至也〕其堂。俯仰顧眄,東西周章。彤彩之飾,徒何為乎?澔澔〔音「浩」、「槁」〕汗汗〔音「汗」、「幹」。澔汗,光明盛貌〕,流離爛漫〔流離、爛漫,光采煥發貌〕,皓壁皛〔音「槁」,明白也〕曜以月照,丹柱歙〔許及切〕赩〔許極切。歙赩,光盛貌〕而電烻〔「延」去聲,光熾也〕。」又:「圖畫天地,品類羣生。雜物奇怪,山神海靈。寫載其狀,託之丹青。千變萬化,事各繆形。隨色象類,曲得其情。」

「升階」二句:傴僂,曲其身。《說文》:「傴,僂也。」又:「僂,尪也。」又:「尢,尫〔今作「跛」〕曲脛也,從大,象偏曲之形。」尢,古文,省作「尫」。尫指曲脛,傴從人,非指曲脛矣。《廣雅·釋詁》:「……傴、僂、……曲也。」《左傳·昭公

228

七年》：「三命茲益共〔杜預〈注〉：「三命，上卿也。言位高益共。」案：「共」即「恭」，故其鼎銘云：『一命而僂，再命而傴，三命而俯〔杜預〈注〉：「俯共於傴，傴共於僂。」〕。循牆而走，亦莫余敢侮。饘於是，鬻於是，以糊余口。』其共也如是。」傴僂，曲身以示恭敬。「傴」讀「於武切」，「僂」讀「力主切」，都在《廣韻》上聲「麌」韻。脯，《說文》：「脯，乾肉。」《史記‧封禪書》：「春以脯酒爲歲祠，因泮凍，秋涸凍，冬塞〔同「賽」，報神福也〕禱祠。」菲薄，《史記‧孝武本紀》：「朕以眇眇之身承至尊，兢兢焉懼弗任。維德菲薄，不明于禮樂。」〈封禪書〉「弗任」作「不任」，餘同。

「廟令」二句：《舊唐書‧職官志三》：「五岳四瀆廟：令各一人（正九品上），齋郎三十人，祝史三人。」

睢盱，威嚴貌。後漢張衡〈西京賦〉：「結部曲，整行伍。燎京薪，駴雷鼓。縱獵徒，赴長莽。迾卒清候，武士赫怒。緹衣韎韐，睢盱拔〔五臣本作「跋」〕扈。光炎〔五臣本作「焰」〕燭天庭，囂聲震海浦。河渭爲之波盪，吳嶽爲之陁堵。」此言射獵之事。《文選》李善注引《字林》曰：「睢，仰目也；盱，張目也。」五臣張銑注：「迾，遮也；清候，戒道也。武夫之士，赫然發怒。緹衣韎韐，武士衣服也。跋扈，勇壯貌。燭，照也。囂，吁聲也。天庭海浦，謂照高遠也。吳嶽，雍州之鎮也。陁堵，崩落也。」由是觀之，「睢盱跋扈」即張目威怒之意。

後漢王延壽〈魯靈光殿賦〉述殿上圖畫云：「上紀開闢，遂

古之初。五龍比翼，人皇九頭。伏羲鱗身，女媧虵軀。鴻荒樸略，厥狀睢盱。煥炳可觀，黃帝唐虞。軒冕以庸，衣裳有殊。下及三后，淫妃亂主。忠臣孝子，烈士貞女。賢愚成敗，靡不載敘。惡以誡世，善以示後。」《文選》引西晉張載〈注〉：「鴻，大也。朴，質也。略，野略也。上古之世爲鴻荒之世也，畫其形亦質而野略。睢盱，質朴之形。」五臣呂向曰：「鴻荒樸略，皆純厚之道，其形睢盱，不可復見，故畫之。睢盱，質樸之形。」恐俱誤。蓋既言鴻荒質而野略，復言其狀質而野略，即不可謂能文矣。上文言伏羲鱗身，女媧蛇軀，下文言其狀之睢盱，正寫其威懾之勢，此乃合行文之法。

唐蘇頲〈唐長安西明寺塔碑〉云：「叢倚觀閣，層立殿堂，虹鳳夭矯而相承，鬼神睢盱而欲起。」睢盱乃威懾之貌。唐岑參〈揚雄草玄臺〉五古：「吾悲子雲居，寂寞人已去。娟娟西江月，猶照草玄處。精怪喜無人，睢盱藏老樹。」此以睢盱形容精怪之目光。韓愈〈縣齋有懷〉五古：「夷言聽未慣，越俗循猶乍。指摘兩憎嫌，睢盱互猜訝。」此雖未必有威懾之義，而注其怒目則一。《廣韻》「支」韻「許規切」：「睢，仰目也。」又「脂」韻「許維切」：「睢，睢盱，視皃。」又「虞」韻「況于切」：「盱，舉目。」「睢盱」是「曉」母雙聲詞。

偵伺，《後漢書‧章帝八王‧清河孝王慶傳》：「外令兄弟求其纖過，內使御者偵伺得失。」唐李賢〈注〉：「偵，候也，音丑政反。《廣雅》曰：『偵，問也。』」

鞠躬，敬慎貌。《論語・鄉黨》:「〔孔子〕入公門，鞠躬如也，如不容。」魏何晏〈論語集解〉引孔安國:「斂身。」北宋邢昺〈疏〉:「『入公門，鞠躬如也，如不容』者，公，君也;鞠，曲斂也;躬，身也。君門雖大，斂身如狹小不容受其身也。」〈鄉黨〉:「其言似不足者，攝齊升堂，鞠躬如也，屏氣似不息者。」〈集解〉引孔安國:「皆重慎也。衣下曰齊，攝齊者，摳衣也。」邢昺〈疏〉:「『其言似不足』者，下氣怡聲，如似不足者也。『攝齊升堂，鞠躬如也，屏氣似不息』者，皆重慎也。衣下曰齊，攝齊者，摳衣也。將升堂時，以兩手當裳前提，挈裳使起，恐衣長轉足躡履之。仍復曲斂其身，以至君所，則屏藏其氣，似無氣息者也。」〈鄉黨〉:「執圭，鞠躬如也，如不勝。」〈集解〉引包咸:「爲君使，聘問隣國，執持君之圭。鞠躬者，敬慎之至。」邢昺〈疏〉:「『執圭，鞠躬如也，如不勝』者，言執持君之圭以聘鄰國，而鞠躬如不能勝舉，慎之至也。」

「手持」二句:杯玟，《廣韻》:「玟，杯玟，古者以玉爲之。」讀「古孝切」，清聲母去聲。

南宋初程大昌《演繁露》卷三「卜教」條:「後世問卜於神，有器名盃玟者，以兩蚌殼投空擲地，觀其俯仰，以斷休咎。自有此制後，後人不專用蛤殼矣。或以竹，或以木，畧斲削使如蛤形，而中分爲二，有仰有俯，故亦名盃玟。盃者言蛤殼中空，可以受盛，其狀如盃也。玟者，本合爲教，言神所告教，現於此之俯仰也。後人見其質之爲木也，則書以爲『校』字。義山《雜纂》曰『禡神擲校』是也。『校』亦音『玟』也。今野廟之荒涼無

資者，止破厚竹根爲之，俗書『竹下安教』者是也。至《唐韻》「效」部所收則爲「珓」，其說曰：『珓者，盃珓也，以玉爲之。』《說文》、《玉篇》皆無珓字也。案許氏《說文》作於後漢，顧野王《玉篇》作於梁世，孫愐加字則在上元間，而《廣韻》之成則在天寶十載〔案：孫愐《唐韻》之序成於天寶十載，時無「廣韻」之名。又上元乃開元之誤〕，然則自漢至梁，皆未有此『珓』字，知必出於後世意撰也。丁祿書凡名俗字者，皆此類也。至其謂以玉爲之，決非真玉，玉雖堅，不可颺擲；兼野廟之巫未必力能用玉也。當是擇蚌殼瑩白者爲之，而人因附玉以爲之名。凡今珠璣琲琭字，雖從玉，其實蚌屬也。夫惟珓、校、筊既無明據，又無理致，皆所未安，予故獨取宗懍之說也。懍之《荊楚歲時記》曰：『秋社擬〔疑是「擲」之誤〕教於神，以占來歲豐儉。』其字無所附並，乃獨書爲『教』，猶言神所告，於颺擲乎見之也。此說最爲明逕也。又《歲時記》注文曰：『教，以桐爲之，形如小蛤。言教，教令也。其擲法則以半俯半仰者爲吉也。此其所以爲教也。』」案擲珓之占，一仰一俯則吉，皆俯則凶，皆仰則吉凶參半，只此三分，云「最吉」及「餘難同」者，誇張其詞使其句有力耳。

「竄逐」二句：纔，暫也，僅也。《廣雅·釋言》：「纔，暫也。」《一切經音義》二十二：「纔，微也，劣也，僅也。」《漢書·鼂錯傳》：「陛下不救，則邊民絕望而有降敵之心；救之，少發則不足，多發，遠縣纔至，則胡又已去。」顏師古〈注〉：「纔，淺也，猶言僅至也。他皆類此。」又引李奇曰：「纔音裁。」《漢

書・賈山傳》：「秦皇帝計其功德，度其後嗣，世世無窮；然身死纔數月耳，天下四面而攻之，宗廟滅絕矣。」顏師古〈注〉：「纔音財，暫也，淺也。」《後漢書・馬援傳》：「從容謂官屬曰：『吾從弟少游常哀吾慷慨多大志，曰：「士生一世，但取衣食裁足，乘下澤車，御款段馬，爲郡掾史，守墳墓，鄉里稱善人，斯可矣。致求盈餘，但自苦耳。」』」《廣韻》：「纔，僅也。」讀「昨哉切」，濁聲母平聲；又讀「昨代切」，音「所在」之「在」，濁聲母去聲。

長終，長此終老。《史記・三王世家》錄齊王策云：「悉爾心，允執其中，天祿永終。厥有愆不臧，乃凶于而國，害于爾躬。」褚先生（少孫）於文後引齊王策曰：「悉若心，信執其中，天祿長終。有過不善，乃凶于而國，而害于若身。」蘇軾〈前赤壁賦〉：「哀吾生之須臾，羨長江之無窮。挾飛仙以遨遊，抱明月而長終。知不可乎驟得，託遺響於悲風。」

「**侯王**」二句：《史記・陳涉世家》：「且壯士不死即已，死即舉大名耳，王侯將相寧〔豈也〕有種乎？」

「**夜投**」二句：投，到也；投宿。劉向〈九歎・逢紛〉：「平明發兮蒼梧，夕投宿兮石城。」《漢書・東方朔傳》：「中休更衣，投宿諸宮。」揚雄〈蜀都賦〉：「羅車百乘，期會投宿。」李白〈淮陰書懷寄王宗成〉五古：「暝投淮陰宿，欣得漂母迎。」

掩映，時隱時現。唐白居易〈夜泛陽塢入明月灣即事寄崔湖州〉：「掩映橘林千點火，泓澄潭水一盆油。」唐李郢〈江亭春

霽〉:「春風掩映千門柳,晚色淒涼萬井煙。」

西晉潘岳〈秋興賦序〉:「以太尉掾兼虎賁中郎將寓直于散騎之省,高閣連雲,陽景罕曜。」〈秋興賦〉:「何微陽之短暑,覺涼夜之方永。月朧朧以含光兮,露淒清以凝冷。」《文選》李善〈注〉:「《埤蒼》曰:『朧朧,欲明也。』」因雲朧朧,故星月掩映;因月欲明,故雲朧朧。

「猿鳴」二句:南朝宋謝靈運〈從斤竹澗越嶺溪行〉:「猿鳴誠知曙,谷幽光未顯。」《詩·衛風·伯兮》:「其雨其雨,杲杲出日。願言思伯,甘心首疾。」《說文》:「杲,明也,從日在木上。」《廣韻》:「杲,日出,又明白也。」讀「古老切」。同切有「暠」字,《廣韻》:「暠,明白也。」疑「杲」、「暠」或相通,《說文》無「暠」字,漢碑則有。

漢樂府〈有所思〉篇末云:「妃呼豨!秋風肅肅晨風颸,東方須臾高知之。」「高」當是「暠」之訛,句謂晨風疾吹,須臾而東方明矣。日既出,東方之光明可知。唐陳子昂〈感遇〉其一:「微月生西海,幽陽始化昇。」用「生」字倍覺傳神。

集評

南宋黃震《黃氏日抄》卷五十九云:「〈謁衡嶽祠〉惻怛之忱,正直之操,坡老所謂『能開衡山之雲』者也〔蘇軾〈潮州韓文公廟碑〉:「故公之精誠,能開衡山之雲,而不能回憲宗之惑。」〕。」

清王士禎《古詩平仄論》云：「七言古自有平仄，若平韻到底者，斷不可雜以律句，其要在第五字必平，如韓詩〈謁衡嶽廟遂宿嶽寺題門樓〉。」見於翁方綱《小石帆亭著錄》卷一。

清吳紹澯《聲調譜說》卷上云：「此篇押韻、用字以及句法、節奏，可謂毫髮無遺憾矣。」

清方東樹《昭昧詹言》卷十二（即〈續錄〉後卷）云：「莊起陪起。此典重大題，首以議爲敍，中敍中夾寫，意境、詞句俱奇創，以己收。凡分三段，『森然』句奇縱。」

舊題清末民初程學恂《韓詩臆說》卷一云：「七古中此爲第一。後來惟蘇子瞻解得此詩，所以能作〈海市〉詩。『潛心默禱若有應，豈非正直能感通』，曰『若有應』，則不必真有應也。我公至大至剛浩然之氣，忽於游嬉中無心現露。『廟令老人識神意』數語，純是諧謔得妙。『云此最吉餘難同』，吉猶靈驗也，猶《左傳》『是何詳〔祥〕』『詳』字，兼吉凶二條。末云『王侯將相望久絕，神縱欲福難爲功』，我公富貴不能移、威武不能屈之節操，忽於嬉笑中無心現露。公志在傳道，上接孟子，即〈原道〉及此詩可證也。文與詩義自各別，故公於〈原道〉、〈原性〉諸作，皆正言之，以垂教也；而於詩中多諧言之，以寫情也。即如此詩於陰雲暫開，則曰此獨非吾正直之所感乎？所感僅此，則平日之不能感者多矣。於廟祝妄禱，則曰我已無志，神安能福我乎？神且不能強我，則平日之不能轉移於人可明矣。然前則託之開雲，後則以謝廟祝，皆跌宕遊戲之詞，非正言也。假如作言志詩，云我之正直可感天地，世之勳名我所不屑，則膚

闊而無味矣。讀韓詩與讀韓文迴別，試按之然否？」此評甚好，
深得詩旨矣。

漁翁　柳宗元

漁翁夜傍西巖宿，曉汲清湘然楚竹。

煙銷日出不見人，欸乃一聲山水綠。

迴看天際下中流，巖上無心雲相逐。

（據《四部叢刊》本《注釋音辯唐柳先生集》）

「綠」，《四部叢刊》本《唐柳先生集》作「淥」，並注云：
「『淥』，一本作『綠』。」案作「綠」是。「淥」，水清貌，不宜以
之形容山色。此謂清湘水涵山影，故山水皆綠。

語譯

漁翁晚上在西面山崖下歇宿，

早上汲取清澈的湘江水，又點燃這楚地的竹枝。

煙霧消散，太陽升起，一個人也看不到，

船櫓發出欸乃一聲，但見山和水都一片青綠。

迴望天邊，自中游下江，

山崖上的雲正隨興地互相追逐。

體式

此七言三韻古體詩押入聲韻，首句入韻。詩中各韻字及其
所屬韻目，表列如下：

韻字	宿 竹 綠 逐
《廣韻》韻目	屋 屋 燭 屋
聲調	入〈-k〉

作者簡介

　　《全唐詩》小傳：「柳宗元字子厚，河東〔在今山西省〕人。登進士第，應舉宏辭，授校書郎〔正九品上〕，調藍田尉〔畿縣尉正九品下〕。貞元十九年〔803〕爲監察御史〔正八品上〕裏行〔見習〕。王叔文、韋執誼用事，尤奇待宗元，擢尚書禮部員外郎〔從六品上〕。會叔文敗，貶永州司馬〔中州司馬正六品下〕。宗元少精警絕倫，爲文章雄深雅健，踔厲風發，爲當時流輩所推仰。既罷竄逐，涉履蠻瘴，居閒益自刻苦，其堙厄感鬱，一寓諸文，讀者爲之悲惻。元和十年〔815〕移柳州刺史〔下州刺史正四品下〕，江嶺間爲進士者，走數千里從宗元遊，經指授者爲文辭皆有法。世號柳柳州。元和十四年卒，年四十七。集四十五卷，內詩二卷，今編爲四卷。」

注釋

　　「漁翁」二句：西巖，永州零陵郡地勢，湘江西岸多峭壁，故泛稱西巖。唐元結〈朝陽岩銘序〉云：「永泰丙午〔永泰二年，766〕中，自春陵詣都使計兵。至零陵，愛其郭中有水石之異，泊舟尋之，得岩與洞，此邦之形勝也。自古荒之而無名稱，以其東向，遂以『朝陽』命焉。」柳子厚則有〈遊朝陽巖遂登西亭

二十韻〉五古，後人或謂朝陽巖即西巖，恐不免附會。蓋此詩寫漁翁之幽獨，正不欲此西巖有名稱也。

唐李賀〈南園十三首〉其十三：「沙頭敲石火，燒竹照漁船。」

「煙銷」二句：「欸乃」，棹船相應聲，又搖櫓聲。《注釋音辯唐柳先生集》於「欸乃一聲山水渌」句後注云：「『渌』，一本作『綠』。苕溪漁隱曰：『《元次山集・欸乃曲》，「欸」音「襖」，「乃」音「藹」，棹舡歌聲。洪駒父詩注謂「欸」音「藹」，「乃」音「襖」，遂反其音，是不曾看《次山集》及山谷碑耳。』」

《苕溪漁隱叢話・前集》卷十九：「山谷云：『「千里楓林煙雨深，無朝無暮有猿吟。倚橈靜聽曲中意，好是雲山韶濩音。」「零陵郡北湘水東，浯溪形勝滿湘中。溪口石顛堪自逸，誰人〔《四部叢刊》本《唐元次山文集》作「能」〕相伴作漁翁？」右元次山〈欸乃曲〉。欸音「媼」，乃音「藹」，湘中節歌聲。子厚〈漁父詞〉有「欸乃一聲山水綠」之句，誤書「欸欠」，少年多承誤妄用之，可笑。』苕溪漁隱曰：『余游浯溪，讀磨崖〈中興頌〉，於碑側有山谷所書〈欸乃曲〉，因以百金買碑本以歸，今錄入《叢話》。又《元次山集・欸乃曲》注云：「欸音『襖』，乃音『藹』，棹舡之聲。」洪駒父《詩話》謂欸音「藹」，乃音「襖」，遂反其音，是不曾看《元次山集》及山谷此碑而妄爲之音耳。』」

元熊忠《古今韻會舉要》卷十三：「案《說文》『欸』字元無『襖』音。今案《項氏家說》曰：『劉蛻文集有〈湖中藹迺歌〉，劉言史〈瀟湘詩〉有「閑歌曖迺深峽裏」，元次山有〈湖南欸乃歌〉，

三者皆一事，但用字異爾。「欸」本音「哀」，亦作上聲讀。後
人因柳子厚集中有注字，云：「一本作『襖靄』。」遂欲音「欸」
爲「襖」，音「乃」爲「靄」，不知彼注自謂別本作「襖靄」，非
謂「欸乃」當音「襖靄」也。黃山谷不加深考，遂從而實之，是
特未見劉蛻、劉言史之詩爾。』」案「欸」與「乃」在《廣韻》同
屬上聲「海」韻，「欸乃」是疊韻形容詞，作「襖靄」則是雙聲形
容詞，然無所本。故「欸乃」當讀如字爲是，「欸」音「嫇毐」之
「毐」，「欸乃」讀如字，更能象搖櫓之聲。

「迴看」二句：中流，江河之中央、中游。《史記・周本
紀》：「武王渡河，中流，白魚躍入王舟中，武王俯取以祭。」
《晉書・祖逖傳》：「仍將〔率領也〕本流徙部曲百餘家渡江，中
流擊楫而誓曰：『祖逖不能清中原而復濟者，有如大江〔去而不
返〕。』」唐丁仙芝〈渡揚子江〉：「桂楫中流望，空波兩畔明。」
唐張祜〈題潤州金山寺〉：「樹色中流見，鐘聲兩岸聞。」

無心，隨意，自然而然。晉陶淵明〈歸去來〉：「雲無心以
出岫，鳥倦飛而知還。」逐，追也，從也。《說文解字》：「逐，
追也。」《楚辭・九歌・河伯》：「乘白黿兮逐文魚。」東漢王逸
〈注〉：「大鼈爲黿，魚屬也。逐，從也。言河伯遊戲，遠出乘龍，
近出乘黿，又從鯉魚也。」

此二語謂人縱回首而繫於物，物則無心而不繫於人也。

集評

此詩言「清湘」、「楚竹」，當是在永州任內作。

《苕溪漁隱叢話・前集》卷十九：「《冷齋詩話》云：『「漁翁夜傍西巖宿，曉汲清湘然楚竹。煙消日出不見人，欸乃一聲山水綠。回看天際下中流，巖下〔原文如是〕無心雲相逐。」東坡云：「詩以奇趣爲宗，反常合道爲趣，熟味此詩有奇趣。然其尾兩句雖不必亦可。」』」南宋嚴羽《滄浪詩話・詩證》曰：「柳子厚『漁翁夜傍西岩宿』之詩，東坡刪去後二句。使子厚復生，亦必心服。」誠然，「欸乃一聲山水綠」妙絕千古，末二句縱有真理在，亦難免失於荏弱也。然「巖上無心雲相逐」一語，卻有無盡逸趣。

此詩既詠漁翁之幽獨，亦詠己孤往之節操。曰「煙銷日出不見人，欸乃一聲山水綠」，則其志同矣。

附

錄

「終古立忠義，感遇有遺編」

——陳子昂〈感遇〉三十八首析義

　　陳子昂詩文，開有唐之正風，為時所重。太白許為鳳麟，少陵並方日月。蕭穎士謂其文體最正，柳子厚謂既工著述，亦善比興，有唐以來，一人而已。元遺山〈論詩三十首〉其八特著之，云：「沈宋橫馳翰墨場，風流初不廢齊梁。論功若準平吳例，合著黃金鑄子昂。」高文令望，頌之者亦云盛矣。然伯玉盛名，豈徒得自文辭乎？杜工部〈陳拾遺故宅〉詩云：「位下曷足傷，所貴者聖賢。」又云：「終古立忠義，感遇有遺編。」乃知伯玉兼以忠義名世，而其忠義是立於其〈感遇〉遺編中，而非立於武周之朝也。頌其詩而知其人，然則許以聖賢，不虛美矣。

　　伯玉〈感遇〉諸篇，多譏武氏而不忘唐，此所以其忠義之名可卓然而樹於有唐之世也。詩中諷高武事，以中冓言醜，故詭譎其辭，非徒以遠害耳。詩聖必洞悉之，故有聖賢忠義之品題。盧藏用〈陳氏別傳〉云：「初為詩，幽人王適見而驚曰：『此子必為文宗矣。』」至後晉劉昫等人，唯知伯玉詩首推〈感遇〉，其

《舊唐書》至謂子昂少為〈感遇〉詩見王適矣。宋子京不攷,《新唐書》仍之,誤甚。小宋無知於伯玉之為人及〈感遇〉之精蘊,至譏伯玉為聾瞽,其昏惑亦甚矣。後世於〈感遇〉不求甚解,遂略其忠義之旨,但評其文辭風致而已。〈感遇〉深賾至隱,諷譎無端,其費解可知。朱熹〈齋居感興二十首〉自序云:「余讀陳子昂〈感寓〉詩,愛其詞旨幽邃,音節豪宕,非當世詞人所及。」又云:「然亦恨其不精於理,而自託於僊佛之間以為高也。」即不得其解之一證。清世陳沆作《詩比興箋》,廣杜公之卓論,固伯玉之功臣。然箋語與原詩每不相涉,復顛亂原次,大失章旨。近世復有箋注〈感遇〉者,惜亦無過陳秋舫,其於伯玉至隱之辭,皆不得其解,但強箋耳。至有箋注者以〈感遇〉中「醒」、「溟」協韻及「患」、「干」協韻為平仄通押,而不知「醒」、「患」本可讀平聲,無異以伯玉為不識詩也。閱其言如此,能不痛心?

余亦嘗探〈感遇〉諸篇之奧旨矣。既感於時賢之述作,特亦不避淺陋,採賾鉤深;用成文章,拋磚引玉。要亦冀無慚於伯玉而已。陶淵明〈移居二首〉其一云:「奇文共欣賞,疑義相與析。」茲為析義之篇。

本文所錄〈感遇〉詩三十八首,俱以上海商務印書館《四部叢刊初編》影印秀水王氏藏明弘治本《陳伯玉文集》為底本,《四部叢刊初編》影印明嘉靖刊本《唐詩紀事》及臺北復興書局影印清刊本《全唐詩》為輔本,附校記於詩後。第一首以「其一」目之,餘仿此。

其一

微月生西海，幽陽始化昇。
圓光正東滿，陰魄已朝凝。
太極生天地，三元更廢興。
至精諒斯在，三五誰能徵。

校記

「生」，《全唐詩》一作「出」。「化」，《紀事》及《全唐詩》
作「代」，《全唐詩》一作「化」。「正」，《全唐詩》一作「恰」。

析義

陳沆《詩比興箋》云：「開章明義，厥旨昭然。陰月喻黃裳
之坤儀，陽光喻九五之乾位。才人入宮，國運方盛。嗣君踐祚，
煽處司晨。三統迭興，五德代運。循環倚伏，疇可情量？」乃
粗通陳君之旨耳。此篇開宗明義，即覺厥旨茫然，辭意迷離，
深僻至隱，使人幾於莫知其所謂。蓋不如是則不足以全身遠害
也。此章及末章，一首一尾，皆用隱語，是〈感遇〉諸製最僻奧
譎怪者。詩而賦事如此，不得已也。

「微月生西海」，發端首句用比，非尋常之體物瀏亮。李義
山〈利州江潭作〉題下自注云：「感孕金輪所。」故知武氏生於
利州，在國之西。據李嶠〈攀龍臺碑〉，武士彠貞觀元年拜利州
都督，五年授荊州大都督。而世皆以武后年長於高宗，故后當
生於貞觀元、二年間。而「生西海」者，則作「生自西海」解，

隱指武氏初入宮為女官才人之時也。《新唐書・則天皇后本紀》謂「后年十四，太宗聞其有色，選為才人〔《舊書》略同〕」，以微月喻女官之才人，妙甚。駱賓王〈代李敬業檄〉謂武氏「人非溫順，地實寒微」，陳君「微」字，亦有此意歟？

「幽陽始化昇」，「幽陽」喻高宗為太子時也。此與末章之「幽鴻」同喻，兩皆伯玉特制謔辭。全詩「幽」字凡十見，用以淆之，他不準此。高宗是「昏童」（見《新唐書・高宗本紀》），宜以為比。太宗貞觀十七年，廢太子承乾為庶人，改立晉王治，即後之高宗。時高宗年十六，距武氏入宮為才人後僅二、三年耳。故「微月生西海」後即接此句。「始化昇」者，喻高宗由晉王而改立為太子也。「化」字，《全唐詩》原作「代」。「化」已有義，「代」字亦好。楊升庵《丹鉛總錄》不解此章，以為「幽陽」即「微月」，非是。而陳秋舫謂「陰月喻黃裳之坤儀」，則未會《周易》真義。蓋坤卦之主爻在六二，非六五之黃裳也。

「圓光正東滿」，指高宗即帝位後之永徽五年甲寅至六年乙卯也。五年，武氏以太宗之才人（正四品）受高宗立為昭儀（正二品）；翌年復以昭儀立為皇后（廢王皇后立之。皇后極位無品，尊同天子）。高宗已立，故由「幽陽」改稱「圓光」，且「圓光」亦正喻「永徽」，其義甚的。「徽」者「滿」也。夫日者，太陽之精，除間或有蝕之者外，本是永滿，與月之有圓缺不同。而謂之正東滿者，蓋切指永徽五年及六年。五年是甲寅，六年是乙卯。甲乙木屬東方，官旺於寅卯，死墓於午未，故甲寅、乙卯是東方木極旺之候。以「圓光正東滿」出之，取譬切當之

至。又永徽五年高宗年二十七,翌年二十八,皆正在盛年,以圓光東滿喻之,亦正恰當。時伯玉猶未生。因是開宗冠首之第一篇,故追敍其事耳。

「陰魄已朝凝」,「陰魄」承月,此二字伯玉所特制以喻武氏者。永徽五年武氏為昭儀,六年立為皇后,時年當在二十八、九間。若以人之生年持較日數,則月是在凝魄無光之時。此與上句皆比況至的切,無以易之。今陰魄與正東滿之朝日同時而全部凝成,則武曌稱制及篡唐之禍已潛伏於此時矣,可不懼哉?故志士仁人如褚河南者,能不激憤忘身,盡情極諫,「因致笏殿階,叩頭流血,曰:『還陛下此笏,丐歸田里。』」乎(見《新唐書‧褚遂良列傳》)?

「太極生天地」,「太極」隱指太宗。「生天地」,指生高宗及選武氏也。太宗生高宗無論矣;武氏由太宗選為才人,則其政治生命,可不謂之自太宗乎?《禮‧昏義》云:「故天子之與后,猶日之與月,陰之與陽,相須而后成者也。」《新唐書‧則天皇后本紀》云:「上元元年,高宗號天皇,皇后亦號天后,天下之人謂之『二聖』〔《舊書》略同〕。」則生天地之取譬,又確不可拔。如非有的指,則此是蕪音累句矣。韓愈〈薦士〉云:「國朝盛文章,子昂始高蹈。」則稍變《易‧繫辭上傳》文字以塞諸至簡要之八句冠首詩中,豈伯玉所應為哉?至若第八章之「仲尼推太極,老聃貴窅冥」則孔老對舉,不得復以「太極」喻太宗。猶第十七章之「仲尼溺東魯,伯陽遁西溟」不得與末章之仲尼同喻也。同辭而異喻,諔詭無方,不一其旨;為道屢遷,變動不

居，雖擅讒説而工羅織者亦無以入其罪也。

「三元更廢興」，此句尤精妙，度人金針也。中宗嗣聖元年，此一元也；睿宗文明元年，此二元也；武后光宅元年，此三元也。三元同在甲申年（高宗崩後之翌年）。是年正月，改元嗣聖。二月，武太后廢中宗為盧陵王而立豫王旦，是為睿宗，改元文明。九月，武太后自立，改元光宅。然則謂之三元更廢興，不的切之至乎？「廢興」二字有實義，非徒仍用前人語也。陳沆於此句及末句之「三五」謂是「三統迭興，五德代運」，以夏商周三統曆釋之，非是。武曌簒唐為周之年改用周正，以夏曆之十一月為正月。其後復仍用夏正，不涉殷曆，不得胡亂當之。且「三元」亦豈三統曆或夏商周之謂乎？時武太后但臨朝稱制耳，猶未改易唐之國號。同在一國一歲中而有三元年，唐開國以來所未有，則武氏之胡作非為者至矣。伯玉嗟之，有旨哉。

「至精諒斯在」，「至精」喻本朝唐祚，緊承上句來。謂三元雖更迭廢興，而大唐之國祚必其猶存也。武氏稱制後六年，改國號曰周。是時唐之國祚暫斷，亦與莊生「至精無形」語合。「諒」，揚子雲《方言》：「信也。」「諒斯在」，信國人之不忘唐。「煌煌太宗業，樹立甚宏達」，何至僅此而已乎？必其斯在，仍存而不亡也。孔子曰：「某在斯，某在斯。」「斯在」二字有所本，亦非輕下者。此與末章用「仲尼」及「孤鳳」喻太宗又合。

「三五誰能徵」，「三五」是十五月滿時也。陳秋舫以三統曆及五行之德解之，大誤矣。武氏由女官才人而至改國號稱帝，故伯玉之喻，由微月始而以滿月終也。謂武氏雖如滿月之光彩

盈盈，然實不終成，不足為證驗。其誰信之能久長也？必其如月之由滿盈而虧損，由虧損而至無有。及其虧損而至無有也，則至精之大唐國祚復續矣。「徵」，證也。此章氣脈宛轉關生，無一字不切，無一字可移，語甚寡而陳義甚深。以之冠首，豈無故哉。

其二

蘭若生春夏，芊蔚何青青。
幽獨空林色，朱蕤冒紫莖。
遲遲白日晚，嫋嫋秋風生。
歲華盡搖落，芳意竟何成。

析義

陳沆云：「『歲華盡搖落，芳意竟何成』，歎志事之不就。」蘭若香草，以比賢人。幽獨空林，靡有賞者，徒具美才而已。且歲月不留，一旦春去秋來，凋零搖落，縱有佳意，亦何所成哉？蓋是作者自傷不得時也。宋玉〈九辯〉云：「坎廩兮，貧士失職而志不平。廓落兮，羈旅而無友生。」又云：「時亹亹而過中兮，蹇淹留而無成。」陶淵明〈飲酒〉其三云：「鼎鼎百年內，持此欲何成。」此有同慨焉。〈離騷〉云：「日月忽其不淹兮，春與秋其代序。惟草木之零落兮，恐美人之遲暮。」蓋亦屈子自傷也。後世曹子建〈美人篇〉、杜子美〈佳人篇〉，皆意同屈子。伯玉此篇亦然，蓋遲暮之嗟也。

其三

蒼蒼丁零塞，今古緬荒途。

亭堠何摧兀，暴骨無全軀。

黃沙漠南起，白日隱西隅。

漢甲三十萬，曾以事匈奴。

但見沙場死，誰憐塞上孤。

校記

「堠」，《紀事》作「候」。「漠」，《紀事》作「暮」，誤。《全唐詩》作「幙」。「西」，《陳集》與「天」並排。「上」，《全唐詩》一作「下」。

析義

此章蓋作於垂拱二年子昂隨喬知之西征時。陳沆以為言萬歲通天元年曹仁師、張玄遇等二十八將擊契丹全軍覆沒事，云：「即此所謂『漢甲三十萬』、『暴骨無全軀』也。」恐非是。蓋丁零屬匈奴，詩亦明言「曾以事匈奴」（「事」，征伐也）。伯玉〈感遇〉其三十五云：「西馳丁零塞。」丁零塞指居延海一帶，在西北。契丹李盡忠以營州叛，在東北，與丁零塞兩地不屬。子昂〈燕然軍人畫像銘〉序云：「龍集丙戌，……金微州都督僕固始桀驚，惑亂其人。天子命左豹韜衛將軍劉敬同發河西騎士，自居延海入以討之。」〈弔塞上翁文〉云：「丙戌歲兮，我征匈奴。恭聞北叟，託國此都。」可證。〈為喬補闕論突厥表〉云：「伏

見去月日勑，令同城權置安北都護府，以招納亡叛，扼匈奴之喉。」亦以匈奴括西北之種。

詩云：「亭堠何摧兀，暴骨無全軀。」又云：「但見沙場死，誰憐塞上孤。」憫戰死之士及塞上餘生也。「漢甲三十萬，曾以事匈奴」，以古諷今。蓋謂匈奴難制，漢高祖猶有白登之圍，而今則邊備不修，將帥非人，但贏得沙場戰死，塞上遺孤。死者已矣，孤者何如？故有此嘆。

其四

樂羊為魏將，食子殉軍功。
骨肉且相薄，他人安得忠。
吾聞中山相，乃屬放麑翁。
孤獸猶不忍，況以奉君終。

校記

「且」，《全唐詩》一作「尚」。「猶」，《全唐詩》一作「且」。「況」，《全唐詩》一作「矧」。

析義

《韓非子・說林上》：「樂羊為魏將而攻中山。其子在中山，中山之君烹其子而遺之羹。樂羊坐於幕下而啜之，盡一杯。文侯謂堵師贊曰：『樂羊以我故而食其子之肉。』答曰：『其子而

250

食之，且誰不食？』樂羊罷中山，文侯賞其功而疑其心。孟孫獵得麑，使秦西巴載之持歸。其母隨之而啼，秦西巴弗忍而與之。孟孫歸，至而求麑。答曰：『余弗忍而與其母。』孟孫大怒，逐之。居三月，復召以為其子傅。其御曰：『曩將罪之，今召以為子傅，何也？』孟孫曰：『夫不忍麑，又且忍吾子乎？』故曰巧詐不如拙誠。樂羊以有功見疑，秦西巴以有罪益信。」故知秦西巴為魯傅，非中山相也。樂羊與秦西巴二事同條，故子昂誤魯為中山耳。「殉」，從也，引申為「求」義。

此章首疑酷吏不忠，繼言仁者可勝輔君之任。陳沆云：「刺武后寵用酷吏，淫刑以逞也。」又云：「武后天性殘忍，自殺太子宏、太子賢及皇孫重潤等。《舊唐書·酷吏傳》十八人，武后朝居其十一。皆希旨殺人以獻媚，宗室大臣無得免者。武后嘗欲赦崔宣禮，其甥霍獻可爭之曰：『陛下不殺崔宣禮，臣請殞命於前。』頭觸殿階流血，示不私其親。是皆有食子之忠，無放麑之情矣。孰不可忍乎？子昂嘗上疏極諫酷刑，又請撫慰宗室子弟，無復緣坐，俾得更生，毋致疑懼。即此詩旨。」其疏指〈答制問事〉。

又誤以他國為中山者，非獨伯玉然也。阮籍〈詠懷〉其二十云：「趙女媚中山，謙柔愈見欺。」《呂氏春秋·孝行覽·長攻》謂趙襄子以其姊（用畢沅《〈呂氏春秋〉新校正》説。《四部叢刊》本原文作「弟姊」）妻代君，遂謁而請觴之。先令舞者置兵其羽中數百人，先具大金斗。代君酒酣，反斗擊殺之，舞者操兵，盡殺其從者。嗣宗亦誤言中山，怪哉。

其五

市人矜巧智，於道若童蒙。

傾奪相誇侈，不知身所終。

曷見玄真子，觀世玉壺中。

窅然遺天地，乘化入無窮。

校記

「誇」，《紀事》及《全唐詩》作「夸」。「窅」，《紀事》作「杳」。

析義

　　此言市俗之人，務在傾奪誇侈，好行小慧，茫茫然不知其所歸宿。而己實不欲與彼等為伍，意欲歸隱，如仙人之乘變化，捨天地而入於無窮也。市人喻武朝市媚之臣，背棄唐室，務在取悅；更相傾軋，營營終日。身事僭竊之主，而不知禍之將至也。

　　詩中以仙道喻正道，故後數句實言不滿武后朝而萌遠引之志，謂己不與同俗，思隨壺公而遠去也。夫志士仁人，生丁喪亂，不遑思遺世，則或負石自沈矣。屈子不嘗賦〈遠遊〉乎？不云「聞赤松之清塵兮，願承風乎遺則」、「超無為以至清兮，與泰初而為鄰」乎？伯玉此章，正有其意。

其六

吾觀龍變化，乃知至陽精。

石林何冥密，幽洞無留行。

古之得仙道，信與元化并。

玄感非蒙識，誰能測淪冥。

世人拘目見，酣酒笑丹經。

崑崙有瑤樹，安得采其英。

校記

「知」，《陳集》作「是」。「蒙」，《紀事》及《全唐詩》作「象」，《全唐詩》一作「蒙」。「淪」，《全唐詩》作「沈」，一作「淪」。

析義

陳沆云：「此言天命之終必復也。尺蠖有時屈申，神龍莫測變化，自古以喻當陽受命之君，此則以指唐室國祚也。其潛蟄躍見，非羣陰所能留阻。其應運中興，皆天命，非人力，正猶仙人之得道上升者，皆與造化合一。世俗目見之徒，不知天命，但知去衰附盛，語之以此，方笑而不信。安得一日飛龍利見，萬物咸覩，復都崑崙而遊太清乎？」

龍，陽之至也，於《周易》可見，乾君之象也。石林幽洞，羣陰之象。「石林」見《楚辭・天問》，詩中以喻南方楚地。時

中宗廢為廬陵王，幽於房州，乃楚地也。「幽洞」有極陰之義，喻武氏之勢。《易》有潛龍，亦有飛龍，時不與，則陽下勿用；時既至，則九五之勢，非陰力能留行矣。得仙道者，喻唐君；世人者，喻依附武朝諸人。末二句喻彼等不長久也。

其七

白日每不歸，青陽時暮矣。
茫茫吾何思，林臥觀無始。
眾芳委時晦，鵙鴂鳴悲耳。
鴻荒古已頹，誰識巢居子。

校記

「鴂」，《紀事》作「鵊」。「鳴悲」，《紀事》作「悲鳴」。

析義

伯玉〈感遇〉詩三十八章，押仄韻者僅此。

此章因林臥觀無始，乃知白日不歸，青陽時暮；君子道消，小人道長。節物感人，乃引其茫茫之思。「眾芳委時晦」，時不利於賢人也。鵙鴂之鳴，益增其悲。鴻荒淳樸之世，既屬無有，是興慕巢父隱逸之志，人不識而已獨愛也。

其八

吾觀崑崙化，日月淪洞冥。

精魄相交構，天壤以羅生。

仲尼推太極，老聃貴窅冥。

西方金仙子，崇義乃無明。

空色皆寂滅，緣業亦何成。

名教信紛籍，死生俱未停。

校記

「構」，《紀事》及《全唐詩》作「會」。「窅」，《紀事》及《全唐詩》作「窈」。「義」，《紀事》作「議」。「緣業」，《紀事》作「業緣」。「亦」，《紀事》及《全唐詩》作「定」，《全唐詩》一作「亦」。「成。名」，《陳集》作「名。成」，誤。「紛」，《陳集》作「終」，誤。「籍」，《全唐詩》作「藉」。

析義

此章半正半譎，索解費人。「吾觀崑崙化，日月淪洞冥」者，吾華民族原出崑崙，崑崙實具天地造化之機。《史記·大宛列傳》末太史公據〈禹本紀〉謂「河出崑崙。崑崙其高二千五百餘里，日月所相避隱為光明也。其上有醴泉、瑤池」，神而化之，古有此說。

〈感遇〉諸篇「崑崙」凡三見，皆用顯語，並是佳稱。「日月

淪洞冥」，「洞冥」乃深遠之稱，二字是聯綿詞，謂日月皆入於其中，太陽太陰二氣絪縕醞釀而萬物化醇也。「精魄相交構，天壤以羅生」，實緊承上文，意藏不露耳。「精魄」非一物，謂陽精陰魄，即指陰與陽。「相交構」，謂陰陽二氣感應以相與，即《易‧繫辭上傳》所謂「一陰一陽之謂道」、「陰陽不測之謂神」，及《莊子‧田子方》所謂「至陰肅肅，至陽赫赫；肅肅出乎天，赫赫發乎地；兩者交通成和而物生焉」者也。下句接謂「天壤以羅生」，「天壤」即「天地」，謂天地以精魄之交構而羅生萬物也。

「仲尼推太極」，總承上四，是伯玉重孔子之道，許其於《易》傳中發造化之秘。「老聃貴窅冥」，與仲尼一有一空，以成對比。以下接入「西方金仙子」，極易滋人混惑，以為指佛，與上文之仲尼老聃儒道合成三教。不知釋書謂釋迦牟尼成佛前五百世已得仙業，而《楞嚴經》卷八分述十種仙者甚詳明。仙之去佛尚遠，伯玉生於釋書甚流行之時，而《楞嚴經》即武氏時宰相房融所譯，伯玉正與同時且相友，不當於釋氏之書昧昧而以「西方金仙子」指釋迦牟尼佛。此當是橫插一筆，以刺武氏也。武氏生於利州，在西蜀，一也；又嘗在長安感業寺為尼，應曾習西方之教，二也。合二端觀之，此喻甚妙。下句「崇義乃無明」，乃伯玉特筆提示來學，俾能尋其曲衷者。「無明」乃「愚癡」之謂，謂武氏雖嘗入寺為尼，而其所崇之本義竟是愚癡也。痛貶武氏，霆擊雷轟，合《春秋》斧鉞之誅。陳秋舫箋此，至謂「儒以太極為萬化之原，老以窈冥為眾有之母。自西方之教論之，

乃所謂無明耳」，繼則亂舉釋家語終篇，大乖章旨。

「空色皆寂滅」，此句提起，乃始是真正佛義。而武氏禽獸無禮，陷君聚麀，則其為尼時所緣所業是果類乎？將何成哉。「名教信紛籍」，「名教」是孔子聖教之獨稱，陳君特標出此二字，彌覺嚴霜烈日，大義凜然。杜子美許以聖賢，豈不在此等處乎？「信紛籍」，「信」，誠也；「紛籍」，甚盛眾多之貌。謂列聖羣賢諸所述作誠森羅叢陳，美刺褒貶之間，寵踰華袞之贈，辱過市朝之撻。徇名教而死者將美之褒之，背名教而生者將刺之貶之。《詩》與《春秋》為最著，而歷代聖賢之所撰論，亦後先繼軌，賢賢賤不肖，懲惡而勸善。即伯玉所撰之〈感遇〉諸篇，便是此類。人經死生，而名教述作俱未停也。觀「西方金仙子」以下多作隱語，「仲尼」二句或亦有深義。今大義既見，不欲多作附會矣。

陳沆云：「此章志無生以出世也。儒以太極為萬化之原，老以窈冥為眾有之母。自西方之教論之，乃所謂無明耳。無明緣行，行緣識，識緣名色，名色緣六入，六入緣觸，觸緣受，受緣愛，愛緣取，取緣有，有緣生，生緣老死，輪迴何由息乎？惟空有不立，二俱寂滅，以無所得無所思維，故無明滅則行滅，行滅則識滅，識滅則名色、六入、觸、受、愛、取、有滅，乃至生老死滅。」此豈非謂伯玉同佛家視儒道為外學無明乎？是不意而厚誣伯玉者也。以片言淺語了之，不尤勝其矜博於佛學耶？

其九

聖人祕元命，懼世亂其真。

如何嵩公輩，詼譎誤時人。

先天誠為美，階亂禍誰因。

長城備胡寇，嬴禍發其親。

赤精既迷漢，子年何救秦。

去去桃李花，多言死如麻。

校記

「祕」，《紀事》及《全唐詩》作「秘」。「詼」，《全唐詩》一
作「談」。

析義

此章末第二句轉韻。

陳沆云：「緯書有《元命苞》，漢人以緯候圖讖為秘學。此
言聖人之言天道不可得聞者，雖有前知之美，適為階亂之資。
如貞觀中太白晝見，太史占女主昌；民間又謠女主武王。於是
太宗以嫌疑殺大將李君羨，以其小字五孃，又官邑屬縣皆武也。
而不知武氏為才人，在其宮中，正猶始皇以『亡秦者胡』，大築
長城，而不知其子胡亥。故曰『長城備胡寇，嬴禍發其親』也。
武后天授中，君羨家訟冤。武后詔復其官。《新唐書》贊曰：『以
太宗之英明〔原作「明德」〕，蔽於謠讖，濫君羨之誅，徒使孽

后引以自神，顧不哀哉。』同此詩旨也。章末故為隱語，言今之以口語取禍者，死多如麻矣。尚可不如桃李之無言，以遠害乎？」殆是。

《新唐書・李君羨列傳》云：「李君羨，洺州武安人。」又云：「太宗曰：『使皆如君羨者，虜何足憂。』改左武候中郎將，封武連縣公，北門長上。」又云：「先是，貞觀初，太白數晝見，太史占曰：『女主昌。』又謠言『當有女武王者』。會內宴，為酒令，各言小字，君羨自陳曰『五娘子』。帝愕然，因笑曰：『何物女子，乃此健邪。』又君羨官邑屬縣皆『武』也，忌之。未幾，出為華州刺史。會御史劾奏君羨與狂人為妖言，謀不軌，下詔誅之。天授中，家屬詣闕訴冤，武后亦欲自詫，詔復其官爵，以禮改葬。」太宗是時太史令當為李淳風。《新唐書・方技列傳・李淳風列傳》云：「貞觀初，與傅仁均爭曆法，議者多附淳風，故以將仕郎直太史局。制渾天儀，詆摭前世得失，著《法象書》七篇上之。擢承務郎，遷太常博士，改太史丞，與諸儒脩書，遷為令。太宗得祕讖，言『唐中弱，有女武代王〔《舊唐書・李淳風列傳》云：「初，太宗之世有〈祕記〉云：『唐三世之後，則女主武王代有天下。』」此實含「武則天」三字。《新書》力求行文簡潔，輒竄改《舊書》，每失真義〕』。以問淳風，對曰：『其兆既成，已在宮中。又四十年而王，王而夷唐子孫且盡。』帝曰：『我求而殺之，奈何？』對曰：『天之所命，不可去也，而王者果不死，徒使疑似之戮淫及無辜。且陛下所親愛，四十年而老，老則仁，雖受終易姓，而不能絕唐。若殺之，復生壯者，多殺而逞，則陛下子孫無遺種矣。』帝采其言，止。」

「赤精既迷漢」，西漢也；「子年何救秦」，符秦而非嬴秦也，此亦伯玉之詼譎歟？用符秦殆有深意，蓋非正統而亡，或以暗指武朝。嵩公、子年，豈指李淳風歟？「去去桃李花」，明不言之德，諷其上太史占也。如非太宗實明德，淳風亦有諫，則死人如麻矣。陰陽秘奧數術之學，誠有不可測者。《漢書·五行志中》之童謠且驗，況真精之如淳風者乎？唯真精萬不得一，而妖言惑眾者無世無之耳。然未可以偏廢真，謂之盡無憑也。

其十

深居觀元化，悱然爭朵頤。

讒說相啖食，利害紛疑疑。

便便夸毗子，榮耀更相持。

務光讓天下，商賈競刀錐。

已矣行采芝，萬世同一時。

校記

「居」，《陳集》作「閨」。「元化」，《陳集》與「群動」並排，《紀事》作「群動」，《全唐詩》一作「羣動」。「讒說」，《紀事》作「群動」，誤。「疑疑」，《全唐詩》作「嶷嶷」，不合韻，誤。

析義

此章言己情不欲仕，恥與夸毗為伍而興遠遁之思也。「深居觀元化」，喻細察天下事。讒說蜂起，人將相食，不欲觀之

矣。「務光讓天下」，武氏如何？「商賈競刀錐」，謂黨附武氏者也。不君不臣，不若去去采芝以延年也。《易·遯》象云：「天下有山，遯。君子以遠小人，不惡而嚴。」伯玉有其意矣。

「疑疑」據弘治本，重言之，俱作動詞用。此殆伯玉自鑄，義或非佳，故餘本多作「嶷嶷」。然「嶷」字仄聲失韻，殊不合。

其十一

> 吾愛鬼谷子，青谿無垢氛。
> 囊括經世道，遺身在白雲。
> 七雄方龍鬬，天下亂無君。
> 浮榮不足貴，遵養晦時文。
> 舒之彌宇宙，卷之不盈分。
> 豈圖山木壽，空與麋鹿羣。

校記

「谿」，《陳集》作「溪」。「亂」，《全唐詩》作「久」，一作「亂」。「榮」，《陳集》作「雲」。「遵」，《紀事》作「導」。「舒之」之「之」，《紀事》及《全唐詩》作「可」，《全唐詩》一作「之」。「圖」，《紀事》及《全唐詩》作「徒」。

析義

陳沆云：「子昂少志經世，中年不遇，乃志歸隱，故云『天下亂無君』、『遵養晦時文』，冀俟王室中興而復出也。子昂乞

歸，在聖曆元年，盧陵王復立為太子之日。蓋見唐室興復有漸，己志稍慰，始歸養也。惜不久尋卒，不逮開元之世耳。」案「聖曆」諸語，猜度之辭耳。此與上章意略同。結語謂非圖有山木之壽而空與麋鹿為羣，則不得已而遯世之意可見。

其十二

呦呦南山鹿，罹罟以媒和。
招搖青桂樹，幽蠧亦成科。
世情甘近習，榮耀紛如何。
怨憎未相復，親愛生禍羅。
瑤臺傾巧笑，玉杯殞雙蛾。
誰見枯城蘗，青青成斧柯。

校記

「罹」，《紀事》作「離」。「杯」，《陳集》作「盃」。「蛾」，《紀事》作「娥」。「枯」，《全唐詩》一作「孤」。「蘗」，《全唐詩》一作「樹」。

析義

陳沆云：「傷權幸挾私誣陷士類也。碧玉〈綠珠〉之篇，喬補闕以赤其族；細婢歌舞之釁，斛瑟羅幾滅其家。求金不遂，泉帥殞軀於俊臣；宅第過侈，楚客見羨於公主。豈非怨憎報復之外，更有財色致禍之虞耶？鹿以媒獲，桂以馨蠧，士以欲醢，

何如枯檗之無患無爭乎？」末句恐未是。謂枯檗無患無爭，既是枯檗，則是被斫之身，與桂同命矣。又枯者城也，非檗也。察伯玉所指，殆有數事。鹿得食而相呼，物之善美者也，乃因同類而罹罟，喻善人受羅織之害。招搖山之青桂，以喻賢士，乃因讒諂之臣而成科。近習者天子所寵，威福未及作，乃因其所愛而生禍，榮不足恃。或各有所指，於今則義晦不明。陳沆所舉諸例，或亦有當。瑤臺玉杯，喻高宗寵武后而失國。枯城之檗，用《太玄經》意。揚雄《太玄經》卷一〈差〉：「上九，過其枯城，或檗青青。測曰：過其枯城，改過更生也。」范望注云：「枯城，謂故都也。」伯玉蓋寄意廬陵王等幹父之蠱，改過更生，將有成斧柯之日，障礙可除。「斧柯」喻權柄，尤有除障之意。舊題孔子〈龜山操〉：「予欲望魯兮，龜山蔽之。手無斧柯。奈龜山何。」而〈感遇〉其二十二有「微霜知歲晏，斧柯始青青」語，其深意益見。

楊惲〈報孫會宗書〉記其詩云：「田彼南山，蕪穢不治。種一頃豆，落而為萁。」淵明〈飲酒〉其五云：「採菊東籬下，悠然見南山。」皆隱指朝廷，伯玉「呦呦南山鹿」其亦有斯意歟？

其十三

> 林居病時久，水木淡孤清。
> 閑臥觀物化，悠悠念無生。
> 青春始萌達，朱火已滿盈。
> 徂落方自此，感嘆何時平。

校記

「淡」,《紀事》及《全唐詩》作「澹」。「無」,《陳集》作「群」。「火」,《紀事》作「玉」。「殂」,《陳集》及《全唐詩》作「徂」。「嘆」,《紀事》及《全唐詩》作「歎」。

析義

此章言時逝之速,物方盛而衰亡踵之也。「念無生」者,無生則無死矣。然生而丁此喪亂傾危,信如《詩‧小雅‧苕之華》所云「知我如此,不如無生」矣,感嘆之至。春始萌達,夏已滿盈,而殂落隨之而到,其速可知。子昂事國,既未獲用,而時艱如此,尚榮其生耶?此詩或作於丁繼母憂家居之時。

其十四

臨岐泣世道,天命良悠悠。
昔日殷王子,玉馬遂朝周。
寶鼎淪伊穀,瑤臺成古丘。
西山傷遺老,東陵有故侯。

校記

「古」,《陳集》作「故」,《全唐詩》一作「故」。

析義

陳沆云:「此章尤顯。『昔日殷王子,玉馬遂朝周』者,謂

太子、相王〔中宗、睿宗〕等並改姓武氏之事也。周者借寓其號。」是矣。

「臨岐」者，發端舉西周故地。「天命」數句，櫽括《史記‧宋微子世家》數事。〈世家〉云：「微子開〔微子名啟，此避漢景帝諱〕者，殷帝乙之首子而帝紂之庶兄也。紂既立，不明，淫亂於政，微子數諫，紂不聽。及祖伊以周西伯昌之修德滅阢國，懼禍至，以告紂。紂曰：『我生不有命在天乎？是何能為？』」又云：「太師若曰：『王子，天篤下菑亡殷國，乃毋畏畏，不用老長。今殷民乃陋淫神祇之祀。今誠得治國，國治身死不恨。為死終不得治，不如去。』〔微子〕遂亡。」又云：「周武王伐紂克殷，微子乃持其祭器，造於軍門。」《論語比考讖》云：「殷惑妲己，玉馬走。」任昉〈百辟勸進今上牋〉云：「是以玉馬駿犇，表微子之去。」「玉馬朝周」，喻睿宗降為皇嗣以朝其母也。武周都洛陽，伊、穀，洛陽外二水，示寶鼎之所淪也。「瑤臺成古丘」，喻唐室女禍而亡。子昂蜀人，西山或亦喻此乎？蓋自視為唐室遺老而自傷，亦以伯夷、叔齊及東陵故侯召平自比也。

其十五

貴人難得意，賞愛在須臾。
莫以心如玉，探他明月珠。
昔稱夭桃子，今為春市徒。
鴟鴞悲東國，麋鹿泣姑蘇。
誰見鴟夷子，扁舟去五湖。

校記

「探」,《陳集》與「採」並排。「姑」,《紀事》作「沽」。

析義

陳沆云:「悼將相大臣之不令終也。夫驪龍頷下有珠焉,有逆鱗焉。苟自倚其心之無他,可以探其珠,而不知適攖其鱗。昔日榮華,今日春市。流言危公旦,忠鯁戮子胥,其以功名始終如范蠡者何人哉。子昂嘗上疏云:『陛下好賢而不任,任而不能信,信而不能終者,蓋以嘗信任而不效。如裴炎、劉褘之、周思茂、騫味道,固嘗蒙用,皆孤恩前死。是以疑於信賢,是猶因食病噎而欲絕食也。』蓋同斯旨。」

「貴人」,明指尊貴之人,暗指武后,以其曾為女官才人,貴人乃漢女官。此謂武氏賞愛不恆,予幻無常,若以己心如玉而求之,終遭其噬。「夭桃子」,喻寵愛之盛;「春市徒」,喻罪愆之易招;「鴟鴞」句閔周公之見疑,「麋鹿」句憐伍員之見誅。唯有棄絕榮名,遠離君虎,一若范蠡之去句踐,方是獲存之道也。

其十六

聖人去已久,公道緬良難。
蚩蚩夸毗子,堯禹以為謾。
驕榮貴工巧,勢利迭相干。

燕王尊樂毅，分國願同歡。

魯連讓齊爵，遺組去邯鄲。

伊人信往矣，感激為誰嘆。

校記

「迭」，《全唐詩》一作「遞」。「分」，《陳集》與「齊」並排。「魯」，《全唐詩》一作「仲」。「嘆」，《紀事》及《全唐詩》作「歎」。

析義

此章傷古道之不再，舉世少真。而夸毗當道，雖堯禹之事不虛，亦必以為謾也。今之君天下者，任其驕榮工巧，勢利相干，曾無忠愛之心。燕王尊樂毅，二人同心也；魯連讓齊趙之爵，重義輕利也。今俱往矣，唯餘巧宦小人耳。彼等非毀聖人，而崇工巧勢利，此伯玉所以重為嗟嘆也。

陳沆云：「刺上下以利相取也。史言天后時官爵易得，上書言事，不次擢用，而誅罰亦輒隨之。操刑賞之權，以駕馭天下士，即此詩所指也。『堯禹以為謾』，謂古聖亦畏巧言令色孔壬也〔《書・皋陶謨》：「何畏乎巧言令色孔壬。」〕。夫為上禮賢，當如燕昭之誠；為下輕爵，當如魯連之高。則上下皆以義交，不以利取矣。子昂嘗上書論八事，所陳官人、知賢、去疑、招諫之術，正同此旨。」陳秋舫誤解「堯禹以為謾」句。《說文》：「謾，欺也。」今俗用「瞞」。詩三、四句實承一、二，謂阿諛夸詡荒誕之徒，不信聖人公道，謂所稱述堯禹者為欺己。神堯

茅茨，禹卑宮室，夸毗子豈肯信哉。是夸毗子以堯禹之事為譾，非堯禹譾夸毗子也。「譾」字而可解作「畏」乎？

其十七

幽居觀大運，悠悠念羣生。

終古代興沒，豪聖莫能爭。

三季淪周赧，七雄滅秦嬴。

復聞赤精子，提劍入咸京。

炎光既無象，晉虜復縱橫。

堯禹道既昧，昏虐世方行。

豈無當世雄，天道與胡兵。

咄咄安可言，時醉而未醒。

仲尼溺東魯，伯陽遁西溟。

大運自古來，孤人胡嘆哉。

校記

「觀大運」之「大」，《全唐詩》作「天」。「復縱」，《陳集》作「紛蹤」，《紀事》作「紛縱」。「既昧」之「既」，《紀事》及《全唐詩》作「已」。「世方行」之「世」，《紀事》及《全唐詩》作「勢」。「魯」，《紀事》作「夏」。「孤」，《紀事》及《全唐詩》作「旅」。「嘆」，《紀事》及《全唐詩》作「歎」。

析義

此章末第二句轉韻。

此嘆天命之如斯，作無可奈何之語。以大運始而念羣生，以大運終而孤人嘆。雖然，歷代興替，皆由天意如此，而今堯禹道昧，昏虐世行，則以古諷今也。「豈無當世雄」，「雄」與「雌」對，諷武氏之語。「天道與胡兵」，以胡兵喻武氏之爪牙師旅，嘆諸王舉義敗績也。末乃以仲尼、伯陽隱遁語作結，既嗟聖道之不行，復以老子李耳西溟之遁痛李唐之氣運暫沒也。「孤人」，伯玉自喻。《莊子‧山木》云：「今處昏上亂相之間，而欲無憊，奚可得邪？此比干之見剖心，徵也夫。」伯玉居職不樂而壯歲告歸，有以也。

陳沆云：「此指諸王舉兵興復悉就敗滅之事也。一女后臨御稱制，而舉天下莫能抗，豈非天道助虐乎？」「七雄滅秦嬴」，謂戰國時諸侯滅於秦嬴也，與上句三季淪於周报，辭氣略同。「三季」、「七雄」，略頓即通。「七雄」包秦，無自滅之理。然若追溯祖龍之宗，則始皇實以呂為嬴，亦可謂之七雄俱滅矣。「六雄」不辭，而「六國」、「戰國」之類用於此句中則嫌微弱，復似近體，故第二字非用平聲提起不可也。姑強解如上。

其十八

逶迤勢已久，骨鯁道斯窮。
豈無感激者，時俗頹此風。
灌園何其鄙，皎皎於陵中。
世道不相容，嗟嗟張長公。

校記

「勢」，《紀事》作「世」。「中」，《陳集》及《紀事》作「子」，斯則「鄙」、「子」轉仄韻。雖無不可，然只一聯即回舊韻，便覺技窮。餘各章俱無此法，當以一韻到底為佳。

析義

此嘆正道之阻塞，逶迤之勢已久，骨鯁斯窮，雖有感激奮發之士，亦難移時俗也。陳仲子不仕於亂世，灌園自保，高尚其事。張摯不取容於當時，終身不仕。是骨鯁道窮之證，兩者皆不欲逶迤以周旋於世也。借古諷今，亦以自勉。

陳沆云：「子昂八事疏，其一云：『聖人大德，在能納諫。太宗德參三王，而能容魏徵之直。今誠有敢諫骨鯁之臣，陛下宜廣延順納，以新盛德。』又本傳言后雖數召見問政事，論並詳切，故奏聞輒罷。並骨鯁之明驗也。《漢書》：『張釋之子摯，字長公，官至大夫，免。以不能取容於時，終身不仕。』猶子昂屢觸武后，又忤諸武，遂壯年乞歸也。」案《史記》及《漢書》載張長公事並僅寥寥數語，而陶公〈讀史述九章〉特標舉之而為之贊，豈不在「不能取容當世」故乎？伯玉此結，正同陶公，皆所謂「攄懷舊之蓄念，發思古之幽情」者也。

其十九

聖人不利己，憂濟在元元。

黃屋非堯意，瑤臺安可論。

吾聞西方化，清淨道彌敦。

奈何窮金玉，彫刻以為尊。

雲構山林盡，瑤圖珠翠煩。

鬼功尚未可，人力安能存。

夸愚適增累，矜智道逾昏。

校記

「彫」，《陳集》及《全唐詩》作「雕」。「構」，《紀事》作「架」。「功」，《全唐詩》作「工」。

析義

陳沆云：「武后嘗削髮感應寺為尼〔案《舊唐書·則天皇后紀》：「及太宗崩，遂為尼，居感業寺。」《通鑑·唐紀十五》亦云是感業寺。胡三省《通鑑》注引程大昌說定為安業寺。無感應寺，陳秋舫誤記〕，及臨朝稱制，僧法明等又撰《大雲經》，稱后為彌勒化身，當代唐主閻浮提天下，故勅諸州並建大雲寺。為僧懷義建白馬寺。又使作夾紵大像，小指尚容數十人，於明堂北為天堂以貯之。初成，為風所摧，復重脩之。采木江嶺，日役萬人，府庫為耗竭。久視元年，欲造大像，令天下尼僧日出一錢，以助其功。狄仁傑上疏曰：『今之伽藍，制過宮闕。

功不使鬼，止在役人。物不天來，終須地出。如來設教，以慈悲為主，豈欲勞人以存虛飾？』長安四年，張廷珪諫造大像曰：『以釋教論之，則宜救苦厄，滅諸相，崇無為。願陛下行佛之意，以理為上。』並同斯旨。」此詩或寫於武后登位後數年間。久視元年，伯玉恐已卒矣。

其二十

玄天幽且默，羣議曷嗤嗤。
聖人教猶在，世運久陵夷。
一繩將何繫，憂醉不能持。
去去行采芝，勿為塵所欺。

校記

「夷」，《紀事》作「遲」。「采」，《陳集》作「採」。

析義

陳沆云：「天意渺冥，難可情測。惟以人事度之，則先皇之德澤猶在，未應遽斬；世運之凌夷已深，又似難回。展轉二端，憂心如醉。一繩繫日，誠不能持。意惟潔身長往，不與塵淄矣乎？蓋欲去未忍，欲救無權。決計良難，豈伊朝夕？」觀其詩，「玄天幽默」者，謂天何言也，而人反嗤嗤。「去去行采芝」，則去意已決，豈有決計良難之意？又伯玉「一繩何繫」，明用《後漢書》徐孺子語，而可以「一繩繫日」文之耶？

272

其二十一

蜻蛉遊天地，與物本無患。

飛飛未能去，黃雀來相干。

穰侯富秦寵，金石比交歡。

出入咸陽裏，諸侯莫敢言。

寧知山東客，激怒秦王肝。

布衣取丞相，千載為辛酸。

校記

「地」，《紀事》作「下」。「物」，《紀事》及《全唐詩》作「世」。「去」，《紀事》及《全唐詩》作「止」，《全唐詩》一作「去」。「丞」，《全唐詩》一作「卿」。

析義

陳沆云：「刺武后廣開告密之路，市井皆得召見，不次擢用也。崔詧、李景諶以誣裴炎而得相，索元禮、來俊臣以告密而至九卿。乃至獬豸但能觸邪，有不識字之御史；青紫片言可拾，有不踰時之仕宦。傾險蠶生，名器濫竊。垂拱二年，子昂上疏諫云：『邇者大開詔獄，重設嚴刑，遂至奸人熒惑，乘險相誣；糾告疑似，冀圖爵賞。』即此詩旨。」與伯玉原詩似無關涉。

此章前四句敷陳，以下四句分承，以蜻蛉比穰侯，黃雀喻范雎（《史記》本傳作「范睢」），脈絡了然可見。然穰侯非賢，

伯玉無哀之之理，果孰寓乎？此章蜻蛉黃雀是真比，穰侯范雎是譎喻，承接不倫不類，特意為之，使人不易知其歸趣以免禍耳。此章實刺武曌也，蜻蛉比王皇后，黃雀比武氏。王皇后不與時政，與物本無患也。「飛飛未能去，黃雀來相干」，惜王皇后不能止於與蕭淑妃爭高宗之寵，而引來武氏，致招殺身殘形之禍。武曌陰刻，奪其位而慘殺之，黃雀之比非虛矣。事詳《新唐書‧后妃列傳上‧王皇后列傳》與〈則天武皇后列傳〉，及《通鑑‧唐紀十五》高宗永徽五年。武后嘗為尼，故以布衣比緇衣；后與相皆輔天子者，只后在內、相在外耳。然則以丞相比后，亦非全不相涉也。

其二十二

微霜知歲晏，斧柯始青青。
況乃金天夕，浩露霑羣英。
登山望宇宙，白日已西暝。
雲海方蕩潏，孤鱗安得寧。

校記

「夕」，《紀事》作「久」，誤。「霑」，《陳集》及《全唐詩》作「沾」。「暝」，《紀事》作「溟」。

析義

此借天時喻世事。「微霜知歲晏」，謂來日無多，而唐室

枯城之蘗，方始青青，猶未成斧柯以資削伐。霜露皆西方肅殺之氣所凝，「浩露霑羣英」，以花擬人，喻羣賢為時所傷也。《禮‧月令》於季秋之月云：「霜始降。」又云：「寒氣總至，民力不堪。」乃斯時矣。「白日已西暝」，復明歲晚，有日昃之離、明而受傷、初登於天、後入於地之慨也。雲海蕩潏，而白日已暝，則羣小猖獗，天下不安矣。孤鱗不寧，鱗蟲之精者曰龍，此嗟中宗乎？中宗被廢，居於均州，又遷房州。聖歷元年，復立為皇太子，仍居房州。武氏盜國後，久之，欲以其姪武三思為太子。狄仁傑初諫，武氏怒不從。後復與王方慶苦諫，乃感悟迎歸。伯玉謂孤鱗不寧，殆中宗居房陵時也。

其二十三

翡翠巢南海，雄雌珠樹林。
何知美人意，嬌愛比黃金。
殺身炎州裏，委羽玉堂陰。
旖旎光首飾，葳蕤爛錦衾。
豈不在遐遠，虞羅忽見尋。
多材信為累，嗟息此珍禽。

校記

「嬌」，《紀事》及《全唐詩》作「驕」。「玉」，《陳集》作「王」，誤。「信」，《陳集》作「固」。「嗟」，《紀事》及《全唐詩》作「歎」。「此」，《紀事》作「比」，誤。

析義

此章深意，即在多材為累也。美人愛翡翠如黃金，喻君之愛才。今翡翠殞命，非必指賢能之見殺，士亦有鞠躬盡瘁，委質勞形而終，則與翡翠之遇何異也？身在遐遠而羅網見尋，則無所逃於天地之間矣。「嗟息此珍禽」，嗟嘆太息此材也。

陳沆云：「子昂〈塵尾賦〉曰：『神好正直，道惡強梁。此仙都之靈獸，因何賦而罹殃。豈不以斯尾之有角，而殺身於此堂。』又云：『莫神於龍，受戮為醢；莫聖於麟，道窮於野。神不自智，聖不自知。況林棲而谷走，及山鹿與野麋。古人有言：天地之心，其間無巧；冥之則順，動之則夭。諒物情之不異，又何有於猜矯。』」誤引甚多，未暇列舉。

其二十四

挈瓶者誰子，姣服當青春。
三五明月滿，盈華不自珍。
高堂委金玉，微縷懸千鈞。
如何負公鼎，被敓笑時人。

校記

「瓶」，《紀事》作「缾」。「姣」，《全唐詩》一作「妖」。「盈華」，《全唐詩》作「盈盈」。「堂」，《紀事》作「坐」，誤。

析義

陳沆云：「歎相器非人，傾覆相尋也。武后置相不次，驟於予奪。二十年中，易相數十。崔詧、鶱味道、李景諶、沈君諒、韋待價、傅游藝、史務滋、武什方、楊再思、宗楚客之流，或市井無賴，不次擢用。皆旋踵削黜，隨以誅戮。故詩悼其智小謀大，曾無挈瓶守器之能；力小任重，徒有微縷千鈞之勢。月盈則虧，莫之能持；金玉滿堂，莫之能守。負鼎折足，遞相傾奪，徒詒世笑而已。《説文》云：『敓，彊取也。』引《書》曰：『敓攘矯虔。』」

案此章實述和逢堯事，非徒歎相器非人也。逢堯善奉使，睿宗朝官至戶部侍郎。《新唐書・和逢堯列傳》云：「和逢堯，岐州岐山人。武后時負鼎詣闕下，上書自言願助天子和飪百度。有司讓曰：『昔桀不道，伊尹負鼎於湯。今天子聖明，百司以和，尚何所調？』逢堯不能答，流莊州。」「當青春」，謂其年輕時也。「姣服」，謂其故為異裝，冀人奇之也。逢堯之為，伯玉必嘗親見之。於時武氏金玉滿堂，莫之能守，千鈞懸縷，其墜也必。陰魄驕盈，妄竊神器，雖有賢哲，難救其亡。而逢堯竟以挈瓶小智，效阿衡之負鼎。君非天乙，爾亦伊何？其遭流放而見笑於時人也宜矣。「敓」也者，謂敓去其所負之鼎也。「敓」，今假借作「奪」。負鼎是用伊尹干湯事，非如秋舫作《易・鼎》九四之折足覆餗解。伊尹説成湯語，詳見《呂氏春秋・孝行覽・本味》。

其二十五

玄蟬號白露，茲歲已蹉跎。
羣物從大化，孤英將奈何。
瑤臺有青鳥，遠食玉山禾。
崑崙見玄鳳，豈復虞雲羅。

校記

「玄」，《紀事》作「寒」。「跎」，《紀事》作「跑」。「虞」，《陳集》作「嘆」。「虞雲羅」，《紀事》作「羅雲龍」，誤。

析義

此章言日暮時窮，羣物從大化而衰沒，已將不免，遂欲退隱以遠害也。「孤英將奈何」與末章「孤鳳其如何」幾於同辭，然其旨迥別，「孤英」唯與第十七章之「孤人」同喻耳。

首句「玄蟬號白露」，本是夏曆七月，即如《禮・月令》孟秋之月「白露降，寒蟬鳴」也。而云「茲歲已蹉跎」者，蓋作於武氏天授元年歟？武氏於永昌元年（翌年改元天授）十一月，始用周正，以夏曆之十一月為歲首。至久視元年，復用夏曆，以正月為歲首。用周正則夏之七月已是周之暮秋，云歲已蹉跎近是。而「歲」上加「茲」字，明是初用周正時。又孤英奈何、玄鳳豈虞雲羅，頗用謝玄暉〈暫使下都夜發新林至京邑贈西府同僚〉之「時菊委嚴霜」及「寄言躡羅者，寥廓已高翔」詩意。

其二十六

　　荒哉穆天子，好與白雲期。

　　宮女多怨曠，層城閉蛾眉。

　　日耽瑤池樂，豈傷桃李時。

　　青苔空萎絕，白髮生羅帷。

校記

　　「好」，《紀事》作「始」，誤。「蛾」，《紀事》作「峩」，誤。「耽」，《紀事》作「晚」，誤。「池」，《陳集》及《紀事》作「臺」，《陳集》一作「池」。「苔」，《陳集》作「笞」，誤。「帷」，《陳集》作「惟」，誤。

析義

　　此章諷高宗迷戀武后，荒於政事也。穆天子喻高宗，西王母比武后。伯玉諷高武事，每有不倫之比。層城，太帝所居，以喻宮中。「閉蛾眉」，乃宮女怨曠所由也。末數句言宮女鬱鬱終老，宮女當暗指朝廷大臣。

　　陳沆云：「此追歎高宗寵武昭儀廢皇后、淑妃之事也，故用穆王、王母、瑤池之事。駱賓王檄武后云：『入門見嫉，蛾眉不肯讓人；掩袖工讒，狐媚偏能惑主。』言後宮不得進見，故劍皆成覆水也。」直言廢皇后、淑妃事，恐非是。蓋王皇后、蕭淑妃廢而見殺，此則但言「白髮生羅帷」。駱賓王檄，「蛾眉」

指武后；「層城閉蛾眉」則指宮女而言，即江淹「春宮閟此青苔色」之意也。

其二十七

朝發宜都渚，浩然思故鄉。
故鄉不可見，路隔巫山陽。
巫山綵雲沒，高丘正微茫。
佇立望已久，涕落霑衣裳。
豈茲越鄉感，憶昔楚襄王。
朝雲無處所，荊國亦淪亡。

校記

「路隔」，《紀事》作「但見」。「綵」，《紀事》作「彩」。「落」，《紀事》作「淚」，《全唐詩》一作「淚」。「霑」，《全唐詩》作「沾」。「茲」，《紀事》作「慈」，誤。

析義

陳沆云：「此歎高宗、武后之事也。宋玉〈高唐賦〉序謂神女嘗薦先王之枕席，後又云：『王復夢遇焉。』正猶武后本先帝才人，而高宗復陰納宮中也。『豈茲越鄉感』，自明其詩中所指皆非徒離鄉之思也。卒之哲婦傾城，褒姒滅周，荊國固淪亡矣，而朝雲亦復安在哉？俛仰古今，猶如大夢。」

案詩中荊國淪亡乃指唐言。「故鄉」喻前朝，思唐也。阻隔巫山高丘，謂大唐為高宗所敗也。佇立望久，涕泣霑裳，則傷之者至矣，亦屈子反顧流涕之意。「高丘」，隱高宗之謚；朝雲神女，喻武后也。巫山為綵雲所沒，故高丘微茫，指高宗為武后所惑也。風止雨霽則雲無處所，武氏其亦將如斯夫？

其二十八

昔日章華宴，荊王樂荒淫。
霓旌翠羽蓋，射咒雲夢林。
竭來高唐觀，悵望雲陽岑。
雄圖今何在，黃雀空哀吟。

校記

「唐」，《陳集》及《紀事》作「堂」，誤。「雲陽」，《紀事》作「陽雲」，誤。

析義

此章蓋諷高宗迷寵武后也。荊王指高宗；安陵君事，以男喻女。安陵纏之封也，猶武后之晉位。「黃雀」，以楚物明楚地。或嘆黃雀不知彈丸，故哀吟之，指高宗荒於政事。黃雀亦喻盧陵王，蓋中宗廢為盧陵王，房州安置，房州乃楚地也。「空哀吟」亦指中宗而言歟？

陳沆云：「此刺武后寵嬖二張〔易之、昌宗〕之事也。《戰國策》：『安陵君幸於楚王，江乙説使請為殉，以深自結於王。於是楚王游於雲夢，結駟千乘，旌旗蔽日。有狂兕依輪而至，王親引弓，一發而殪之，仰天而笑曰：「寡人萬歲千秋之後，誰與樂此矣？」安陵君泣數行，進曰：「臣入則編席，出則陪乘。大王萬歲千秋之後，臣願得以身試黃泉，蓐螻蟻，又何如得此樂而樂之？」』又莊辛説楚襄王，先引黃雀不知彈丸之禍，而繼之曰：『夫黃雀其小者也。君王左州侯，右夏侯，輦從鄢陵君與壽陵君，與之馳騁乎雲夢之中，而不以天下國家為事。』云云，皆嬖幸專寵之事，以譬二張控鶴監之流。『雄圖今安在』，知武氏之不久長，唐室之不終絕也。」案詩中主言荊王之寵安陵君，凡四句之多，黃雀不過以明楚地耳，焉能以此謂指武后寵幸二張？荊王之寵安陵纏，乃一人寵一人，雖《戰國策‧楚策四》莊辛有諫楚襄王嬖寵鄢陵君與壽陵君事，然不宜喻人而雜用兩典，自以高宗寵武后為合。「朅來高唐觀，悵望雲陽岑」，是伯玉謂己也，懷古之意明矣。「雄圖今何在」，直謂唐帝之雄圖亦明矣，焉可謂此知武氏之不久長？武氏雄圖，時方在握也。

其二十九

丁亥歲云暮，西山事甲兵。
贏糧匝邛道，荷戟驚羌城。
嚴冬嵐陰勁，窮岫泄雲生。
昏曀無晝夜，羽檄復相驚。

攀跼兢萬仞，崩危走九冥。

籍籍峯壑裏，哀哀冰雪行。

聖人御宇宙，聞道泰階平。

肉食謀何失，藜藿緬縱橫。

校記

「贏」，《陳集》作「嬴」。「糧」，《陳集》作「粮」。「匝」，《紀事》作「市」，是「帀」之誤。「驚」，《紀事》及《全唐詩》作「爭」。「羌」，《陳集》、《紀事》及《全唐詩》俱作「羗」。古部族不宜俗寫，故正之。「嵐陰」，《紀事》及《全唐詩》作「陰風」。「泄」，《紀事》作「油」，《全唐詩》一作「油」。「暄」，《紀事》作「黷」，《全唐詩》一作「黷」。「攀」，《紀事》及《全唐詩》作「拳」。「兢」，《全唐詩》作「競」。「走」，《全唐詩》一作「遠」。「籍籍」，《全唐詩》一作「寂寂」。「泰」，《紀事》作「太」。「失」，《紀事》作「朱」，誤。「藜」，《陳集》作「棃」。

析義

陳沆云：「本傳，垂拱四年，謀開蜀山，由雅州道擊生羌，子昂上書以七驗諫止之。大略為謂結怨無罪之西羌，襲不可幸之吐蕃，開險道以引寇兵，敝全蜀以事窮夷。人勞則盜賊必生，財匱而姦贓日飽，其患無窮。具詳本傳。」垂拱「四年」應作「三年」乃合。又子昂並無隨軍，故詩中所言，乃推想之辭也。泰階不平，則武氏非聖人，何以為君？肉食謀失，則輔之

者非其人，何預人家國事耶？「聖人」二句慷慨，「肉食」二句沈雄。

其三十

　　竭來豪遊子，勢利禍之門。
　　如何蘭膏嘆，感激自生冤。
　　眾趨明所避，時棄道猶存。
　　雲淵既已失，羅網與誰論。
　　箕山有高節，湘水有清源。
　　唯應白鷗鳥，可為洗心言。

校記

　　其三十，《紀事》及《全唐詩》作三十一。「嘆」，《紀事》及《全唐詩》作「歎」，《陳集》一作「歇」。「冤」，《紀事》作「怨」。「淵」，《紀事》作「泉」。唐高祖諱淵，臨文者或避「淵」作「泉」。「為」，《全唐詩》一作「與」。

析義

　　此章戒權勢之易成禍也。多財為患害，其冤自招。人皆貴榮祿，則明者當知避矣。雖為時棄，可以遵道養晦也。「雲淵」喻鳥魚之基，《莊子‧庚桑楚》云：「故鳥獸不厭高，魚鼈不厭深；夫全其形生之人，藏其身也，不厭深眇而已矣。」鳥出於雲，魚出於淵，乃罹羅網。既入羅網，則無人可與論羅網，論

284

亦晚矣。箕山高節，湘水清源，高人懿行，非熱中勢利者可喻，唯白鷗可洗心而言耳。湘水雖屈子湛身處，然此詩用清源，謂潺湲之瀨，可釣而隱，何用湛身？用屈子事而化之，與揚子雲所云「遇不遇命也，何必湛身哉」意合。

其三十一

可憐瑤臺樹，灼灼佳人姿。
碧華映朱實，攀折青春時。
豈不盛光寵，榮君白玉墀。
但恨紅芳歇，凋傷感所思。

校記

其三十一，《紀事》及《全唐詩》作三十。「憐」，《紀事》作「惜」，《全唐詩》一作「惜」。「凋」，《陳集》作「彫」。

析義

作者自嘆也。「瑤臺樹」，自言出眾。「碧華」、「朱實」，言其異才。「攀折青春時」，言及時而仕。「豈不盛光寵，榮君白玉墀」，謂武后奇其才，召見金鑾殿，拜麟臺正字時也。「但恨紅芳歇」，指武后篡唐為周，唐祚中斷。「凋傷感所思」，「凋傷」承「紅芳」，則所思是大唐矣。

其三十二

索居獨幾日，炎夏忽然衰。

陽彩皆陰翳，親友盡暌違。

登山望不見，涕泣久漣洏。

宿昔感顏色，若與白雲期。

馬上驕豪子，驅逐正蚩蚩。

蜀山與楚水，攜手在何時。

校記

「獨」，《紀事》及《全唐詩》作「猶」，《全唐詩》一作「獨」。「友」，《紀事》作「支」，誤。「暌」，《陳集》、《紀事》及《全唐詩》俱作「睽」。「睽」乃「暌」之譌字。「昔」，《全唐詩》作「夢」，一作「昔」。「馬上」，《紀事》作「世中」，《全唐詩》一作「世中」。「蚩蚩」，《紀事》作「嗤嗤」。

析義

陳沆云：「子昂舉進士在高宗末年，踰年而武后廢廬陵稱制，故云『索居猶幾日，炎夏忽然衰』也。『陽彩皆陰翳』，喻佞幸黨附之盈朝。『親友盡暌違』，喻宗室勳舊之殂謝。涕泣漣洏，宿夢顏色，故國故君之思也。驕豪驅逐，乘勢煽權之人也。『若與白雲期』，以故鄉寓帝鄉之感。蜀山楚水，攜手何時，以故交寓故君之思。」

案《莊子‧天地》云：「千歲厭世，棄而上僊。乘彼白雲，

至于帝鄉。」又陶潛〈歸去來辭〉云:「富貴非吾願,帝鄉不可期。」則此處之「白雲期」,是期見被廢之中宗也,故云「宿昔感顏色」。此「白雲」自與《穆天子傳》之「白雲在天」不同。又「陽彩」喻唐,「陰翳」喻武氏及其黨,一陽一陰,亦伯玉慣用之法。伯玉蜀人,盧陵王在楚,故有蜀山楚水之語。

其三十三

金鼎合神丹,世人將見欺。
飛飛騎羊子,胡乃在峨眉。
變化固非類,芳菲能幾時。
疲痾苦淪世,憂悔日侵淄。
眷然顧幽褐,白雲空涕洟。

校記

「神」,《陳集》作「還」,《全唐詩》一作「還」。「子」,《紀事》作「了」,誤。「非」,《紀事》及《全唐詩》作「幽」,誤。《全唐詩》一作「非」。「悔」,《紀事》及《全唐詩》作「痗」,《全唐詩》一作「悔」。「雲」,《紀事》作「雪」,誤。

析義

陳沆云:「此與『觀龍變化』一章同旨。金丹神方,還顏卻老,喻回天再造之功也。世人疑其相欺,即『酣酒笑丹經』之意也。試思變化飛舉,苟不可信,則丹成羽化,遨遊名山者,獨

何人乎？目前朝槿蕣華之榮利，能幾何時？但恐神丹不至，沈疴日深，河清難俟，使我憂痗耳。『幽褐』明恤緯之思，『白雲』即帝鄉之旨。」

案此章必從其深意解之，不然「飛飛騎羊子，胡乃在峨眉」未免淺稚也。蓋葛由之事，孰能證哉？神仙眾矣，而伯玉獨言騎羊子，一則固取義於蜀人因之而得道，二則以「羊」諧「楊」，隋之姓也。「騎楊」則指唐帝無疑也。伯玉以言唐室天之所命，非淺人所知。背棄唐室，俱不得道者。以其非變化登仙之類，芳菲之日，轉瞬而逝。疲病日深，沈淪於世。日遭憂悔侵蝕，雖欲作有道被褐之人，重返帝鄉，亦晚矣。陳沆謂「『幽褐』明恤緯之思」，案《左傳·昭公二十四年》云：「嫠不恤其緯，而憂宗周之隕，為將及焉。」杜注云：「嫠，寡婦也。織者常苦緯少，寡婦所宜憂。」詩中未見此意。

其三十四

朔風吹海樹，蕭條邊已秋。
亭上誰家子，哀哀明月樓。
自言幽燕客，結髮事遠遊。
赤丸殺公吏，白刃報私讎。
避讎至海上，被役此邊州。
故鄉三千里，遼水復悠悠。
每憤胡兵入，常為漢國羞。
何知七十戰，白首未封侯。

校記

「幽」，《紀事》作「陰」，誤。「燕」，《陳集》作「谷」，誤。「刃」，《陳集》作「日」，誤。《全唐詩》一作「日」。「避讎」之「讎」，《陳集》及《紀事》作「仇」。「千」，《陳集》作「十」，誤。「水」，《陳集》作「東」，誤。「戰」，《紀事》作「載」，誤。

析義

此章言有功軍將不得正賞也。陳沆云：「本傳載子昂垂拱四年上八事，其一曰：『臣聞勞臣不賞，不可勸功；死士不賞，不可勸勇。今或勤勞死難，名爵不及；偷榮尸祿，寵秩妄加。非所以示勸。願獎勵有功，表顯殉節。』云云，蓋其時功賞，多為諸武嬖幸所冒，不盡上聞也。」

汪容甫〈弔黃祖文〉序云：「夫杯酒失意，白刃相讎，人情所恆有。」操丸殺吏，喻其勇而善鬥，堪比宜僚，非輕薄少年惡子之謂。避讎海上，則項梁、彭越皆然，不足怪也。末用李廣事，以惜其忠國而功高不賞，非謂李廣為幽燕人，不可疑也。

其三十五

本為貴公子，平生實愛才。
感時思報國，拔劍起蒿萊。
西馳丁零塞，北上單于臺。
登山見千里，懷古心悠哉。
誰言未忘禍，磨滅成塵埃。

校記

「愛」,《紀事》作「憂」,誤。「零」,《紀事》作「令」。「忘」,《陳集》作「亡」。「滅」,《紀事》作「沒」。

析義

此章總述兩次從軍,「西馳丁零塞」指征僕固時,「北上單于臺」指征契丹時。詩中言禍,兼憂東突厥默啜之猖狂也。首六句自敍,後四句感懷。《左傳・僖公二十四年》載鄭臣富辰云:「民未忘禍,王又興之。」「忘」、「亡」互通,「未忘禍」本此,意謂朝廷未能以古為鑑,不自警惕,舊禍既忘,滅如塵埃,則新禍將興矣。見遠思深,伯玉非徒一儒者已也。

陳沆云:「自傷壯志不遂也。本傳言子昂家世豪富,尚氣決,輕財好施,篤朋友,故有『本為貴公子,平生實愛才』之語。又言武攸宜討契丹,表子昂參謀。次漁陽,前軍敗,舉軍震恐。子昂請申軍令,擇將士,選麾下精兵前進,攸宜不納。數日,復進計,攸宜怒,徙署軍曹。又嘗上書,言曩時吐番不敢東侵者,由甘涼士馬強盛。今河南涼州空虛,惟甘州饒沃,為河西咽喉地,宜益兵營農。數年之收,可飽士百萬,何憂吐番哉?其後吐蕃〔原文如此〕果入寇,終天后之世,為邊患最甚云云,則子昂之邊略可知矣。」

其三十六

> 浩然坐何慕，吾蜀有峨眉。
> 念與楚狂子，悠悠白雲期。
> 時哉悲不會，涕泣久漣洏。
> 夢登綏山穴，南采巫山芝。
> 探元觀羣化，遺世從雲螭。
> 婉孌將永矣，感悟不見之。

校記

「悲」，《陳集》作「怨」。「綏」，《紀事》作「西」。「穴」，《紀
事》作「冗」，誤。「巫山」之「山」，《紀事》作「江」，誤。「羣」，
《紀事》作「造」。「孌」，《紀事》作「戀」。「將」，《全唐詩》作
「時」。

析義

峨眉，神仙居處也，以喻帝居。「楚狂」喻楚王，中宗也，
房州楚地。「白雲期」，與君約也。如非有所寓，何至不見楚狂
而為之悲泣漣洏乎？時不會，子昂雖仕宦，而中宗幽閉也。綏
山桃、巫山芝，仙壽之物，食者得道，以喻欲隨唐室而食其祿
也。「雲螭」，無角之龍，喻中宗也。遺世從之，去洛而赴房陵
矣。「婉孌將永」，不欲離也。然是夢中所有，究非着實，感悟
不見，徒增欷歔耳。夫思中宗而涕泣漣洏，而形諸夢寐，忠義
見矣。杜公謂「終古立忠義，感遇有遺編」，是詩聖卓識。而潘

德輿輩非之，以為是忠於武氏，小人不樂成人之美，如是哉。

其三十七

朝入雲中郡，北望單于臺。
胡秦何密邇，沙朔氣雄哉。
籍籍天驕子，猖狂已復來。
塞垣無名將，亭堠空崔嵬。
咄嗟吾何歎，邊人塗草萊。

校記

「籍籍」，《紀事》及《全唐詩》作「藉藉」。「天」，《陳集》
作「夭」，誤。「無」，《陳集》作「興」，誤。

析義

此詩當作於子昂東征契丹時也。萬歲通天元年九月，子昂
隨武攸宜東征契丹，至次年七月凱旋，在軍中凡十月。當在其
間奉命往雲中。幽州至雲中，數日可達。詩中「籍籍天驕子」
喻匈奴，非契丹，當指東突厥默啜。神功元年，默啜寇靈州、
勝州，朝廷以契丹未平，厚賂之。默啜乃與武周合攻契丹。然
中國必猶慮突厥寇邊，故幽州至雲州一線，實宜戒備。雲州在
永淳元年為突厥所破。永昌元年，僧懷義北討突厥，不見虜，
於單于臺刻石紀功而還。故子昂北望單于臺而憂突厥之患也。
因胡秦之邇，乃見侵凌之易；因沙朔之雄，乃見胡兵之勢。「籍

籍天驕子，猖狂已復來」，即謂突厥今復強盛，足為邊患。然「塞垣無名將」，故邊人受殃也。「塗草萊」，死傷枕籍於草萊之間也。

陳沆云：「則天時邊患，西吐番，北突厥，東契丹。前『西山事用〔甲〕兵』一章，謂吐番也；『蒼蒼丁零塞』一章，謂契丹也〔非是，已有說〕；此章『北望單于臺』，憂突厥也。武后殺程務挺、黑齒常之、泉獻誠諸名將，又用閻知微送武延秀使突厥，為其侮笑，益輕中國，生邊患也。」

其三十八

仲尼探元化，幽鴻順陽和。
大運自盈縮，春秋迭來過。
盲飈忽號怒，萬物相分劇。
溟海皆震盪，孤鳳其如何。

校記

「迭」，《紀事》及《全唐詩》作「遞」，《全唐詩》一作「迭」。「盲」，《紀事》作「首」，誤。「分」，《紀事》及《全唐詩》作「紛」。

析義

此章殿末，與首章同其秘奧，蓋有深意存焉。茲不嫌辭費，復逐句剖釋於後。

「仲尼探元化」，此仲尼是以至聖喻太宗也。堯舜是孔孟所稱，禹湯文武亦列聖羣賢所讚頌，然文獻僅具，其詳不可得而聞。若備諸史籍，彌足徵者，則太宗是第一明君。伯玉仲尼之喻，殊不虛也。「探元化」者，謂太宗初選武氏入宮也。《易·繫辭下傳》云：「天地絪縕，萬物化醇。男女搆精，萬物化生。」武氏入侍太宗雖十有二年，未嘗有所出，然名分亦合矣。句涉荒唐，非真謂孔子窮探天地造化之機也。清潘德輿《養一齋詩話》厚誣伯玉，陳廷經嘗斥之以「不學不仁」，允矣。潘氏謂〈感遇〉三十八首「皆歸於黃老，其志廓而無稽，其意晦而不明，荒唐隱晦，專為避禍起見」。歸於黃老，則猶屈子之賦〈遠遊〉也。意晦不明，荒唐隱晦，正是伯玉佳處，以此及首章為最，豈皮相目論如潘氏者所得而詳哉？

「幽鴻順陽和」，表徵是雁隨陽自北而南；然仲秋天氣初肅而雁來，至仲春陽和布氣而雁歸北漠，則於陽氣為逆而非順，故此句非顯義可知矣。此「幽鴻」實以喻高宗也。高宗昏暗不明，故謂幽，他章時以「幽」字混之，勿惑也。又《周書》謚法以亂常為幽。《說文》云：「鳳，神鳥也。天老曰：『鳳之象也，鴻前麐後，……』」高宗雖太宗所生，然非真有德，故惟稱鴻焉，蓋非鳳之比也，與末句之稱鳳者同詩而異稱。此伯玉之特筆，其意可尋矣。「順陽和」，是承順太宗探化之事而陽和布氣，使武氏有數子女也。《穀梁傳·莊公三年》：「獨陰不生，獨陽不生，獨天不生。」有以也。《世說新語·方正》孔羣謂匡術「德非孔子，厄同匡人。雖陽和布氣，鷹化為鳩，至於識者，猶憎

其眼」，豈武氏少時眼色媚人，而伯玉曲用孔羣意耶？斯則無攷矣。《禮・曲禮上》：「夫唯禽獸無禮，故父子聚麀。」高武之事，國之牆茨，君子所不忍言，故以至隱僻之辭出之，非徒以遠害已也。

「大運自盈縮」，謂李唐、武周之運也。武曌國周，毀典亂常，肆無忌憚，是彼自以為盈耳，然盈不可久也。高宗雖廢后立后，貶絕老臣，使唐祚幾斬，是高宗極昏不明而自縮其國運也。然縮者亦必將有所伸，豈終斷之謂乎？「自」字妙，「盈縮」亦別有量裁，非徒沿用前人語辭也。

「春秋迭來過」，喻四序非我，伯玉不樂其生之意也。《漢書・禮樂志》引〈日出入〉：「日出入安窮？時世不與人同。故春非我春，夏非我夏，秋非我秋，冬非我冬。」《詩・小雅・苕之華》：「知我如此，不如無生。」《王風・兔爰》序云：「桓王失信，諸侯背叛，構怨連禍，王師傷敗，君子不樂其生焉。」《漢書・王莽傳》贊：「滔天虐民，窮凶極惡。毒流諸夏，亂延蠻貉，猶未足逞其欲焉。是以四海之內，囂然喪其樂生之心。」伯玉發為聲詩，情其猶是矣。「來」與「過」實經鑪錘，非輕下者，所謂「看似尋常最奇崛，成如容易卻艱辛」者也。

「盲飆忽號怒」，謂武氏既稱制，不意六年後又忽盜國，濫刑殘殺也。《莊子・齊物論》：「夫大塊噫氣，其名為風。是唯無作，作則萬竅怒呺。」首章以地喻武氏，此章又復有承焉。「幽鴻」順陽，亦與首章之「幽陽」同辭同旨。以盲飆喻武氏之

所為，蓋深惡之，非盲風及颶風，是一物，非二物，「盲」字借字而用耳，非〈月令〉盲風之解也。

「萬物相分劙」，於是乎唐之宗室芟夷殆盡，而百官萬民相與乎塗炭中也。《通鑑・唐紀二十》：「殺南安王穎等宗室十二人，又鞭殺故太子賢二子，唐之宗室於是殆盡矣。」〈二十一〉：「太后自垂拱以來，任用酷吏，先誅唐宗室貴戚數百人，次及大臣數百家。其刺史、郎將以下，不可勝數。」又盛開告密之門，讒說蜂起，人皆重足屏息。用周興、來俊臣，羅織人罪，姜斐貝錦，殘人以快，可堪細道哉？「劙」與「磨」皆俗體，《說文》作「礦」。

「溟海皆震蕩」，上文萬物分別而折磨，是人物遭咎殃；此處四溟並皆震蕩，則八表同昏矣。「震」，起也，溟海震蕩，非徒風使之然，地動故也。《國語・周語上》：「幽王二〔《四部叢刊》本原文作「三」。此據黃丕烈《〈國語〉札記》改〕年，西周三川皆震。伯陽父曰：『周將亡矣。……陽伏而不能出，陰迫〔《四部叢刊》本原文作「遁」。此據《札記》改〕而不能烝，於是有地震。……山崩川竭，亡之徵也。』」「震蕩」雖常見，然「震」字實入神，潛用「周將亡矣」句，委曲導達武周之將亡。伯玉之用心，亦良苦矣。

「孤鳳其如何」，「鳳」承「仲尼」，首尾相銜。謂之孤者，一人之稱，獨有之謂。太宗是湯武以後第一明主，卓絕特立，越類離倫。此字是譽，非只尋常索居無侶之意也。太宗退陟而神

昭在天，豈肯已已乎？此呼天閽而叩昭陵之語，視王仲宣〈七哀詩〉之「悟彼下泉人，喟然傷心肝」為尤悲慟，特不顯言耳。伯玉以此句殿其全作，情殊惻然，必不可忽也。

又「如何」者，奈何也。太宗崩殂已久，今其所親選之才人如斯，其如何乎？非其始料所及矣。武氏入宮，以太宗之明，亦不能知其後果之不堪如此，今其奈何哉？痛之切也。

〈感遇〉諸作，有同專書，發端與結尾二章，真精藏焉。實寓高武事，以中冓言醜，故特以至隱之語敍之。至其間第八與第十七兩章，則孔老對舉，雖仍存比興，然已是顯語，不得復以仲尼比太宗。否則穿鑿紕繆，且入魔道矣。至伯玉諸作或顯語隱語雜用，或同辭異義迭見者，特用是迷離其言，掩抑其旨，使時人莫測，免蹈楊子幼「田彼南山」之禍耳。凡同題各篇，略同阮步兵〈詠懷〉，而奧秘過之，慎不害也。至首末二篇，則同陶公〈述酒〉，讀之有不意緒茫然者耶？若必索解人，且有待於後世揚子雲也歟？

轉載自《文匯文選》（香港：商務印書館（香港）有限公司，2011年），頁26-79。
原載於《中國文化研究所學報》新第一期（總第三十二期）（香港：香港中文大學中國文化研究所，1992年），頁235-59。